War Mage

워메이지

김재한 퓨전 판타지 소설
FUSION FANTASY STORY

어메이지 3

김재한 퓨전 판타지 소설

초판 1쇄 찍은 날 § 2009년 9월 18일
초판 1쇄 펴낸 날 § 2009년 9월 28일

지은이 § 김재한
펴낸이 § 서경석

편집장 § 문혜영
편집책임 § 서지현
편집 § 주소영

펴낸곳 § 도서출판 청어람
등록번호 § 제1081-1-89호
등록일자 § 1999. 5. 31
어람번호 § 제1-1074호

주소 § 경기도 부천시 원미구 심곡2동 163-2 서경B/D 3F (우) 420-822
전화 § 032-656-4452 팩스 § 032-656-4453
http://www.chungeoram.com
E-mail § eoram99@chollian.net

ⓒ 김재한, 2009

ISBN 978-89-251-1935-9 04810
ISBN 978-89-251-1897-0 (세트)

Contents

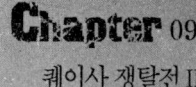

Chapter 09
쾌이사 쟁탈전 II

*본문에 등장하는 모든 인명, 지명, 단체명은 현실과 관계가 없습니다.

1

쿠로카미[黑神]는 일본 전국시대부터 맥을 이어온 조직으로 닌자들과 음양사들을 주축으로 이루어져 있었다. 거기에 서양 문물이 유입되면서 마법사들도 다수 소속되었지만 아무래도 주류는 아니다. 검술을 주축으로 한 근접전투와 닌자술을 기반으로 한 유격전과 암살 등에 두루 능한 강력한 집단으로 육도와의 사이는 상당히 안 좋은 편이었다.

"쿠로카미랑 붙어본 적은 있냐?"

앞서 가던 정도일이 물었다. 평소 헤비 스모커인 그였지만 지금은 전혀 냄새가 나지 않는다. 소리도 나지 않는다. 기척도… 바로 눈앞에 있는데도 불구하고 신기루라도 되는 것처럼 흐릿하기만 하다. 일반인은 바로 옆을 스쳐 지나가도 그의 존재를 인지하지 못할 것이다.

'정말 은신술로는 어딜 가도 초일류 소리를 들을 만하군.'

이런 작자가 적이 된다면 정말 무서울 것이다. 암습과 저격만큼 대책없는 공격은 없으니까.

"3년 전에 제주도에서 한 번. 은신술이 정말 무섭더군요. 저격 솜씨는 별로였지만."

"총화기를 다루는 능력은 상대적으로 좀 떨어지지, 다행스럽게도."

"저격까지 잘했으면 제가 골로 갔겠죠."

지윤은 예전의 일을 떠올리며 투덜거렸다.

쿠로카미의 인원들은 닌자라는 정체성 때문인지 총화기를 잘 쓰지 않는다. 그 때문에 뛰어난 은신 능력에도 불구하고 정면대결에서는 약하고, 결정력이 부족하다는 느낌이 강하다. 물론 그들이 쓰는 인법(忍法)이나 전용 장비들은 막강한 파괴력을 자랑하지만, 단순 화력에서 현대 화기를 뛰어넘는 병기 따위 존재하지 않는다.

그리고 저격 때도 마찬가지다. 쿠로카미의 저격은 결정력이 부족했다. 얼마 전 옛 동료인 진유현에게 저격당해서 저승 문턱에까지 갔다 온 지윤이었지만 쿠로카미와 싸울 때는 몇 번이고 뒤를 잡혔음에도 불구하고 그런 상황에까지는 몰리지 않았다.

냄새, 소리, 기척을 모두 죽이고 이동하는 두 사람의 뒤로는 음침한 로브를 뒤집어쓴 존재가 뒤따르고 있었다.

마이너라고 불리는, 오지윤이 거느린 팀의 연구 성과라고 할 수 있는 존재다. 아직까지는 실전에서 운용하기에는 불완전한 점이 많지만 대마법사 모건은 그런 문제들을 자신이 실시간으로 그 문제를 보조함으로써 해결해 버렸다.

"찾았다."

문득 정도일이 걸음을 멈추며 내뱉었다.

그의 손에서는 모건이 준 탐지 장치가 희미한 빛을 발하고 있었다. 닌자들의 인법과 음양사들의 주술로 감춰진 쿠로카미의 주둔지를 찾아낸 것이다. 그들의, 아니, 이 경우는 대마법사의 승리였다.

하지만 정도일은 그 안쪽으로 진입하지는 않았다. 아무리 그의 은신술이 뛰어나도 이런 결계 안쪽으로 뛰어들었다간 곧바로 존재가 발각된다.

"어떡할 겁니까?"

"음. 뭐, 이렇게 하지."

지윤의 물음에 정도일은 무선 조종 폭탄 둘을 꺼내서 땅에다 놓았다. 그리고 무기용 마법 포켓에 손을 집어넣고 쑥 잡아당겼다. 그러자 그 작은 포켓에서 저격용 라이플이 쑥 빠져나왔다. 물론 현존 제식 병기하고는 완전히 다른 오리지널 제품이었다.

그가 지윤을 돌아보며 말했다.

"너도 준비해라."

"그러죠."

지윤은 대번에 그가 무슨 일을 하려는 건지 이해하고 고개를 끄덕였다. 그리고 자신도 저격용 라이플을 꺼내 들었다.

컴퓨터 마우스 같은 모양의 원격 조종 폭탄이 조용히 땅을 달려서 결계 안으로 사라졌다. 분명 평범한 경관이 펼쳐져 있었는데, 일정한 지점을 넘는 순간 신기루처럼 사라져서 보이지 않는다.

그러나 원격 조종 폭탄에 마법적 각인을 해둔 정도일은 그 위치를 파악할 수 있었다, 그 안에 어떤 풍경이 펼쳐져 있는지도.

물론 적들도 녹록치 않아서 그런 수작은 금방 발견되고 말았다. 그리고 발견됐다는 것을 확신한 순간 정도일은 씩 웃으며 폭발 스위치를 눌러 버렸다.

콰아아앙!

폭음과 함께 결계 일부가 깨져 나갔다. 소형이었지만 강력한, 거기에다가 대마법사의 마법까지 가미해 폭발력을 몇 배로 증폭시킨 폭탄이다. 일단 접근했던 녀석들은 죽었을 것이고, 폭발 시에 발생한 마법적인 파장 덕분에 결계에도 이상이 생겼다.

"난 이런 게 좋다니까?"

정도일은 콧노래를 부르며 라이플을 조준했다. 지윤은 한심하다는 듯 그를 바라보면서도 똑같이 행동했다.

그리고 잠시 후 호각 소리가 길게 울려 퍼지면서 사람의 기척이 속속 드러나기 시작했다. 상식적으로 생각하면 이 시점에서 저격을 시작해야겠지만, 기척만 느껴질 뿐 모습은 보이지 않는다. 적들도 초일류였고, 그중에서도 은신술과 잠행술에 있어서는 최강이라 불리는 닌자들이었다.

하지만 정도일도 이럴 줄 알고 또 다른 수를 준비해 두었다. 무선 조종 폭탄을 두 개 준비한 것은 괜히 그런 것이 아니다.

콰아아아앙!

첫 번째 폭탄과는 달리 일부러 빙 돌아서 결계 안으로 진입한 폭탄이 터졌다. 그 소란을 틈타서 지윤은 다른 포인트로 이동하고 있었다. 적들의 혼란을 야기하기 위해 저격을 시도하는 이상 같은 포인트에 두 저격수가 모여 있는 것은 의미가 없다.

첫 번째 마법 파장이 두 번째 마법 파장과 겹쳐지면서 마침내 닌자들 중에 은신술이 깨지는 놈들이 나왔다. 그리고 두 사람은 그런 기회를 놓치지 않았다.

팍! 팍! 팍!

화약을 쓰지 않는 마총(魔銃)이 불을 뿜었다. 모습이 드러난 이상 닌자든 뭐든 저격의 밥일 뿐이다. 날아드는 총탄에 속절없이 쓰러져 갔다.

지윤은 다섯 발 쏴서 세 명을 잡고는 곧바로 다른 포인트로 이동했다. 그리고 귀에 달린 통신기를 통해 정도일에게 말했다.

"몇 놈이나 잡을까요?"

"알아서. 내가 타이밍 지시하면 마이너를 내보내도록 해."

"그러죠."

정도일은 벌써 일곱 명째 쓰러뜨리고 있었다. 은신 능력과 저격 능력에서는 확실히 그가 지윤보다 위였다.

'칫. 짜증나네.'

경력에서부터 차이나니까 어쩔 수 없지만 그래도 짜증이 일었다. 정도일이라는 인간이 마음에 안 드니 어쩔 수 없는 일이다.

어쨌든 지윤은 적당히 이동하면서 저격을 계속하고, 자신도 무선 조종식 폭탄을 이용해 계속해서 혼란을 야기했다. 그러면서 자신을 따라다니는 마이너를 바라보았다.

─나하고 다른 포인트로 가서 대기해.

마이녀와의 대화는 텔레파시로 이루어졌다. 지윤도 그것을 위해 귀 옆에 특수 제작된 정신파 교신 장치를 장착하고 있었다.

─알겠어. 위치 정보는 계속 보낼 테니까 네가 통제해.

대답을 한 것은 마이녀가 아니었다. 마이녀를 통제하고 있는 이하영이었다.

그녀가 바로 시스템의 중심에 서서 수십 개체의 마이녀를 실시간으로 통제할 수 있는 권한을 가진 이였다. 원래 그녀가 한꺼번에 통제할 수 있는 것은 10개체 정도가 한계였고, 그나마도 1, 2초 정도의 시간 차가 발생했지만 그것은 모건의 보조로 해결되고 있었다.

'나 참, 저 아저씨 없으면 이런 작전은 꿈도 못 꿨겠지?'

모건이 없으면 그들은 7대세력에 비해 전혀 잘난 것이 없다. 하지만 모건이 있기에 그들은 7대세력을 농락하는 대담한 작전을 결행할 수 있었다.

그리고 계속해서 혼란이 증폭되어 가는 가운데 은밀하게 이동하던 지윤의 앞을 가로막는 존재가 있었다.

'음양사!'

일본 전통의, 부리부리한 눈과 긴 코가 인상적인 텐구[天狗] 가면을 쓴 존재가 일본 전통의 주술사인 음양사라는 것은 한 눈에 알 수 있었다. 요즘 세상의 음양사답게 복장은 현대적인 전투복을 차려입고 있었지만, 그래도 그 전체적인 디자인에서 일본적인 색채가 짙게 드러났다.

'하긴 슬슬 들킬 때가 되긴 했지.'

지윤은 음양사를 발견하는 순간 라이플을 들어 갈겨 버렸다. 이쪽은 소수로 적을 혼란시켜야 하는 입장이고, 저쪽은 어떻게든 상황을 파악해서 원흉을 잡아 족쳐야 하는 입장이다. 그러니 느긋하게 대화나 나누면서 낭비할 시간은 없었다.

파창!

섬광이 튀면서 라이플 총탄이 막혔다. 음양사의 주변을 떠다니던, 파르스름한 빛을 발하는 금속제 부적이 그 앞을 막아섰던 것이다.

'라이플을 막아?'

그냥 총탄을 막아도 제법이라고 할 만한데 사용자의 위기에 자동으로 반응해서 막아냈다. 저 음양사의 반사 속도는 분명히 지윤이 총을 겨누고 쏘는 것을 따라오지 못했지만 주술적인 방어 시스템이 그것을 메운 것이다.

물론 지윤은 한 발 막혔다고 멍하니 있는 바보짓은 하지 않았다. 두 발, 세 발 갈겨서 적의 발을 묶어놓은 다음 그 위에 투척용 마법 폭탄을 던져 주었다.

콰아아앙!

음양사의 몸이 주르르 밀려났다. 그의 몸은 상처 없이 온전했지만 폭발의 충격파가 강해서 뒤로 밀려날 수밖에 없었다.

지윤은 일단 그곳에서 이탈하려고 했다. 단시간에 제압할 수 있다는 확신이 없는 이상 여기서 음양사랑 싸우고 있어봤자 좋을 일이 없었다.

하지만 그 계획도 다음 순간 날아든 공격 때문에 포기해야 했다.

카앙!

라이플의 개머리판과 칼날이 충돌하면서 쇳소리가 울렸다. 은신술로 몸을 감추고 다가온 적이 검격을 날린 것이다. 하지만 지윤의 간격 안으로 들어오는 순간 알아챘기 때문에 대응할 수 있었다.

적은 닌자였다. 너무나도 닌자다운 차림에, 다만 그 옷이 나노 기술이 적용된 특수섬유로 만들어져 있다는 점만이 그들이 현대의 존재임을 일깨워 줄 따름이었다.

지윤은 입술을 깨물며 팔목에 부착된 다트를 발사했다. 하지만 상대는 몸을 옆으로 날려서 그것을 피해내면서 수리검을 던졌다. 즉시 라이플을 마법 포켓에 처넣고 쌍검을 꺼내 그것을 쳐내면서 달려들었지만 그 순간 옆에서 또 하나의 살기가 덮쳐 왔다.

'환장하겠군!'

이놈들 하나하나의 수준은 절대 얕볼 수 없는 것이었다. 음양사만으로도 승산을 장담할 수 없는데 닌자가 두 놈이나 나타나다니!

여기서는 계속 싸우고 있어봤자 이득이 없다. 지윤은 일단 마법을 사용해서 섬광을 뿌려냈다. 적들이 그걸 막고 피하는 순간 땅을 강하게 박차고 뒤로 날았다. 그러나,

피피피피핏!

갑자기 그의 주변을 허공에서 쏟아진 섬광의 창이 덮쳤다. 아슬아슬하게 그것을 피해내기는 했지만 문제는 발목이 잡혔다는 점이다. 주변에 지나가는 것을 막는 결계가 형성되는 게 느껴졌다.

"도망가게 놔둘 줄 알았더냐?"

텐구 가면의 음양사가 분노한 음성으로 말했다. 물론 일본어로 떠들고 있었지만 지윤은 일본어도 현지인 수준으로 구사할 수 있었다.

"아, 젠장. 짜증나네."

이대로 계속 붙잡혀 있다가는 진짜 뒷일을 장담할 수 없다. 이 녀석들은 아마도 몇 명씩 한 조로 묶어서 주변의 상황 파악을 위해 돌아다니고 있는 것 같았다. 게다가 음양사가 함께 있으니 일단 그의 존재는 알려졌겠지.

푹!

"커헉!"

하지만 그때 음양사의 가슴을 뚫고 솟아오르는 칼날 한 자루가 있었다. 음양사가 눈을 부릅뜨며 신음을 흘리더니 부들부들 떨며 뒤를 돌아보았다. 그곳에는 사신처럼 미소 짓고 있는 정도일의 모습이 있었다.

"뒤가 허술하군."

정도일은 그렇게 말하며 음양사를 발로 밀어버렸다. 음양사는 원독에 찬 눈으로 그를 바라보며 바닥에 쓰러졌다.

원래 쿠로카미의 상급 음양사는 칼에 찔린 정도로는 죽지 않는다. 주술적 조치를 통해 심장이 파괴되어도 활동하고 소생하는 게 가능했지만 정도일의 일격은 무슨 수를 썼는지 그런 조치마저도 파괴해 버렸다.

어려운 상대를 손쉽게 처리한 그는 여유만만하게 닌자들에게 다가가기 시작했다.

'도대체 어떻게 탐지망고 결계까지 피한 거야?'

지윤은 그가 도대체 무슨 수법을 썼는지 알 수 없어서 눈살을 찌푸렸다. 음양사는 분명 주술적 탐지망과 총알조차 자동으로 반응해서 막을 수 있는 방어 결계를 펼쳐 두고 있었다. 그런데 정도일은 그 두 가지를 모두 피해서 지척까지 접근, 음양사를 쓰러뜨린 것이다.

쉐도우 머더러라는 이름은 괜히 붙은 것이 아니다. 지윤은 새삼 그 사실을 실감했다.

"넌 한 놈만 잡고 처리해. 그리고 나서는 작전대로."

"그러죠."

지윤은 불쾌한 표정을 지으며 그 말에 따랐다. 결과적으로 구원받은 셈이었지만 마음에 안 드는 놈은 무슨 일을 해도 마음에 안 드는 법이다.

닌자들은 말없이 공격을 가해왔다. 날아드는 수리검을 쳐내고 나자 갑자기 허공에서 불길이 솟아 지윤의 머리를 태우려고 했다.

화아아악!

'화둔술인가? 닌자답군!'

그러나 지윤은 가볍게 그것을 피하고는 마법으로 반격했다. 세 줄기 섬광이 각각 다른 각도에서 터지며 광선을 쏘아냈다. 닌자는 그것들을 모두 아슬아슬하게 피해냈지만 그 순간 지윤이 달려들며 쌍검으로 하단 교차 찌르기를 가했다.

"큭!"

닌자가 신음을 흘리며 허공으로 뛰어올랐다. 그리고 그것이 그의 죽음을 결정하는 실수였다.

스칵!

지윤이 그를 따라서 뛰어오르면서 쌍검으로 팔과 목을 날려 버렸다. 지면으로 떨어져 내리는 시체를 확인한 뒤 정도일

쪽을 바라보자 이미 승부가 난 뒤였다. 정도일은 닌자의 시체를 뒤져서 쓸 만한 물건이 없나 찾아보고 있었다.

"끝냈군. 그럼 곧바로 이탈하지."

지윤의 시선을 느낀 정도일은 그렇게 말하곤 다시 은신술로 기척을 감추고 이동하기 시작했다. 지윤은 텔레파시로 마이너에게 지령을 내리고는 그 뒤를 따랐다.

그리고 다른 포인트에 있던 마이너가 음침한 로브를 벗고 제 모습을 드러냈다. 분명 인간을 기본으로 한, 그러나 아무도 인간으로 보지 않을 것 같은 모습이었다. 전신을 검고 금속질을 띤 키틴질로 이루어진 커다란 각질들이 뒤덮어 마치 갑옷 같았고, 얼굴은 누가 봐도 사람을 잡아먹을 것 같은 괴물의 형상이었다. 그리고 손가락, 발가락에는 날카로운 발톱이 돋아나 있었다.

마이너는 혼란의 한가운데로 뛰어들었다. 그리고 잠시 후 쿠로카미의 인원들이 전력으로 도주하는 마이너의 뒤를 쫓아 산속을 질주하기 시작했다. 그들이 질주하는 루트의 끝에는 디스트로이어의 주둔지가 있었다.

*   *   *

"이거 안 좋은데."

육도의 수라 급 에이전트는 나뭇가지 위에 올라선 채 먼 곳을 보면서 투덜거렸다. 지금 그가 보고 있는 것은 시야를 가리고 있는 나무들이 아니었다. 천공을 날고 있는 부유형 감시 카메라가 전송해 오는 영상을 뇌파로 수신해서 보고 있었다.

콰아아앙!

먼 곳에서 폭음이 들려왔다. 적어도 3, 4킬로미터는 떨어진 곳에서 터진 폭음이었지만 그 소리가 굉장하다. 그 정도로 거리가 떨어져 있는데도 귀가 얼얼할 지경이었다.

"뭐가?"

또 다른 수라 급 에이전트가 묻자 그가 대답했다.

"디스트로이어 놈들, 정말로 레일건 탑재형 골라이어스를 투입했어. 엄청 골치 아프게 됐는데, 이거."

그는 지금 상공에서 촬영된 디스트로이어와 쿠로카미의 전투 상황을 보고 있었다. 골라이어스는 머리가 없는 키 4미터짜리 거대한 인형 병기였다. 다만 머리가 없는 만큼 위쪽이 크고 둥글었으며, 팔다리가 네 개씩 달려 있었다.

그리고 그 몸통에는 화제의 신병기 레일건이 달려 있었다. 압도적인 파워가 집중되면서 섬광이 쏘아지는 순간, 공간 그 자체를 꿰뚫는 듯한 기세로 포탄이 날아가 궤도 안에 있는 모든 것을 쳐부순다. 전함도 일격에 완파시킬 정도의 파괴력이라 뒤따르는 충격파만으로도 그 주변에 있던 것들이 죄다 휩쓸려 날아갔다.

"…지금 이게 레일건 쏘는 소리야?"

"그래. 저거 도저히 막을 방법이 없어 보여. 골라이어스 저 놈들, 꽤 기민하게 움직이는데 저런 이동 포대를 도대체 어떻게 상대하란 거야?"

"잘 상대해야지."

대답한 것은 또 다른 목소리였다. 그들은 그것이 자신들의 팀장 천호성이라는 사실을 알아차렸다.

천호성은 평범해 보이는 남자였다. 지금은 전투복 차림새지만 정장을 걸친다면 젊은 사업가 정도로 보일 정도로 키고 훤칠하고 인상도 좋다. 하지만 그 역시 기억도 안 날 정도로 어릴 때부터 연옥에 몸담아온 전투기계였다.

"레일건은 어쩔 수 없지만 골라이어스는 대책이 있다. 그건 이따가 브리핑할 때 자세히 설명하겠지만 이미 대응 장비도 이송되어 왔으니 너무 걱정하지 마라."

"결국 붙긴 붙어야 합니까?"

"상부의 의지는 확고하다. 저 위에 있는 게 뭔지는 모르겠지만 무슨 일이 있어도 손에 넣어야 해."

천호성은 금오가 점거한 봉우리를 바라보며 대답했다. 이 설악산은 육도의 본거지가 있는 곳은 아니지만 그래도 영산(靈山)이라 항상 체크하는 포인트였다. 그런데 이런 일이 벌어지도록 모르고 있었다니 정보부는 도대체 얼마나 무능한 건지 모르겠다.

"그래도 다행스러운 건 디스트로이어 놈들과 쿠로카미 놈들이 먼저 붙었다는 거지. 놈들이 소모전을 벌이고 나면 우리가 놈들을 친다."

"그런 다음 금오를 치고요?"

"그렇지."

"그렇게 잘 흘러가 주면 얼마나 좋겠습니까마는."

"일단 하나는 실제로 일어났으니 나머지도 척척 잘 진행해야지. 어쨌든 곧 브리핑하고 장비 나눠줄 거니까 통신기 잘 켜놓고 있어라."

천호성은 그렇게 말하곤 돌아섰다.

*   *   *

"육도도 전장에 들어왔군."

모건은 설악산 입체 지도를 한참 보더니 툭 내뱉었다. 그 말에 이번 투입 부대의 리더인 앤드류 웨버가 입을 열었다. 그는 우락부락한 거구의 백인으로 빛바랜 금발과 푸른 눈의 소유자였다.

"확실합니까?"

"내 말이 틀리는 거 봤나?"

모건이 뻬딱한 표정으로 되물었다. 그 말에 앤드류는 입을 다물었다. 대마법사의 말은 진실일 것이다. 이 전장이 펼쳐진 이래 사흘간 그의 말이 빗나간 적은 단 한 번도 없었다.

"한 500명 정도 들어왔군. 많기도 하다."

"현재 집결한 병력 중에선 가장 많은 숫자로군요."

"우리보다도 많지. 문제는 병력의 질인데… 자네는 어떻게 생각하나?"

모건이 정도일에게 물었다. 수염이 까끌까끌하게 자라난 턱을 쓰다듬고 있던 정도일은 피식 웃으며 대꾸했다.

"정면승부를 벌이면 우리가 30분 안에 몰살당합니다."

"기분 나쁜 농담이로군."

앤드류의 눈썹이 꿈틀거렸다. 하지만 정도일은 뭘 모른다는 듯 피식 웃었다.

"100퍼센트 진담이야. 그쪽이랑 정면충돌하면 이쪽은 몰살이지. 적어도 지윤이랑 동급의 병력이 50명 이상은 투입됐을 거고, 나머지 병력도 우리보다 수준이 높을 테니까."

"우리에 대한 평가가 너무 박하군. 육도가 그렇게 잘났나?"

앤드류가 으르렁거렸지만 정도일은 태연하게 그의 살기를 받아넘겼다.

"잘났지. 아직도 세계 7대세력의 힘을 잘 모르겠다면 좀 더 공부하시지. 당장 지금 벌어지는 전투만 봐도 수준 차가 느껴지지 않나?"

"듣자 듣자 하니까……!"

"아아, 거기까지만 하게들. 나는 객관적인 의견이 듣고 싶지 감정 싸움이 보고 싶은 게 아니니까."

둘 사이의 분위기가 격화되자 모건이 끼어들며 말했다. 앤드류는 불만스러운 기색이었지만 일단 입을 다물 수밖에 없었다. 모건이 눈짓을 하자 정도일이 말을 이었다.

"퀘이사에 대한 게 알려졌고, 그들이 그 가치를 안다면 어설픈 전력을 투입했을 것 같지는 않군요. 수라 급이 최소한 100명, 나머지도 축생 급은 될 거고 어쩌면 인간 급이나 천상 급이 왔을 수도 있고."

"인간 급이나 천상 급이라고 해서 수라 급이랑 딱히 전투력 차이가 크진 않다고 하지 않았나?"

"그건 일대일로 싸울 때의 이야기고, 규모적으로 좀 황당한 능력을 부릴 수 있는 작자들이 있으니까요. 김지아라든지 정호운 같은……."

"그 둘은 무슨 능력자인가?"

"김지아라는 여자는 텔레파시스트인데 천 명 단위의 인간을 정신파로 조종할 수 있고, 정호운은 용의 화신이라고 불리는데 공기 중의 수분을 자유자재로 조작해서 아무것도 없는 데서도 해일을 만들어낼 수 있죠. 강이나 바다에서 싸우면 그야말로 재앙입니다."

"둘 중 하나라도 왔다면 거의 끝장이군."

"이 두 사람이 대외적으로 가장 얼굴을 많이 드러내는 천상 급이고⋯ 사실 천상 급은 다 그 정도 레벨입니다. 거의 전술병기 수준을 넘어선 능력자들이니까. 그런 능력자들이 육도에 최소한 열 명 정도 있어요. 텔레파시는 규모만 크지 정신력이 강하고 대비를 공고히 한다면 막아낼 수 있지만 전 인원이 그럴 수는 없고, 수분 조작은 대책없죠. 우리의 대마법사님께서 나서주시는 수밖에."

"인간 급에게도 그 정도의 능력이 있나?"

"인간 급은 그것보다는 격이 좀 떨어지지만 역시 대책없을 정도로 특이하거나 규모가 큰 능력자들이고, 게다가 수가 많죠. 24명이던가?"

"끄응. 질릴 정도군. 설마 그걸 다 투입한 건 아니겠지?"

"그렇진 않을 겁니다. 일단 인간 급 절반은 지리산의 본진을 지키기 위해 항시 대기해야 하고, 천상 급 중에 움직일 수 있는 인원은 한 명이나 두 명이 한계니까. 아마 최악의 경우 천상 급이 한두 명, 인간 급이 거기에 또 붙었을 수도 있고, 수라 급은 50명에서 60명 정도, 나머지는 축생 급이겠군요."

"축생 급은 그렇게 숫자가 많나?"

"뭐, 한창 병사로 쓰는 인력이니까요. 당연히 숫자가 많죠. 중요한 전투인만큼 그 이하는 데려오지 않았을 겁니다."

육도의 최하위 계급인 지옥은 아예 교육 중인 아이들이고 아귀는 막 실전에 투입돼서 죽을지 살지를 보는 햇병아리들이다. 정예 소리를 들으려면 최소한 축생은 되어야 했다.

그리고 축생 급만 돼도 지금 이곳에 온 병사들과 비등하거나, 혹은 더 우위에 있다. 축생의 팀장 급이라면 이곳의 병사들 정도는 우습게 밟아줄 수 있을 것이다.

'쯧. 역시 인력은 단기간에 기를 수 있는 게 아니니.'

정도일은 자신이 속한 미드가르드와 육도의 전력 차를 생각하며 혀를 찼다. 에밀 크레이그는 분명 뛰어난 인물이고 이들이 보유한 기술 중에는 7대세력에게도 없는 것도 있지만, 그래도 아직 조직이 성립된 지 얼마 되지 않아서 고급 인력이 부족했다.

그나마 마법사들은 괜찮은 수준이 많은데 병사들은 많이 부족하다. 이 앤드류 웨버만 해도 조직 내에서 육도의 수라 급 정도라는 평가를 받고 있지만 이런 존재가 손에 꼽을 정도로 적었다.

"디스트로이어나 쿠로카미도 전력 면에서는 비등하다고 봐야 할 겁니다. 물론 육도 측에서 더 병력 투입이 용이했을 테니까 그쪽이 제일 우위에 있다고 봐야겠지만, 디스트로이어가 가져온 골라이어스를 보니 절대 만만치 않아 보이는군요."

"그건 대책이 없다네. 지금 신나게 싸우고 있군."

모건의 정신력 용량은 상상을 초월했다. 컴퓨터와 비교하자면 멀티코어 CPU에 연산 능력도 빠르고 메모리 용량까지 커서 수십 개의 작업을 동시에 진행하면서도 조금도 그 작업 속도가 느려지지 않는 식이다.

그는 지금 디스트로이어와 쿠로카미가 싸우는 광경을 마법으로 보면서 분석하고, 눈앞에 있는 인물들과 회의를 나누는 한편 수십 가지 마법적 작업을 진행시키고 있었다.

"결국 어부지리를 노릴 수밖에 없다는 건데… 뭐, 일단 자네들이 잘해줬어."

"현재 전황은 어떻습니까?"

앤드류가 불만스런 표정으로 끼어들며 물었다. 조직 내에서 자신과 정도일은 엄연히 동급이었다. 그런데 모건이 정도일을 더 높게 평가하는 것 같아서 심기가 뒤틀렸다.

"디스트로이어가 유리하군. 산이다 보니 쿠로카미의 닌자들도 잘 싸우고 있긴 하지만 화력 차이가 너무 커. 디스트로이어 놈들, 수틀리면 레일건을 한 방씩 쏴서 은신술이 의미없게 만들고 있어."

레일건은 지형을 가리지 않는 엄청난 파괴력을 자랑하는 병기였다. 게다가 마법적인 파장을 계속 터뜨리기 때문에 사전에 그 파장을 알고 중화하는 장비를 걸친 디스트로이어가 아닌 한에는 능력을 발휘하는 데 장애가 생긴다. 서로 대치하고 있는 상황에서 닌자들의 인법이나 음양사들의 주술이 한순간이라도 끊긴다면 디스트로이어의 전투 에이전트들은 곧바로 그들의 숨통을 끊어놓을 수 있다.

"저놈들도 레일건을 계속 쓰진 못하겠죠?"

정도일이 물었다. 레일건은 현재까지는 상당히 총열의 수명이 짧은 무기로 알려져 있었다. 한 번 쏘기 위해 압도적인 전력이 필요한데다가 몇 번 쏘고 나면 총열이 작살나서 새롭게 갈아줘야만 한다. 그 양쪽을 다 마법으로 해결하고 있다고 해도 완전치는 못할 것이다.

모건이 고개를 끄덕였다.

"확실히 아껴 쓰고 있어. 위에서 보니 골라이어스 한 대당 한 발에서 두 발, 그 이상은 안 쓰려고 하는 게 보이는군. 자네는 육도가 어느 시점에서 개입할 거라고 생각하나?"

"아마 디스트로이어가 쿠로카미에게 승리를 거둔 직후 피해 상황을 보고서 결정하겠죠. 피해가 크다면 전열을 정비하기 전에 곧바로, 아니라면 금오와 맞부딪칠 때를 노릴 겁니다."

"그럼 우리가 개입해야 할 시점은?"

"거기서 한 타이밍 더 뒤를 노려야겠죠. 뭐, 아까는 10분만에 전멸한다고 말했지만 그건 격전에 들어갔을 때고, 이쪽도 화력만 생각하면 초탄으로 괴멸에 가까운 타격을 입힐 수 있으니 그 시기를 잘 노려야 할 겁니다."

"그럼 일단 상황을 지켜보기로 하지. 길어도 몇 시간 안에는 답이 나오겠군."

*　　　*　　　*

이하영은 뾰로퉁한 표정으로 노트북만 보고 있었다. 지윤은 그녀를 어떻게 달래야 하나 싶어서 난감한 표정을 지었다.

"하영아, 작전이니까 어쩔 수 없는 거 알잖아."

"알아."

"마이너는 처음부터 소모품으로 만들어진 거야. 이번에 충분히 그 쓸모를 증명했어. 네가 화낼 일 아냐."

"알아."

"그럼 왜 화내냐?"

"화가 나니까."

결국 지윤은 한숨을 쉬었다.

소모품으로 버려진 마이너는 충분히 제 몫을 했다. 목적을 달성하기 전까지 파괴되지 않고 제대로 움직여 준 덕분에 쿠로카미와 디스트로이어가 맞붙었고 둘 중 하나가 전멸할 상황을 만들 수 있었다. 그 결과 마이너는 양쪽의 공격을 받고 파괴됐지만 그건 어쩔 수 없는 결과다.

하지만 하영은 그게 영 마음에 안 드는 모양이었다. 마이너가 도구로서 만들어졌다곤 해도 살아 있는 개체이기 때문일까? 하긴 희미하나마 감정도 있고 지적 능력도 갖추고 있긴 하다. 다만 명령이 생존 본능보다도 우선하는 병기일 뿐.

어쨌든 그들과 텔레파시 네트워크로 연결된 하영은 지나치게 감상적인 모습을 보이곤 했다.

'뭐, 그래도 말은 잘 들으니 다행인데.'

실험 때도 이런 일이 있을 때마다 화를 내긴 했지만 거부하지는 않았다. 투정을 부리는 정도였다. 그녀도 자기가 살아가는 현실이 어떤지 잘 알고 있었으니까.

지윤은 그녀의 옆에 앉으면서 말했다.

"너 말고 다른 사람을 썼어야 했는지도 모르겠다."

"나밖에 못하잖아."

"그래도 뭐… 효율이 좀 떨어져도 다른 사람들도 어떻게든 할 수 있지 않았겠어? 어차피 시스템이 완성되고 나면 그렇게 되어야만 하고."

"그럼 내가 할 일이 없는걸."

하영은 그렇게 말하며 키보드를 두드렸다. 흘끗 노트북 화면을 보니 바로 지윤의 블로그에 비공개로 악플을 달고 있는 중이었다. 잠시 안면 근육에 경련이 일어났지만 그는 연상답게 눌러 참고 부드러운 목소리를 유지했다. 얘기만 끝나면 당장 가서 지워 버려야겠다.

"너도 마법사니까 연구라도 도와주면 됐지, 뭐."

"엄마가 저승에서 배은망덕하다고 욕해, 그럼."

하영은 코웃음을 쳤다.

그녀는 7대에 걸친 마법사 가문의 직계였다. 하지만 그들의 가문은 연옥에서 살면서도 인간다움을 버리지 않는, 인간으로서 살아가는 자들이었다. 그래서 딸린 세력도 없이 진리를 탐구하며 살아왔다.

그러던 어느 날 거리에 악마가 나타나 연쇄 살인 사건을 일으키자 하영의 엄마에게 그 악마를 처리해 달라는 의뢰가 들어왔다. 하영의 엄마는 연구비와 딸의 양육비를 위해 그 의뢰를 받아들였다.

그리고 의뢰자에게 뒤통수를 맞았다. 그 의뢰자가 바로 악마를 불러낸 하수인이었던 것이다. 모략과 악의만이 판치는 연옥에서 한발 물러나서 살던 하영의 엄마는 그들의 진의를 알지 못하고 당하고 말았다.

결국 하영의 엄마는 악마에게 먹혀 살해당하고 하영의 일가족이 몰살당할 처지에 놓였다. 그리고 그때 전국을 돌아다니면서 활동 자금과 인력을 모으고 있던 지윤이 그 자리에 나타났다.

집안의 모든 사람이 죽고, 하영은 마법의 눈마저 빼앗기고 캄캄한 어둠 속에서 거대한 악마의 몸 아래 깔려 강간당할 위기에 처했던 그때, 붉은 머리칼의 소년은 모습을 드러내는 대신 저격으로 악마와 하수인을 쳐서 타격을 입히면서 진입해 왔었다.

"배은망덕하다라……. 아, 언제 들어도 참 신선한 말이다. 원한은 알아도 은혜는 모르겠는데 말야."

지윤은 피식 웃었다. 그는 정말 하영이 신기해 보였다. 연옥에서 자랐으면서도 은혜 운운하면서 자신을 돕겠다고 하는 발상 자체가 그에게는 비상식적인 것이다.

물론 그는 하영의 목숨을 구해주었고 원수라고 할 수 있는 악마와 하수인까지 참살해 버렸다. 하지만 그건 여태까지 교육받은 사명, 달리 말하면 전투기계로서 존재하는 삶의 이유 때문이지 딱히 하영을 위해서 그렇게 한 것은 아니었다.

만약 조금 늦어서 하영이 강간당하고 죽었다면 그냥 그러려니 하고 똑같은 일을 수행했겠지. 지윤이 그 사건을 통해 얻은 것은 하수인이 축적하고 있던 마법사로서의 재산들이었고, 그건 초기에 연구 자금을 확보하는 데 제법 많은 도움이 되었다.

"도덕책이라도 붙잡고 열심히 읽어, 상식이 뭔지 알고 싶으면."

하영은 그렇게 말하면서 포토샵으로 지윤의 사진 이미지를 띄워서 그 위에다 낙서를 하고 있었다. 그것을 본 지윤의 입가가 실룩거렸다.

"어련하시겠어."

지윤은 결국 그녀를 달래는 것을 포기하고 몸을 일으켰다. 누군가를 달래고 안정시키는 것은 익숙하지 않은 일이다. 그런 인간다운 일은 인간이 할 일이지 그처럼 전투기계가 할 일은 아니다.

단지 살아 있다고, 인간으로 태어나 인간의 육체를 갖고 살아간다고 해서 인간일 수 있다면, 그랬다면…….

'차라리 아무런 고민도 없이 죽어갈 수 있었을 텐데.'

지윤은 전술적으로 소모된 마이너를 떠올리며 마음속으로 중얼거렸다.

어중간하게 인간적인 게 완전히 비인간적인 것보다 더 나쁘다. 이렇게 꿈을 꾸고 그것을 이루려 하면서도 마음은 여전히 황폐한 그대로라니.

그래서 악마는 죽어가면서도 그를 비웃었는지도 모르겠다.

가련하구나. 오오, 가련하구나. 지키는 것의 가치조차 모르는 채 그렇게 만들어져서 지킬 수밖에 없는 네가 가련하구나.

물론 그 대가는 총성이었다. 언제나 폭력은 가장 간결하고 이상적인 답변이다. 어떤 현자가 와서 말로써 현혹시키려 해도 총알 한 발이면 모든 게 해결되니까. 죽은 자는 말이 없지. 언제나 그렇지.

'넌 어떻냐, 진유현?'

문득 지윤은 안산에 있을 옛 동료, 그리고 현재의 적을 떠올렸다. 스스로의 의지로 인생을 선택하여 그에게 거대한 파문을 던져 준 남자, 그는 지금 어떤 생각으로 살아가고 있을까?

물론 알 수 없었다. 아마 두 사람이 다시 만나게 된다면, 그런 사람다운 대화를 나누며 서로를 이해하기보다는 서로의 대갈통에 총알을 쑤셔 넣으려고 할 테니까.

그것이 그들의 대화법이다. 마지막에는 단말마 대신 총성. 죽여주게 심플하지 않은가?

"Bang."

지윤은 입으로 총성을 내뱉고는 키득거리며 걸어갔다. 먼 곳으로부터 바람을 타고 짙은 살의가 흘러오고 있었다.

쿠로카미는 전멸했다.

열기로 인해 타기 시작한 숲의 불길을 진화하면서 존 에이커 대령은 담배를 꼬나물었다. 디스트로이어는 군대식 계급 체계로 운용되고 있어서 그처럼 SA급 에이전트의 이름을 받으면 영관 급 대우를 받게 된다. 그중에서도 대령이면 최고 계급이고, 여기서 한 번 더 승진하면 장성 급이 되어 지휘부로 갈 때다.

"일곱 시간이나 걸렸나. 질긴 녀석들."

쿵. 쿵.

육중한 발걸음 소리와 함께 그의 옆으로 걸어오는 물체가 있었다. 레일건을 장착한 신형 골라이어스 '헤라클레스' 다. 존 에이커도 2미터의 거구를 자랑하는 금발의 백인이었지만 이 녀석의 엄청난 덩치에 비하면 난쟁이나 다름없다.

존 에이커는 뒤를 돌아보지도 않고 물었다.

"피해 상황 보고해."

"골라이어스 중 두 대가 손상, 한 대는 레일건을 쓸 수 없게 되었습니다. 단순히 총열을 교체하는 것만으로 해결되는 문제가 아니기 때문에 운용에 문제가 생길 것으로 보입니다. 그리고 한 대는 다리 부분을 당해서 포대로는 쓸 수 있지만 기동성을 살리는 것은 무리입니다."

"젠장! 그놈들 화력도 시원찮은 주제에 잘도 골라이어스를 고장 냈군."

"처음부터 대응책을 준비해 왔으면 위험했을지도 모르겠습니다. 왠지 모르지만 막무가내로 뛰어들어 온데다 동요하고 있는 상태라서……."

"아마 육도나 다른 조직에서 농간을 부렸을 확률이 크지. 계속 보고해."

존 에이커는 부관의 견해를 잘라 버리며 명령했다. 일선에서 30년 이상 뛴 그는 현재의 상황을 정확하게 꿰뚫는 통찰력을 발휘하고 있었다.

"네. A클래스 전투 요원 3명 전사, 1명 중상, 3명 경상. B클래스 전투 요원 17명 전사, 3명 중상, 5명 경상. A클래스 마법사 요원 5명 전사, 중상 없음, 1명 경상. B클래스 마법사 요원 6명 전사, 중상 없음, 2명 경상. 이상입니다."

"빌어먹을. 닌자 새끼들한테 많이도 죽었다. 일단 전투태세 해제하지 말고 이대로 경계하면서 이동한……."

팍!

그가 말을 맺기도 전에 한 발의 총탄이 공간을 꿰뚫었다. 부관이 등을 맞고 날아갔다. 분명 블랙 오리하르콘이 들어간 나노 소재의 방탄복이었지만 적들이 마법을 가미한 특수탄을 쓴다면 박히는 정도는 어쩔 수 없었다.

"제기랄! 벌써 왔냐!"

그가 비명처럼 외치는 순간 총격이 비처럼 쏟아지기 시작했다.

파바바바밧! 쾅—!

존 에이커는 정신없이 명령을 내리면서 총격을 피해서 뛰었다. 저 바람 가르는 소리 사이에 끼어드는 폭음은 분명히 최소 대전차 라이플 이상의 대형 화기다. 저런 걸 맞으면 한 방에 시체가 될 확률이 높았다.

"젠장! 골라이어스로 앞을 막고 레일건으로 반격해!"

적들이 사격을 가해오는 거리는 대략 150미터. 그 정도 거리에서 넓게 산개해서 놀라울 정도의 정밀도를 보이면서 화력을 쏟아 붓고 있었다.

기습당하는 바람에 몰리고 있긴 하지만 이쪽에는 레일건이 있다. 일단 어디서 쏘는지 파악한 이상 레일건 한 방이면 전세를 뒤집는 것도 가능하다.

콰아아아앙!

잠시 후 레일건이 울부짖었다. 엄청난 폭음과 함께 충격파가 사방을 휩쓸고, 그 궤적에 걸리는 건 뭐든지 다 박살 내면서 마하7을 넘는 속도로 날아갔다.

"반격 개시다."

존 에이커는 비릿하게 웃으며 장비를 전개했다. 목덜미의 버튼을 누르자 뒤쪽으로 겹겹이 접혀 있던 헬멧이 다시 원상 태로 복구되었고, 그의 뒤쪽으로부터 공간계 마법이 발동하면서 커다란 라이플이 튀어나와서 손에 잡혔다.

팍!

그러나 그가 엄폐물에서 튀어나오는 순간 기다렸다는 듯 날아드는 총격이 있었다. 존 에이커는 경악했다. 상대방은 정 말로 노리고 쐈다는 듯 그의 팔을 맞춰서 라이플을 떨어뜨려 버렸다.

"큭! 뭐야?"

그는 당황하면서도 곧바로 몸을 날렸다. 간발의 차이로 그 가 있던 자리를 총격이 꿰뚫었다. 그가 몸을 굴려서 일어나는 순간 눈앞에서 빛이 번쩍했다.

쾅! 파지지지지직!

강력한 전자파가 터지면서 몸이 덜덜 떨렸다. 그의 몸에 달 려 있던 장비 중 전자기기들은 전부 이상을 일으켰다.

'전자파 폭탄!'

존 에이커는 그 순간 상대가 육도인 것을 확신했다. 강력 한 전자파를 이용하는 수법은 육도가 즐겨 쓰는 방법이었 다. 그들의 독자적인 장비 중에는 신경계에 전자파를 터뜨려서 무력화시키는 나이프나 화살, 그리고 폭탄이 있었던 것이다.

그리고 전자 장비를 많이 사용하는 디스트로이어는 그런 공격에 취약했다. 마법적인 프로텍터로 방비를 해두긴 했지만 육도의 그것은 애당초 그것까지 염두에 둔 것이다. 게다가 이 정도로 전자파 출력이 높으면 영향을 안 받을 수 없다.

그런 것이 한 발도 아니고 여러 발 터졌다. 존 에이커는 비로소 레일건이 왜 그들의 움직임을 저지하지 못했는지 깨달았다.

"이, 이 자식들!"

골라이어스는 레일건을 하늘에다 대고 쐈다. 전자 신경계에 노이즈가 발생해서 운동 제어가 제대로 안 되었던 것이다.

물론 골라이어스가 간접적인 전자파에 운동 장애를 일으킬 만큼 취약하지는 않다. 하지만 저들은 아예 직접적으로 특수탄을 골라이어스의 몸체에 꽂아 넣고 터뜨림으로써 그 문제를 해결했다. 도대체 무슨 화기로 어떤 탄을 쐈는지는 모르겠지만 최신예 포를 맞고도 기스 좀 나고 마는 골라이어스의 장갑을 꿰뚫은 것이다.

육도의 공격은 그걸로 끝나지 않았다. 멀리서부터 박격포탄이 날아들기 시작했다.

쾅! 콰콰콰쾅!

디스트로이어의 강점은 정밀하면서도 막강한 화력, 그렇기에 전투원들은 사격으로 박격포탄을 맞춰서 허공에서 폭파시켜 버리는 묘기를 선보였다. 하지만 그것도 하나둘이지 산개해서 퍼붓는 집중 포화에 전자파 폭탄이 더해지면 대책이 없다.

육도는 한국이 자신들의 앞마당이라는 것을 유감없이 과시할 셈인 것 같았다. 개인 화기 말고도 이동시키기도 어려운 대형 화기까지 마법으로 이송시켜서 쏴대고 있었다. 전차포 정도는 우스운 화력이 작렬하며 전투원들이 종잇장처럼 날아다녔다.

그러면서도 숲에 불이 붙지 않는 것은 그들이 철저히 Non—fire 탄을 골라서 쓰고 있기 때문이다. 폭발할 때 충격파와 전자파, 그리고 마법적 파장과 파편만을 날리도록 만들어진 Non—fire 탄은 그 무참한 파괴력만 빼면 정말 이 갈리도록 친환경적인 탄이었다.

거의 30분에 걸쳐 집중 포화를 퍼붓던 육도는 마침내 초토화된 전장에 진입하기 시작했다. 포위망을 형성하고 퍼부었는데도 불구하고 디스트로이어의 전투원은 상당수가 생존해 있었다. 존 에이커 역시 부상은 좀 입었지만 아직 전투력을 상실하지 않은 상태였다.

'싸워야 하나, 아니면…….'

투항해야 할까?

승산은 없다. 이미 30분간의 공격으로 절반 이상이 쓰러졌다. 투항하는 편이 현명할 수도 있겠지.

하지만 고민은 잠깐이었다. 상황이 상황이라 투항을 받지 않고 사살해 버릴 가능성도 높고, 투항한다 한들 일반 병사들은 포로 대접을 받고 풀려나거나 회유될 수 있어도 그 자신은 온갖 수단을 이용해 정보를 뽑아내고 죽일 것이다. 그리고 그 과정은 아마 죽음보다 더 고통스러우리라.

"죽어보지도 않고 죽음을 논하다니 오만하기 짝이 없어."

갑자기 그의 마음에 답하듯 들려오는 여성의 목소리가 있었다. 자욱하게 피어오른 폭연과 전자파의 스파크 속에서 또렷하게 들려오는 이 목소리는 도대체 뭐란 말인가?

"어리석군, 존 에이커 대령. 죽음은 당신이 생각하는 것만큼 편안하지 않아."

팍!

"크악!"

존 에이커가 그것이 텔레파시라는 것을 눈치챈 순간 그의 어깨를 총격이 파고들었다. 누구의 사격도 닿지 않는 사각지대를 찾아 숨어 있었는데 총격이라니!

그리고 존 에이커는 누가 자신을 쐈는지를 알고는 경악했다. 설령 부하가 배신해서 뒤통수를 쳤다고 해도 이 정도로 놀라지는 않았을 것이다. 바로 자신의 오른손이 권총을 뽑아서 프로텍터를 해제하고 어깨를 쏴버린 게 아닌가?

"이, 이런! 마인드 컨트롤? 이럴 리가 없어!"

"네 인식이 올바르다고 누가 증명하지? 오, 맙소사. 설마 너 자신이라고 말할 셈은 아니겠지? 그건 구더기의 꿈틀거림보다도 가치가 없어."

속삭이는 목소리가 계속된다. 누군가 그의 등 뒤에 서서 귓가에 대고 말하는 것 같다. 하지만 당황해서 뒤를 바라봐도 그곳에는 아무도 없다.

놀라운 것은 그의 육체만이, 정확히는 목 아래쪽만이 통제에서 벗어나 있다는 점이다. 적은 그의 목 아래쪽 육체의 통제권만을 빼앗았다. 이런 일이 가능한 능력자는 전 세계를 뒤져 봐도 몇 되지 않는다.

디스트로이어의 SA급 에이전트로서 탑 시크릿 정보를 다수 알고 있는 존 에이커는 곧 상대의 정체를 깨달았다.

"환몽여제(幻夢女帝) 김지아!"

"바로 맞혔어. 상을 주지."

팍!

그의 육체가 다시 한 번 어깨에 총격을 가했다. 일부러 프로텍터를 풀어버리고 가한 총격이기 때문에 총알이 살갗을 파고들면서 격통이 전해져 왔다. 육체의 통제권을 빼앗았으면서 통증은 고스란히 느끼게 만들다니, 정말로 이런 일이 가능하단 말인가?

마치 악몽 속에서 허우적거리는 기분이다. 하지만 상대는 실체로써 이곳 어딘가에서 정신파를 발해서 그를 농락하고 있었다. 천 명의 정신을 동시에 조작하는 것은 물론이고 기계 장치의 데이터마저 인간의 정신을 매만지듯 조작할 수 있다는 세계 최강의 텔레파시 능력자 중에 하나, 육도 최강의 천상 계급 중 한 명인 환몽여제 김지아.

설마 그녀가 와 있을 줄이야. 이건 예상치 못한 사태다. 물론 천 명의 정신을 농락할 수 있다고 해서 단 한 명을 상대로도 같은 결과를 얻을 수 있다는 보장은 없다. 하지만 존 에이커 자신이 간단히 당한 것으로 볼 때 그녀의 능력이 상상을 초월하는 것만은 분명했다.

'좀 더 신중했어야 할 것을……'

지금 이곳에 투입된 병력은 분명 디스트로이어의 최정예들이다. 하지만 골라이어스를 투입해서 압도적인 섬멸 전력을 갖추었을 뿐 김지아 같은 규격 외 능력자에게 맞설 준비는 부족했다.

아니, 정확히는 그에 대해서도 대응책을 마련해 왔지만 쿠로카미와 정신없이 싸우면서 전열이 흐트러진 상황에서 기습을 당하고 만 것이다.

"너에게서 들을 정보는 없겠지. 디스트로이어의 천박한 프로텍터가 충실하게 네 쓰레기장 같은 뇌를 지킬 테니까. 지옥에서 만날 때까지 건강하게 썩어가도록 해라. 물론 아무런 의미도 없겠지만."

김지아의 속삭임과 함께 정신을 장악한 기척이 멀어져 가는 것이 느껴졌다. 하지만 지배가 풀린 것은 아니었다. 그는 자신의 헬멧이 열리자 당황했다. 그리고 자신의 오른손이 권총을 쥐고 오른쪽 눈을 겨누는 것을 보고 비명을 질렀다.

탕!

하지만 비명이 울려 퍼지기도 전에 방아쇠가 당겨지며 총탄이 그의 안구를 꿰뚫었다. 격통이 뇌를 직격하며 발광 상태에 빠졌지만 그의 육체는 여전히 다른 이의 것이었다. 다시한 번 총구가 남아 있는 한쪽 눈을 겨누었다.

"하, 하지 마… 하지 마! 안 돼애애애애애!"

탕!

무정하게 울려 퍼지는 총성과 함께 암흑이 찾아왔다. 하지만 그는 다섯 번째 총성이 울려 퍼질 때까지 살아 있었다. 그리고 자신이 어째서 첫 번째 총성이 울려 퍼졌을 때 죽지 못했을까 후회했다.

*   *   *

"까마귀들도 탐하지 않을 더러운 시체들이 이 숲을 기름지게 할 수 있을까? 시시한 일이야."

전장이 내려다보이는 봉우리에는 한 여성이 있었다. 세련된 자주색 옷을 입고 값비싼 액세서리들로 몸을 장식한 그녀는 30대 후반이나 40대 초반 정도로 보였다. 하지만 그런 차림새와는 어울리지 않는, 긴 곰방대를 입에 문 채 담배 연기를 내뱉으며 공허한 표정으로 말을 계속한다.

"악취 속에서 꽃이 피어나기 전에, 이 시궁창 속에서 아름다운 것들을 건져 내어 우리의 지저분한 소굴로 돌아가자꾸나. 자신의 집이 어딘지도 모르는 잡것들과 얽혀 있자니 불쾌해."

"그게 마음대로 된다면 좋겠는데."

그 말에 대꾸하는 목소리는 젊은 남자의 것이었다. 그녀의 시선이 목소리가 들려온 곳을 바라보았다. 바위 위에 젊은이다운 심플한 패션에 머리 일부를 자주색으로 물들인 청년이 걸터앉아서 싱글싱글 웃고 있었다.

특이한 것은 그의 눈이다. 다른 모든 것이 평범했지만 그의 눈만은 새빨간 루비 같은 색깔에 기묘한 빛을 발하고 있어서 섬뜩하기 이를 데 없었다.

여성이 물었다.

"어려울 거라고 생각하는가?"

"아마도. 저쪽에선 요괴선인이 둘이나 온 것 같아. 게다가 정체를 알 수 없는 놈들이 있군. 금오 놈들이 아닌 누군가가 우리를 관찰하고 있어."

청년은 루비 빛 눈으로 하늘을 바라보며 물었다. 저 위쪽에서 누군가 강력한 마법의 힘으로 그들의 움직임을 살피는 것이 느껴진다. 놀랍게도 그는 대마법사 모건의 마법을 꿰뚫어 보고 있는 것이다.

이들이 바로 육도의 최상위 계급인 천상 계급에 속한 이들이었다. 본래 이들이 육도의 본거지를 떠나 작전에 투입되는 것은 몇 년에 한 번 있을까 말까 한 일이다. 그들은 요괴를 제압하거나 세력 다툼을 하는 것과는 차원이 다른 중대한 일을 수행하는 존재들이었다.

그러나 이곳 설악산에서 발견된 무언가는 그들을 움직이게 할 만한 가치가 있었다. 그리하여 천상 계급의 열한 명이 긴급회의를 열고 그중 두 명이 이번 일을 총괄하는 입장으로 투입되었다.

"자, 그럼 이제부터 시작이야. 어디 한 번 실력을 볼까? 금오의 엉덩이 가벼운 짐승들."

김지아는 붉은 입술을 비틀며 중얼거렸다. 동시에 그녀로부터 강렬한 정신파가 퍼져 나가며 전장을 변화시키기 시작했다.

　　　　*　　　　*　　　　*

　　그때 금오 병력들의 우두머리 혈사왕 위강과 백호존 규혼
은 천리안(千里眼)을 통해서 상황을 다 살피고 있었다. 김지
아와 또 한 명은 존재를 드러내지 않고 있었기 때문에 육안으
로 확인할 수는 없었지만 그래도 그만큼 강대한 존재가 와서
능력을 발휘하고 있다는 것만은 알았다. 그리고 그 능력자가
이제 그들을 향해 이빨을 드러내고 있었다.

　　여우인간 규혼이 감탄했다.

　　"이거 제법인걸. 거의 피해없이 정리해 버렸잖아? 몰아치
는 타이밍이 환상적이었군."

　　"게다가 파격적인 정신계 능력이오. 분명히 육도의 천상
급이 온 것 같군."

　　황금안의 귀공자 위강이 섭선을 펼치며 불편한 심기를 드
러냈다. 그도 원격계 술법을 장기로 삼는 존재였다. 그런데
쉽게 대적할 수 없는 상대가 나타난 것이다.

　　게다가 지금 전장에서 일어나는 일은 더 가관이었다. 아주
노골적으로 흑마법을 사용했는지 죽은 쿠로카미와 디스트로
이어의 병사들이 시귀(屍鬼)가 되어 일어나고 있었다. 몸이
한군데씩 박살난 녀석들도 주변의 나무가 기이하게 비틀어지
면서 변형하더니 그 결손 부분을 메워서 시체와 식물이 융합

된 괴물로 변한다.

"정말 재미있는 술수를 쓰는군. 건방진 것들!"

"문제는 그게 아냐."

화를 내는 위강에게 규혼이 착 가라앉은 목소리로 말했다. 위강이 그럼 뭐가 문제냐는 듯 바라보자 규혼이 천리안이 표시하고 있는 영상의 한 지점을 가리키며 말했다.

"봐라. 저놈들 레일건도 손에 넣었다."

그가 가리키고 있는 것은 바로 검은 기계거인 골라이어스였다. 골라이어스조차도 육도 측에서 사용하는 마법, 혹은 능력에 잠식당해서 기동하고 있었다.

온갖 프로텍터로 보호되고 있어서 명령자의 정신파가 조금 변질된 것만으로도 기능이 발휘되지 않는, 억지로 프로텍터 해체 절차에 들어갔을 경우 자폭으로 기밀을 지키는 전술병기가 저렇듯 쉽게 적의 수중에 넘어가다니!

"대단해. 정말 완전히 손에 넣은 건가? 아니면 자폭 프로세스가 발동하는 기밀 데이터 프로텍터를 피해서 그냥 조작만 가능하게 된 건가?"

위강이 흥미로워하며 중얼거렸다.

그 둘의 차이는 매우 크다. 위강 자신도 원격계 능력자였기 때문에 골라이어스를 빼앗을 생각을 해보긴 했다. 그러나 디스트로이어의 프로텍터가 만만한 게 아니라서 단순히 조작권을 빼앗는 것만으로도 어려우리라 예상했다. 조작권 이상의 것, 즉 해체해서 그 안에 있는 데이터 코드를 해석하거나 기체의 설계를 파악하려면 곧바로 자폭하게 되는데 이것을 피할 방법은 도저히 떠오르지 않았다.

콰아앙!

그들이 놀라든 말든 골라이어스로부터 레일건이 발사되었다. 섬광이 번쩍였다고 느끼는 순간 주변을 둘러싼 결계를 갈가리 찢으면서 포탄이 작렬했다.

그 진동이 봉우리 전체를 뒤흔들어서 그들이 있는 곳까지 전해질 정도였다. 위강이 당혹스러워하면서 천장을 올려다보았다.

"대단하군! 결계를 뚫고도 이 정도 위력이 나온다는 건가?"

"결계로 막을 수 있는 수준이 아냐. 하지만 역천반극대진을 너무 얕보는군. 그렇게 쉽게 우리를 무너뜨릴 수 있다고 생각하다니!"

규혼이 불쾌한 듯 말하며 양팔을 휘저었다. 그러자 천리안이 허공에 비추던 영상이 바뀌었다. 구궁(九宮)과 팔괘(八卦)를 비롯한 온갖 진법이 그의 주변에 입체적으로 나타나면서 고대에 쓰였지만 지금은 유실되어 사라진, 그러나 분명히 존재하는 문자들이 떠올라 빛을 발하기 시작했다.

규혼은 진법과 문자들을 휘둘러 퀘이사가 있는 봉우리 주변을 둘러싼 자신의 절진, 역천반극대진을 본격적으로 발동 시켰다.

"세계여! 역천의 법칙으로 명한다! 활짝 펼쳐져 무한하라!"

그가 명하자 거대한 파동이 봉우리 전체로 퍼져 나갔다. 그리고 그 직후 두 발의 레일건이 동시에 발사되었다.

*   *   *

"음? 어떻게 된 거지?"

천호성은 의아한 표정으로 레일건이 쏘아낸 포탄의 궤적을 눈으로 쫓았다. 분명히 봉우리를 향해서 발사했는데 폭음이 들려오지 않는다?

콰아아앙!

다른 골라이어스가 레일건을 발사했다. 섬광이 터지며 포탄이 공간을 꿰뚫는다. 그리고… 아무 일도 일어나지 않았다.

"뭐야, 포탄이 사라져? 이게 어떻게 된 거야?"

조준된 포인트로 잘 날아가던 포탄이 어느 순간 사라져 버리고 있었다. 결계에 막혀서 튕겨 나가거나 아니면 궤도가 어긋나는 게 아니라 문자 그대로 사라져 버리는 것이다. 세 발이 다 그랬으니 이건 의심할 여지가 없이 적의 술수가 일으킨 현상이다.

"진법이네."

그때 천호성의 옆으로 걸어오면서 툭 내뱉는 이가 있었다. 그는 환몽여제 김지아와 함께 있던 핏빛 눈동자의 청년이었다.

"진법이라고… 요?"

반말로 물으려던 그는 상대의 정체를 알고는 재빨리 존댓말을 사용했다. 아무리 수라 급 에이전트 중에서도 팀장 클래스라고 해도 천상 급은 육도의 최상위 계급, 왕과 신하의 관계이니 경의를 표하지 않을 수 없다.

"응, 진법. 저건 마법으론 깨기 어려운데, 골치 아프군."

"일단 성격을 파악해 보지."

그렇게 말한 것은 환몽여제 김지아였다. 어느새 그의 옆에 나타난 그녀가 눈짓하자 시귀 중 하나가 맹렬하게 돌격하기 시작했다. 그녀의 텔레파시 능력은 산 것을 조종하는 것에 그치지 않고 영혼이나 사물조차도 뜻대로 할 수 있었다.

진법의 경계에 발을 딛는 순간 시귀의 모습이 사라졌다, 마치 지금 눈에 비춰지는 광경과 똑같은 벽이 그들 사이를 단절시키기라도 한 것처럼.

그러나 김지아의 텔레파시는 계속되고 있었다. 그녀는 진법 속으로 들어간 시귀의 상태를 실시간으로 파악했다.

"공간을 무한정 잡아 늘리면서 동시에 계속 비틀어놓은 것 같군. 거리가 얼마나 되는지는 모르겠어. 적어도 레일건의 사정거리보다는 더 길게 잡아 늘인 것 같아. 게다가 뭔가 더 있는 것 같은데 파악을 못하겠고. 이거 골치 아픈데."

그러니까 그들이 애용하는 공간계 마법과 동일한 효과를 지녔다고 생각하면 된다. 작은 마법 포켓 안에서 라이플을 꺼낼 수 있듯이 금오의 요괴선인이 펼친 진법의 범위 안에 있는 공간은 엄청난 비율로 늘어나 있는 것이다. 게다가 그게 전부가 아닌 것 같으니 더욱 문제다.

청년이 말했다.

"일단 한 방 더 쏴봤으면 좋겠는데."

"그러지."

김지아가 고개를 끄덕였다. 골라이어스를 움직이고 있는 것 역시 그녀의 정신파였다. 엄중한 프로텍터에 의해 방어되고 있는 골라이어스의 조작 시스템도 그녀 앞에선 문을 활짝 열어젖힌 것이나 다름없었다.

콰아아아앙!

폭음과 함께 포탄이 섬광이 되어 공간을 꿰뚫었다. 그리고 그 직후,

쿠콰콰콰콰콰!

소리가 울려 퍼졌을 때는 이미 그들의 바로 머리 위로 뭔가가 엄청난 속도로 스쳐 지나간 후였다. 직격당하진 않았지만 그 충격파만으로도 전투원들이 날아가 버렸을 정도이다.

"큭. 뭐야, 이거? 설마 완전히 공간을 제멋대로 제어할 수 있단 말야? 실시간으로?"

청년이 황당해하며 말했다. 방금 전 스쳐 지나간 것은 바로 그들이 쏜 레일건 포탄이었다. 그 포탄이 마하7의 속도로 진법 영역 안으로 들어가는 순간, 곧바로 역전된 공간을 타고 그대로 날아온 것이다. 원래대로라면 골라이어스의 레일건 총구에 그대로 꽂히는 그림 같은 광경이 연출됐겠지만 그전에 발동해 있던 청년의 마법 덕분에 그런 사태만은 피할 수 있었다.

우우우우우우웅…….

공명음이 울려 퍼지며 공간이 희미하게 뒤틀어지고 물결친다. 20세기 후반에 들어서나 완전히 실용화되었다고 알려진 고위 마법, 공간 비틀기가 그들 주변에 펼쳐져 있었다.

"공간 조작 능력은 나보다 훨씬 위라고 봐야겠군."

청년은 혀를 차며 말했다. 그의 마법으로 공간을 비트는 것은 한계가 있었다.

실제로도 방금 전 레일건의 위력 때문에 비틀어진 공간 대부분이 원래대로 돌아가면서 생각했던 것만큼 궤도가 바뀔 않았다. 원래 의도했던 대로라면 레일건 탄환은 그들의 한참 위쪽을 날아가고 충격파로 인한 피해도 발생하지 않았어야 했다.

"마법으로는 어쩔 수 없는 건가? 그렇다면……."

김지아가 앞으로 나서며 눈을 부릅떴다. 그 순간 어마어마한 정신파가 일어나더니 잘 벼려진 칼날처럼 하나로 모아져 결계를 직격했다. 인간이 받는다면 단 일격에 정신이 부서지고 영혼마저 죽어버릴 것 같은 정신의 검!

하지만 그것조차도 세계의 저편에 도달하지 못했다. 김지아는 정신파가 아무런 공명도 일으키지 못하자 눈살을 찌푸렸다.

"완벽해. 외부에서 어쩔 수 있는 게 아니군."

"그럼 안으로 들어가야 한다는 건가? 짜증나네. 일단 내 능력으로도 한 번 밀어보지."

청년이 내키지 않는다는 표정으로 투덜거렸다. 그의 눈이 부릅떠지며 주변의 공간이 물결치기 시작했다. 하지만 그것은 빛이 굴절을 일으키면서 보인 착시현상이었다.

쏴아아아아아…….

물이 흐르기 시작했다. 반경 3킬로미터 내에 분포되어 있는 공기 중의 수분이 전부 응집되면서 거대한 물줄기를 이루었다. 허공에 있는 수분은 물론이고 지하에 흐르고 있던 수류조차 폭발하듯 지상으로 끌려 나왔다.

콰콰콰콰콰!

굉음과 함께 지면이 폭발하며 물줄기가 엄청난 기세로 치솟았다. 그 위에 청년이 마치 땅을 딛고 선 것처럼 여유로운 모습으로 선 채 산봉우리를 굽어보았다.

"금오 쪽에서는 어떤 분들이 나오셨는지 어디 한번 볼까?"

강은커녕 시내조차 없는 곳에서도 국지적인 해일을 만들어낼 수 있는 능력자, 육도 천상 계급의 일원인 용의 화신 정호운. 그것이 바로 청년의 정체였다.

무수한 물줄기가 용권풍처럼 회전하면서 치솟았다. 상공의 기류가 불안정해진다. 그것들이 꿈틀거리며 비상하는 용처럼 한곳으로 모여들더니 이윽고 거대한 해일이 되어 일어났다.

"바다여, 오라! 광포한 본성으로 대지를 범하라!"

정호운의 외침과 함께 해일이 봉우리 위로 쏟아졌다. 해일 위로 무수한 정령들이 광포한 표정으로 떠올라 절규를 내지르기 시작했다. 물리적으로도, 영적으로도 모든 것을 말살시켜 버릴 것 같은 규모의 재앙이 일어나고 있었다.

"맙소사!"

같은 편인 육도의 병사들조차도 이 광경 앞에 할 말을 잃었다. 하지만 그들이 정말 놀랄 일은 그것으로 끝이 아니었다.

"거기까지다!"

천둥 같은 외침이 울려 퍼지며 세계의 형상이 급변했다. 태풍에 휘말린 것 같던 세계가 무한히 넓어지며 그 위에서 거대한, 너무나도 거대한 여우인간이 나타났다. 한 손으로 산봉우리를 덮어 무너뜨릴 수 있을 것 같은 크기, 그저 거인이라는 말로 형용하기에는 너무나도 거대한 존재였다.

"역천반극대진! 백호존 규혼께서 납시셨군!"

정호운은 미소를 지으며 그를 올려다보았다. 그가 손가락 하나만 휘둘러도 세상이 끝장날 것 같았지만 조금도 주눅 들지 않는다. 그가 진을 풀어 확장시킨 시점에서 승부는 충분히 해볼 만한 국면으로 접어들었다.

그러나,

—조심해!

그 순간 그의 정신으로 파고드는 텔레파시가 있었다. 김지아의 목소리였다. 그리고,

쾅!

예측할 수 없는 방향에서 날아든 한 발의 총탄이 그의 몸을 꿰뚫었다.

"…어?"

정호운은 믿을 수 없다는 듯 자신의 가슴을 내려다보았다. 그의 몸에 커다란 구멍이 뚫려 있었다, 한 발의 총탄으로 인해 생겼다고는 믿을 수 없을 정도로 큰.

그의 몸이 없어졌다.

심장 아래쪽의 몸이 완전히 박살나서 격렬한 수류 속으로 흩어져 버렸다. 정호운은 전혀 리얼리티가 없는 풍경화를 보듯이 그 광경을 멍청하니 지켜보았다.

총탄은 마하4를 넘는 속도로 날아왔다, 전혀 예측할 수 없는 방향에서.

그는 천천히, 아주 힘겹게 고개를 돌려 총탄이 날아온 방향을 바라보았다. 그곳에는 동심원을 그리며 퍼져 가는 공간의 파문이 있었다. 그 중심에, 손가락 하나 굵기만 한 원 안쪽에서 언뜻 전혀 다른 색깔의 풍경이 엿보였다.

"기분 나쁜… 농담이군."

그것이 그의 유언이 되었다. 그의 의식이 끊어지면서 그가 불러일으킨 거대한 능력의 파장 역시 눈 녹듯이 사그라져 갔다.

콰콰콰콰콰!

세상을 모두 휩쓸어 버릴 듯한 해일이 그 자리에서 무너져 내렸다. 수백만 톤에 이르는 물이 무너져 내리는 것은 그 자체만으로도 재앙이었다.

—모두 도망쳐!

김지아는 텔레파시로 외치며 허공으로 몸을 띄웠다. 그 자리에 있던 이들은 무너지는 해일을 피해서 어디에도 없는 도피처를 찾아 절규하기 시작했다.

3

"설마 한 방에 끝낼 수 있을 줄은 몰랐는데."

지윤은 믿을 수 없다는 듯 중얼거렸다. 저격용 스코프를 통해 보이는 광경은 세상의 끝보다도 더 멀어 보였다. 그리고 예언서에 쓰인 종말보다도 더 웅장하게 무너져 내리고 있었다.

그러나 그 광경은 곧 다른 광경이 덧씌워지며 사라져 버렸다. 그곳에는 눈을 통해 보이는 것과 다름없는 설악산의 풍경만이 남았다. 다만 먼 곳에서 굉음이 들려올 뿐이다.

"한 방에 끝내거나, 아니면 다시는 기회를 잡지 못하거나. 둘 중에 하나지. 도박에서 이긴 것뿐이야."

모건이 대답했다.

"하지만 7킬로미터 밖에서, 지형 조건을 완전히 무시하고 하는 저격이라니, 이런 게 가능해도 되는 겁니까?"

지윤은 자기가 해놓고도 어처구니없어하고 있었다. 4킬로미터 저격만 해도 어이가 없었는데 7킬로미터 밖에서, 그것도 이번에는 아예 총알만 공간 도약시켜서 저격하다니!

"된다."

모건이 마법을 거두며 조금 피로한 기색으로 대답했다. 정도일이 헛웃음을 흘리며 물었다.

"아니, 아무리 그래도 이거 완전 반칙이잖아요. 이 거리에서 예측할 수 없는 궤도로 때리면 신이 상대라도 죽일 수 있을 것 같은데."

"못 죽이지. 이건 특수한 상황이 겹쳐진 결과야. 정상적인 상황이었다면 절대 성공할 수 없는 공격이다."

방금 전, 그들은 모건의 공간이동 능력을 이용해서 7킬로미터 밖에서 저격을 시도하는 만행을 저질렀다. 그것도 위쪽에서 가파른 각도로 겨누고 쏴서 상대방이 총알을 맞는 그 순간까지 알아차릴 수가 없는 악랄한 저격이었다. 거기에 쓰인 총이 4킬로미터 저격을 성공시킨 바로 그 라이플에 그 탄이었으니, 아무리 용의 화신이라 불리는 존재라도 그걸로 심장을 꿰뚫리고 살아남을 수는 없었다.

모건이 설명했다.

"잘 생각해 봐라. 이건 여러 가지 요소가 환상적으로 우리에게 유리하게 작용한 결과야. 내 공간이동은 분명 반칙적인 기술이지만 기척을 은닉할 수 없지. 저들 정도의 능력자들이라면 공간이 열리는 순간 그 사실을 파악할 수 있을 거다. 그전에 내가 사용하고 있던 멀리 보기 주문도 알아차리고 있었지."

"하긴 공간이동이 조용한 기술은 아니죠."

"그래. 그 문제는 녀석들이 한껏 능력을 발휘하면서 치고받는 시끄러운 상황이라는 점 때문에 1차적으로 해결이 되었다. 하지만 단순히 그런 상황이었다면 녀석들의 예민한 감각이 공간이동의 파장을 잡아냈을 거야. 그건 다른 마법이 발하는 파장과 비교해도 무척 이질적이니까."

"그 외에 또 다른 요소가 있었다?"

"그건 바로 녀석들이 공간이 사정없이 비틀어지는 상황에 있었다는 거지. 금오 놈들이 사용하는 진법은 나조차도 꿰뚫어 보기 어려울 정도로 뛰어난 공간계 술법이다. 예전부터 선술은 결계 술법과 공간계 술법에 있어서만은 마법을 압도했었지."

"그래서 거기서 일어나는 공간계 간섭 파장 때문에 이쪽의 공간이동이 감춰졌다는 거로군요."

"그래. 그 두 가지 요소가 더해지면서 우리는 녀석들의 허점을 단 한 번 노릴 수 있게 된 거다. 하지만 이제부터는 녀석들도 완벽하게 대비하겠지. 똑같은 수법은 쓸 수 없어."

모건은 혀를 찼다. 천재일우의 기회를 놓치지 않고 육도 측의 중요 인사를 처리한 것은 좋다. 하지만 이것으로 그들의 존재도 완전히 적들에게 인식되게 되었다.

물론 저들이 이쪽의 정체까지 알기는 힘들겠지만, 최소한 자신들을 위협할 수 있는 세력이 이곳에 와 있다는 것을 안다는 것만으로도 상황이 완전히 달라진다.

"그럼 이제부터는 어떻게 할 생각이죠?"

그새 라이플을 다 분해한 지윤이 물었다.

객관적으로 볼 때 자신들의 전력으로는 퀘이사 탈환이 불가능하다. 지금까지 7대세력이 치고받는 것을 보면서 내린 결론이었다. 모건의 능력은 뛰어나지만 적들도 만만치 않다.

그리고 이쪽에는 육도와 비교했을 때 수라 급 수준은 되는 고급 전투원의 숫자가 거의 없는데 저쪽에는 아주 넘쳐 난다. 병력의 질적 차이가 너무 심해서 도저히 어떻게 해볼 수가 없었다.

모건이 말했다.

"처음 계획대로 간다."

"퀘이사를 폭주시키겠다고요?"

지윤이 흠칫하며 물었다. 그것이 얼마나 무서운 결과를 가져올지 모건에게 들었기 때문이다. 하지만 모건은 콧김을 내뿜으며 의욕을 불태우고 있었다.

"그래. 까짓 거, 이 자리에 모여든 놈들 전부 몰살시켜 주지. 여기 모여든 인력이 전멸하면 육도에서도 좀 피해가 크겠지?"

"엄청 크겠죠."

지윤이 쓴웃음을 지으며 긍정했다. 이곳에 모여든 인력은 육도의 최정예다. 천상 급이나 인간 급은 말할 것도 없는 희소 자원이지만 수라 급이야말로 육도 활동의 핵심이 되는 인력, 이곳에 모여든 50여 명이 전멸한다면 그건 조직이 흔들릴

만한 손실이다.

'어쩌면 세계 7대세력에서 굴러떨어질지도 모르지.'

지윤은 코웃음을 쳤다.

회복하는 데 10년이나 20년이 걸린다면 세계 7대세력이라는 간판은 내려야 한다. 그럼 세계 6대세력이 되거나 그럭저럭 성장세가 두드러지던 조직이 그 자리를 채우거나 둘 중 하나가 될 것이고.

하지만 그 자리를 차지하기에 미드가르드는 아직 부족했다. 규모만 따지면 자격이 있을지도 모르지만 아무래도 격이 떨어진다.

'하지만 에밀에겐 분명히 우리한테 보여주지 않은 카드가 있어. 그 자신도 그렇지만…….'

에밀 크레이그는 분명히 지윤에게 보여주지 않은 비장의 전력이 있을 것이다. 그것은 단순히 에밀의 직속 에이전트들만을 의미하는 것이 아니라 기술적인 것과 그리고…….

'에밀 자신의 능력이 어느 정도인지 우린 아무도 모르고 있지.'

에밀을 의심하거나 적대하는 게 아니다. 오히려 그를 인정하는 것이다. 지윤 자신이 인정한 남자라면 고작 지금 드러난 것이 전부여서는 곤란하다.

하지만 그것과는 별개로 이쪽도 비장의 카드는 준비해야

겠지. 지윤과 현종은 그 준비를 차근차근 갖춰 나가고 있었다.

그때 모건이 말했다.

"일단 인원을 전부 철수시켜야겠군. 이 일대에 있다가는 다같이 날아갈 수도 있으니까."

"그러죠."

지윤은 몸을 일으키며 대답했다. 하지만 그때 모건이 그의 어깨를 잡았다.

"지윤이 넌, 나랑 같이 가자. 아무래도 날 지켜주는 녀석이 하나쯤은 있어야 하지 않겠냐?"

"거기서 하는 일에 제가 있어야 할 필요가 있어요?"

"있을지도 모르지. 없으면 좋은 구경을 하는 거고… 뭐, 정도일 그 녀석도 없는 데서 네놈이 숨기고 있는 패 좀 보여주지 그러냐?"

"별로 보여 드리고 싶지 않은데요."

"비밀로 해주지."

"그 말을 어떻게 믿고요? 보여주면 곧바로 사장하고 이사회에 가서 꼬치꼬치 떠들어대실 것 같은데."

삐딱한 지윤의 태도에 모건이 눈살을 찌푸렸다.

"이 녀석이 대마법사를 뭘로 보고. 뭐, 좋아. 보여주면 내가 좋은 선물을 해주마. 약속하지."

"흐음. 그 약속은 믿어도 되는 겁니까?"

"계약서 쓸까?"

"쓰시죠."

"…독한 놈."

"워낙 사람을 못 믿는 환경에서 자라서요."

지윤은 뻔뻔하게 대꾸하며 진짜로 계약서용 마법이 걸린 종이 한 장을 꺼내더니 역시 계약서 작성용 마법의 펜으로 간단한 계약 내용을 적어나가기 시작했다. 여기에 피로 서명을 하면 설령 악마라고 할지라도 계약에서 자유로울 수 없게 되는 악랄한 최신 계약 마법이었다.

"에잉. 아주 제대로 얽어보겠다 이거구나."

모건은 툴툴거리면서도 계약서에 사인을 해주었다. 그리고 담배를 한 개비 꼬나물면서 텔레파시 마법으로 정도일과 앤드류 웨버에게 철수 명령을 내렸다.

"뭐 챙길 거 있으면 미리 챙겨라."

"없어요. 장비도 다 갖추고 있고."

지윤은 방금 전에 저격에 쓴 거대 라이플을 바지 뒤쪽에 매달린 작은 포켓에 넣으면서 말했다.

"하지만 이 저격을 저한테 시킨 것도 그렇고 굳이 제 숨겨진 패를 보겠다는 것도 그렇고… 대마법사님도 뭔가 꿍꿍이가 있으시군요."

"당연히 있지."

에밀 크레이그와 협력하고 있으면서도 그와는 다른 꿍꿍이를 품고 있는 것이 아니냐. 지윤은 은근히 그렇게 물었던 것인데 모건은 아예 대놓고 긍정해 버렸다. 예상치 못한 그의 대답에 지윤은 조금 당황했다. 하지만 금세 그것을 감추면서 물었다.

"뭐죠, 그건?"

"아직 네가 이해할 수 있는 게 아니다. 하지만… 그걸 위해서라도 너는 퀘이사를 봐둘 필요가 있겠지."

모건은 그렇게 말하며 공간이동 마법을 사용했다. 두 사람의 몸이 일그러지는 공간 속에서 확장된 그림자처럼 일렁거리다가 사라졌다.

"누군가 온다."

백호존 규혼은 눈을 크게 떴다. 하지만 그는 가부좌를 튼 채 움직이지 못했다. 지금 그의 정신은 역천반극대진과 완전히 일체화되어서 섣불리 손을 뗄 수 없었다.

대신 혈사왕 위강이 움직였다. 그는 규혼을 지키는 위치에서서 공간의 한 점을 노려보았다. 그의 시선이 닿은 곳의 공간이 일그러지며 물결처럼 파문이 일었다.

그리고 두 사람이 환상처럼 나타났다. 은발에 푸른 눈을 가진 중년 마법사와 붉게 염색한 머리칼에 전신을 전투 장비로 두른 소년 전투원이었다.

"공간이동?"

위강은 경악했다. 공간이동은 비술 중의 비술. 그것을 사용할 수 있다는 것은 최소한 자신들과 동급이라는 의미다. 그런데 역천반극대진 바깥쪽에서 이곳을 정확히 들여다보고 장거리를 공간이동해 왔다면 그건······.

"불가능해. 그런 인간이 있을 리가······."

위강이 믿을 수 없다는 듯 중얼거렸다. 상대방은 요괴나 혹은 신적인 존재도 아니었다. 그런데 기나긴 비술의 역사 동안 확립된 상식을 송두리째 깨부수는 일을 해내다니?

하지만 그 기적의 주인공은 태연하게 미소 짓고 있었다.

"있다오, 금오의 요괴선인 여러분."

"한국인인가? 그렇게는 안 보이는데?"

위강이 눈살을 찌푸리며 한국어로 물었다. 모건이 유창한 한국어로 말했기 때문이다.

"아, 물론 아니지. 하지만 당신들도 한국어 잘하지 않소? 의사소통에 문제가 없으면 됐지."

"하긴 그렇군. 아무래도 조금 전의 저격도 그쪽의 솜씨인 것 같은데, 그럼 무슨 일로 여기까지 방문했는지 물어도 될까?"

위강이 섭선을 펼치며 위압적인 기운을 뿜어내었다. 모건은 태연하게 받아넘겼지만 지윤의 표정이 일그러졌다. 감각을 엄습하는 상대의 기운이 장난이 아니었던 것이다.

'젠장. 요괴선인이라더니 정말 장난이 아니군.'

일반인이라면 이유도 모르는 채 압박감에 질식해서 죽어갈 것이다. 하지만 지윤은 의기강체술(意氣强體術)을 이용해 기감을 강화하면서 버텨냈다.

모건이 말했다.

"당신들이 지키고 있는 것을 가지러 왔지. 그건 원래 우리 것이거든."

"호오?"

위강의 눈썹이 꿈틀거렸다.

지금까지 퀘이사를 차지하고 지키면서도 그 이전에 차지하고 있던 자들에 대해서는 확실히 알지 못했다. 예언자 헌우의 말에 따라 이곳을 차지하고 나서 그 가치를 알았지만, 이곳을 지키고 있던 연구자들과 전투원들에게는 강력한 프로텍터가 걸려 있어서 그 너머에 있는 정보를 이끌어내지 못한 상태였다.

다만 알아낸 것은 이들이 '미드가르드'라는 이름을 가진 조직의 일원이라는 것, 그리고 이들 역시 이곳을 대단히 중요하게 여기고 미리 장악하여 연구하고 있었다는 사실 정도다.

"잘됐군. 아무래도 여기 있던 버러지들보다는 윗대가리로 보이니 더 많은 것을 알고 있겠지."

섭선을 펼치는 위강의 눈에서 사이한 붉은빛이 넘실거렸다. 보통 인간이었다면 대번에 심령을 제압당했겠지만 모건은 코웃음을 치며 손을 뻗었다.

쾅!

폭음과 함께 위강의 몸이 뒤로 주르륵 밀려났다. 공간이 물결치면서 방금 전 그를 공격한 수법의 정체를 짐작하게 만들어주었다.

"크윽, 이, 이럴 수가!"

"당신과 실랑이를 벌일 생각은 없소."

모건은 코웃음을 치며 지윤에게 눈짓했다. 위강을 상대하라는 뜻이었다.

"엄청난 일을 떠맡기시는군요."

"보조 마법 좀 걸어줄 테니 죽지만 말고 버티고 있어라."

투덜거리는 지윤에게 모건의 마법이 겹겹이 걸리기 시작했다. 감각 강화, 기척 차단, 근력 증가, 실시간 육체 정보 파악, 자기정보 암호화 등등 지윤의 몸에 각인된 마법 술식들의 용량으로는 어림도 없는 고효율 마법이 순식간에 22개나 걸렸다. 마법의 효과를 파악한 지윤이 기가 질릴 정도였다.

'뭐야 이거? 이래도 되는 거야?'

22개의 마법을 기존에 지윤의 몸에 걸려 있는 마법과 장비에 걸린 마법을 충돌시키지 않으면서 한순간에 걸었다?

그건 모건이 지윤의 상태를 완전히 꿰뚫고 있다는 이야기가 아닌가? 마치 비밀리에 감춰둔 일기장까지 발각당한 기분이라 불쾌감이 치솟았지만 지금은 그럴 때가 아니었다.

당장 위강이 격노해서 공격을 가해오고 있었다. 그가 멀리서 섭선을 한번 휘두르자 사방에서 돌풍이 일어났다. 그것들이 갈가리 찢어지더니 수십 개의 바람의 칼날로 화해서 지윤을 덮쳤다.

"너무 얕보시는데!"

지윤은 총 대신 쌍검을 꺼내서 그에 맞섰다. 그의 양손이 춤추면서 검광이 허공을 가득 메운다.

투두두두두두!

검광이 바람을 찢으며 동시에 총격이 퍼부어졌다. 지윤의 포켓에서 염동력에 붙잡혀 튀어나온 라이플 두 정과 권총 세 정이 허공에서 입체적인 포진을 구축하며 십자포화를 퍼부은 것이다.

이 공격은 위강에게도 의외였는지 그도 당혹스러워하면서 총탄을 막아냈다.

"큭! 재미난 재주를 부리는군!"

"마검(魔劍) 격풍(擊風)."

지윤의 읊조림과 함께 마검 술식이 발동했다. 진유현과 자염과 싸울 때 쓴 것과 똑같은, 원래 육도의 기술인 마검술은 원래 지윤의 특기였다.

파바바밧!

날아드는 검풍에 위강의 결계가 뚫리면서 그의 옷이 찢어지기 시작했다.

"이 버러지 같은 놈이 감히!"

위강은 격노해서 섭선을 펼쳐 휘둘렀다. 그러자 사방에서 불꽃이 일어나 바람의 칼날을 타고 날아들었다. 동시에 위강의 결계에 부딪쳐 튕겨 나갔던 총탄들이 허공으로 떠오르더니 바람의 결을 타고 실제 총에서 발사된 것 같은 속도로 지윤을 노렸다.

"후!"

그러나 지윤은 미소를 지으며 대응에 들어갔다. 장비를 완전히 갖추고, 대마법사의 보조 마법을 잔뜩 걸고, 거기에 비장의 카드까지 꺼내 든 그는 지금 위강의 공격을 완전히 꿰뚫어 보고 있었다.

위강의 술법이 구현되는 순간, 그 술식이 움직이는 순서마저 모두 파악한다. 얼마나 빠르게 힘이 모여들어서 변환되고, 어떤 구조로 구축되는지 훤히 보인다.

위강의 공격이 지윤의 몸을 찢었다. 그러나 그것은 착각이었다.

"아니?!"

갈가리 찢겨지는 지윤의 몸은 환영이었다. 바로 그 한 걸음 뒤에 있던 지윤이 찢겨지는 환영을 뚫고 앞으로 튀어나왔다. 위강이 다시 섭선을 펼쳐 강풍을 날렸지만 좌검으로 그것을 베어내고 우검을 찌른다.

푸확!

겹겹이 둘러쳐져 있던 결계가 찢기며 위강의 어깨가 꿰뚫렸다.

"큭! 말도 안 돼!"

그 위로 총격이 퍼부어졌다. 지윤은 격렬하게 싸우는 와중에도 염동력을 빠르게 섬세하게 구사, 포켓에서 장비들을 계속 꺼내서 십자포화를 퍼붓고 있었다.

카카카캉!

그 앞을 갑자기 솟아난 거인이 막아섰다. 위강의 주특기는 원격계 술법, 그것을 이용해 주변의 바위에 생명을 부여하고 돌거인으로 만들어서 앞을 가로막게 한 것이다.

"한도 끝도 없이 만만하게 보는군."

지윤은 총들의 위치를 바꾸어서 돌거인이 막지 못할 사각에서 총격을 퍼부었다. 그리고 자신을 잡으려는 돌거인의 팔에 올라타서 검을 꽂았다. 동시에 그의 눈이 기묘한 빛을 발했다.

위이이이이잉.

엄청나게 가속된 정신파가 수십 개의 뇌와 연동, 인간으로서는 불가능한 연산을 수행한다. 1초가 1분이며 한 시간을 넘어 무한으로 확장된다. 인간들이 1초라고 인식되는 순간 동안 지윤은 그들이 평생을 걸려도 이루지 못할 양의 연산 작업을 완료했다.

콰쾅!

폭음과 함께 돌거인에게 생명을 불어넣었던 술법이 파괴되며 그 육신이 붕괴되었다. 그리고 그 너머로 위강의 믿을 수 없다는 표정이 드러났다.

"이, 이런… 전투원 주제에 내 술법을……."

마법사로서 놀라운 실력을 보여준 모건이라면 모를까, 일개 전투원인 지윤이 자신의 술법을 파해하다니. 이건 도저히 납득할 수 없었다. 아무리 해제 술식을 육체에 내장하고 있다고 하더라도 한계가 있게 마련이다. 일대일 전투에서 큰 이점을 취하지 못한다 하더라도 엄청난 규모의 현상을 일으킬 수 있는 요괴선인의 술법은 그만큼 심오하다.

그런데 그것이 일순간에 파훼당한 것이다. 게다가 지윤은 그와 동시에 특정 파장의 마력을 발산, 그가 같은 술법을 써서 돌거인을 일으키는 것을 막고 있었다. 그새 다른 곳에서 일어나고 있던 돌거인들이 힘없이 주저앉으며 굉음이 울려 퍼졌다.

쿠구구궁!

피어오르는 흙먼지들 사이에서 지윤이 히죽 웃었다. 그리고 오른손으로 검을 겨누며 말했다.

"이 힘은 당신한테 처음으로 보여주는 거라고. 영광으로 생각하시지."

"건방진 놈!"

위강의 눈이 사이하게 빛났다. 동시에 그의 뒤쪽에서 거뭇한 무언가가 채찍처럼 날아들었다.

스팟!

지윤은 검으로 쳐내면서 피했지만 그것은 그의 검신을 타넘듯이 휘어지면서 볼을 스쳤다. 겹겹이 둘러쳐진 방어 결계가 마치 종잇장처럼 찢어지면서 지윤의 볼에서 피가 튀었다.

"그게 본모습인가?"

지윤은 훌쩍 뛰어 뒤로 물러나면서 중얼거렸다. 그러면서도 총격을 가했지만 위강의 주변에 둘러쳐진 강력한 염동역장이 총알을 붙잡은 채 허공에서 멈추었다. 마치 영화의 한 장면을 정지해서 보여주듯 날아가던 모습 그대로 허공에 박혀 있었다.

그 너머에서 위강이 붉은 눈을 빛내며 본모습을 드러내고 있었다. 상반신은 거대한 인간의 몸, 그리고 하반신은 뱀의 그것이다. 굵기가 2미터 이상, 길이는 20미터도 넘을 것 같았다. 게다가 꼬리가 여섯 줄기로 갈라져서 꿈틀거리고 있었다.

"하하하! 이거 완전 괴물인데?"

인간 모습일 때는 허를 찔러서 압도했지만 본신을 드러내고 나니 어떻게 상대해야 할지 난감하다. 총알을 허공에서 멈춰 버릴 정도의 염동역장이라니, 이거 예전에 상대했던 진유현이 생각나는 강력함 아닌가. 그의 눈이 위강의 실체를 파악하고 약점을 조사했지만 좀처럼 답이 나오지 않았다.

휘리릭, 쾅!

다음 순간 위강의 꼬리가 채찍처럼 휘둘러지며 지윤이 있던 자리를 강타했다. 그 속도는 거의 총알이 날아오는 속도와 비슷해서, 꼬리가 꿈틀거리는 순간 궤적을 파악하고 피하지 않았다면 일격에 작살날 뻔했다.

지윤은 피하는 것과 동시에 염동력을 사용, 총격을 퍼부었다. 하지만 위강의 염동역장에 가로막힐 뿐이었다.

"칫."

4킬로미터 저격에 사용한 것 같은 특수 총기들을 이용하면 저 염동역장을 뚫을 수도 있겠지만 그럴 여유가 없었다. 지윤은 다시 쌍검을 꺼내 들고 위강의 공격에 맞섰다.

엄청난 속도와 변화무쌍한 궤도로 날아드는 위강의 꼬리

는 피하는 것만으로도 벅찼다. 하지만 지윤은 그 궤도를 완전히 파악하고 아슬아슬하게 피해내고 있었다.

휘리리리릭! 휘릭!

춤추는 꼬리들은 한 발만 맞아도 박살이 날 것 같았다. 그것을 아슬아슬하게 피해내다가 뒤로 물러난 지윤은 쌍검을 앞으로 뻗으며 읊조렸다.

"마검(魔劍) 아수라(阿修羅)."

스스스스스스……

동시에 그의 주변에서 사이한 기운이 일어나 몰려들기 시작했다. 동시에 예측하기 어려운 궤도로 날아드는 꼬리를 간발의 차이로 피하며 쌍검이 춤을 추었다.

스칵!

"큭!"

위강이 신음을 흘렸다. 금강석 이상의 강도를 자랑하는 그의 꼬리가 지윤의 검에 베어 피를 흩뿌린 것이다. 게다가 흩뿌려진 피가 허공에 멈추어 방울방울로 떠돌고 있었다.

"나도 이것까지 쓰고 싶진 않았는데……"

지윤은 쓴웃음을 지으며 갑자기 몸을 틀었다. 0.1초 차이로 그 자리를 섬광이 꿰뚫었다.

"당신들 둘을 상대로 시간 끌자니 쓸 수밖에 없잖아!"

"고작해야 인간 애송이 주제에!"

노호성을 지르며 달려나온 것은 백호존 규혼이었다. 그도 역천반극대진을 제어하며 육도의 잔당과 싸우는 것을 포기하고 참전한 것이다.

"흥!"

지윤의 볼에 난 상처로부터 핏방울이 스며 나오기 시작했다. 그 핏방울이 허공에 떠 있는 위강의 피와 합쳐지면서 붉은 안개가 되어 주변을 두른다.

"이런, 그런 기술이었나!"

그 순간 위강은 마검 아수라의 요체를 파악하고 공격에 나섰다. 여섯 개의 꼬리 중 두 개가 좌우에서 공간을 쓸면서 날아들고 꼬리 하나는 정면으로, 또 다른 꼬리는 머리 위를 노렸다.

그러나 지윤은 그 모든 궤적과 도달점을 파악하고 여유롭게 피했다. 그러면서 쌍검을 휘두르자 위강의 꼬리가 너무나도 쉽게 갈라지며 피가 확 흩뿌려졌다. 그리고 그 피는 한 방울도 떨어지지 않고 지윤의 주변을 감싼 붉은 기운으로 흡수되었다.

"큭! 제, 제기랄!"

"당신은 이미 아수라에 사로잡혔어. 나하고 육탄전을 벌이는 건 자살 행위지. 이미 파악하고 있을 텐데?"

지윤이 차갑게 웃으며 말했다.

마검 아수라의 요체는 상대방의 피를 봄으로써 시작된다. 그리고 술자 자신의 피가 상배의 피와 섞여 술식이 완성되면, 그때부터 상대의 육체는 놀랍도록 이쪽의 공격에 취약해진다.

아무리 전설 속의 금강불괴라고 할지라도 마검 아수라에 사로잡힌 상태에서는 두부나 다름없다. 육체의 강도만이 아니라 방어 결계를 쓰든 뭘 쓰든 다 그렇기 때문에 두려워할 수밖에 없는 비술이다.

이 기술은 육도에서도 터득한 자가 거의 없었다. 터득하기도 어렵고 상대방의 파훼술 수준이 높으면 역으로 당할 가능성도 높기 때문이다. 위강 정도 되는 실력자라면 마검 아수라의 저주조차 파훼할 수 있지만, 지금의 지윤은 그 시도를 전부 물리칠 능력을 갖고 있었다.

"흥! 아주 기고만장했구나!"

위강 대신 규혼이 나서서 주먹을 질렀다. 주먹의 궤도를 따라 섬광이 날아든다. 그것을 몸을 젖혀 피하고 나자 그 뒤를 따라 거리를 좁혀온 규혼이 발차기를 날렸다. 검격으로 그것을 받았지만 카강! 쇳소리가 울렸다.

'금강(金剛)인가!'

지윤은 위강이 쓰고 있는 술법의 정체를 알아차렸다. 선술의 일종인 금강, 몸을 강철보다도 단단하게 만드는 비술이었다.

마검술을 사용하는 검과 부딪쳐도 강도 면에서 대등하다면 병기의 이점은 별로 없다. 지윤은 날아드는 주먹을 피하고, 물 흐르듯 이어지는 쌍장과 앞돌려차기, 그리고 다른 발로 이어지는 상단돌려차기와 중단차기까지 피해냈다. 하지만 그 순간 갑자기 눈앞이 일그러지면서 머리가 핑 돌았다.

"이, 이건……!"

"하아!"

호랑이가 포효하는 듯한 노호성과 함께 규혼이 바닥이 부서져라 진각을 밟으며 주먹을 날렸다. 지윤은 반사적으로 쌍검을 교차해 막았지만 폭음과 함께 쌍검이 모두 박살나며 뒤로 날아가 버렸다.

쾅!

"크헉!"

지윤은 재빨리 몸을 비틀어 착지했다. 정신이 흐트러진 와중에도 그를 보조하는 초인적 연산 능력이 육체를 제어해 그 일을 가능케 만들었다.

"대단하군, 인간 애송이 주제에."

규혼은 감탄성을 내면서 주먹을 거두어들이고 있었다. 지윤은 검을 지팡이 삼아 일어나며 그를 노려보았다.

"공격을 주춧돌로 진을 만들다니… 당신 능력, 완전히 반칙이야."

"능력이라……. 맞는 말이긴 하지만 마치 태어나면서부터 타고난 능력이라는 것처럼 들려서 기분 나쁘군. 이것이야말로 진법의 극의다. 300년에 걸쳐 쌓아올린 내 힘이지."

규혼은 코웃음을 치며 앞으로 걸어나왔다. 진법의 대가인 그는 사물을 배치해서 진을 만드는 것은 물론, 자신의 행동의 결과로 즉석에서 진법의 효과가 나게 만들 수도 있었다. 즉, 지윤과 붙어서 주먹과 발을 날린 것이 모두 치밀한 계산에 의해 진법을 구축하기 위한 작업이었다는 말이다.

지윤은 쓴웃음을 지었다. 확실히 역량의 차이는 인정할 수밖에 없다. 그러나 총체적인 전투력은 단순한 기술로만 결정되는 게 아니다.

"그 자리를 돌파해 주지."

그때 규혼이 그렇게 선언하고 자세를 잡았다.

순간 그의 몸을 짙은 황금빛이 뒤덮었다. 전설의 금강불괴지신을 이루게 만드는 비술, 금강이 최대 출력으로 시전되며 그의 눈이 황금색으로 변한다.

그리고 그로부터 강렬한 선기가 발산되며 주변 공간을 일그러뜨렸다. 단순히 기운을 발하는 것만으로도 주변에 이상을 일으키고, 그 결과가 진법을 이루게 하는 기술은 그 누구도 상상할 수 없는 경지였다.

마지막으로 체내에서 응축된 기가 폭발하며 그의 몸이 앞으로 쏘아져 나갔다.

"하아!"

콰콰콰콰콰!

지윤은 그의 몸이 돌진하기 위해 움직이려는 순간 이미 회피 동작을 하고 있었다. 굉음이 울렸을 때는 이미 상황이 끝난 후, 나노 플라스틱으로 만들어진 방어 장갑이 산산이 부서지며 막대한 충격이 덮쳐 왔다.

"크악!"

격통이 전신을 타고 달려갔다. 지윤은 비명을 토하며 나가떨어졌다.

쿠구구구구구…….

굉음이 잦아들며 흙먼지가 흩날렸다.

"훗……."

그 속에서 규혼이 몸 주변에서 마찰열로 인한 연기를 뿜으면서 걸어나왔다.

반발력을 모두 버텨낼 수 있도록 육체를 내적, 외적으로 모두 강화, 진법의 효과로 충격을 최대한 흩어뜨리고 천근추(千斤墜)의 수법으로 육체의 무게를 몇 배로 증량(增量)한 뒤 응축된 기를 폭발시켜 단숨에 주먹과 함께 육체 그 자체를 내던지듯 초음속으로 날려 보내는 비기 '운뢰(雲雷)'.

살아 있는 육신으로 음속을 넘어선 움직임을 행한다는 것은 그 자체로 파멸을 불러일으킨다. 하지만 그는 그것을 넘어 마하3 이상의 움직임을 보였다. 300킬로그램 이상으로 증량된 그의 육체가 마하3으로 뻗어나갈 때의 위력은 레일건조차 능가한다.

그 위력은 단순히 개인을 쓰러뜨리는 데 그치지 않는다. 충격파만으로도 강철로 골격을 만들어 받쳐 둔 공간이 삐걱거렸다. 만약 규혼이 역천반극대진의 공간 확장을 이용, 지윤이 있던 지점을 지나치면서부터 2미터를 전진하는 동안 수 킬로미터를 나아감으로써 서서히 자신의 육체를 전진시킨 힘을 소모시키지 않았다면 이 공간 자체를 붕괴시키고 바깥으로 튀어나갔을 것이다.

"말도 안 되는… 재주를 부리는군."

"나는 네 녀석이 더 신기하구나."

피투성이가 된 채 꿈틀거리는 지윤의 투덜거림에 규혼이 피식 웃었다. 직격당했다면 흔적도 남지 않았겠지만 쏟아질 때의 아주 미묘한 틈을 이용해 피해낸 것만으로도 지윤은 찬사를 받을 자격이 있었다.

"어린 나이에 대단하군. 내 제자로 받고 싶을 정도야. 하지만 살려둘 수 없다는 점이 안타깝구나."

"안타깝다면 내가 끝을 보지."

위강이 신경질적인 목소리로 내뱉으며 꼬리를 뻗었다. 규혼에게 뒤지는 인상을 준 것 때문에 자존심이 상해 있었다. 그의 기량은 대부분 원격 주술에 치중되어 있었기 때문에 근접전에서 밀린 것을 수치로 여길 필요까진 없겠지만, 요괴선인은 인간의 모습에 집착하는 만큼 본신을 드러낸 것 자체가 치욕이었다. 당당하게 반인반요의 모습으로 다니는 규혼이 독특한 케이스다.

"그러도록."

규혼은 고개를 끄덕이고는 모건이 있는 쪽으로 향했다. 모건은 눈을 감은 채로 퀘이사와 어떤 교감을 나누고 있는 것 같았다.

"무슨 꿍꿍이인지는 모르겠지만……."

"백호존! 혈사왕! 괜찮으십니까?"

그때 입구가 열리면서 금오의 병력이 쏟아져 들어오기 시작했다. 이곳에서 벌어진 이상 징후를 파악한 병사들이 곧바로 찾아온 것이다.

"아아, 문제없다."

규혼은 고개를 끄덕여 자신의 무사함을 알리고는 다시 모건을 바라보았다. 그리고 그 순간 모건의 눈이 번쩍 떠졌다.

4

찌잉—

유현은 갑작스럽게 덮쳐 온 통증에 눈살을 찌푸렸다. 신경을 찢는 것 같은 날카로운 통증이 왼쪽 눈을 자극하고 있었다.

"큭……."

안대를 움켜잡고 신음한다. 그와 한창 게임 중이던 난슬이 깜짝 놀라서 그를 바라보았다. 그리고 막 음료수를 가져오던 신우도 굳어버렸다.

유현에게서 무시무시한 기운이 뿜어져 나오고 있었다. 온갖 감정이 뒤섞여 그것을 접하는 사람의 마음을 통째로 유린할 것 같은 광포한 기운이.

주르륵.

유현은 자신의 눈에서 피가 흘러내리는 것을 느끼곤 깜짝 놀라서 안대를 풀었다. 순간 눈에서 빛이 뿜어져 나오면서 그의 의식이 먼 곳으로 날아갔다.

'아……!'

유현은 기시감에 사로잡혔다. 지금 이 상황은 예전에, 그렇게 멀지 않은 과거에 겪은 적이 있었다. 그것은 아마도 설악산에서 스스로 대마법사라 자처하는 남자와 만나 퀘이사라 불리는 외계의 존재가 폭주하는 것을 저지했을 때.

빛이 사방을 뒤덮는다. 유현은 자신의 의식이 현세를 떠나 먼 곳으로 날아가고 있다는 사실을 깨달았다. 빛보다도 빠른 속도로 우주를 날아서 맨 처음 모든 것이 시작된 곳, 퀘이사로.

어느새 그는 지구를 내려다보고 있었다. 한반도로부터 시작된 빛의 폭풍이 전 세계를 휘감고 마침내 지구를 빛의 구슬로 만든다. 그리고 그로부터 한줄기 빛이 사람의 손처럼 뻗어나와서 달을 움켜쥔다. 그리고 그 빛이 마침내 유현에게로 이어졌다.

'멈춰!'

유현은 비명을 질렀다.

이 고통 역시 예전에도 느껴본 적이 있다. 퀘이사라 이름 붙여진 창세의 소용돌이를 자신의 몸에 봉인했을 때.

150억 년 전에 우주 중심으로부터 분리된 창세의 파편, 그 정체는 특수한 성질을 띤, 지구에는 존재하지 않는 광물로 이루어진 운석이었다. 그것이 지표에 도달해 후에 나락이라 이름 붙여진 구덩이를 만들고 과학이나 마학으로는 해석할 수 없는 현상을 일으키면서부터 모든 것이 시작되었다.

'모건 이 작자가!'

유현은 이 사태의 원흉을 깨닫고 의식을 지구의 한 지점으로 날렸다. 우주에서 지구를 내려다보던 그의 의식이 순식간에 대기권 안으로, 한반도로, 그리고 설악산의 한 지점으로 이동했다.

공간이 청백색으로 맥동하고 있었다.

나락이라고 이름 붙여진 깊고 어두운 구멍 속에서, 잠들어 있던 150억 년 전의 빛이 다시 용트림한다. 그로부터 뻗어 나온 파동이 유현의 눈과 공명을 일으켰다.

그 한가운데 한 남자가 있었다. 허깨비처럼 흔들리며 흩어지는 은발의 중년인. 대마법사라 불리며 삼라만상의 본질에 가닿는 대신 이 세상에 발 디딜 자격조차 박탈당한 남자는, 파멸의 카운트다운을 시작하면서 웃고 있었다.

'도대체 뭘 하려고 하는 거야?'

그 앞에서 유현이 물었다.

하지만 그 말은 전해지지 않는다. 그들은 영겁 같은 시간 속에서 한순간 스쳐 지나갈 뿐이니까. 서로 다른 공간에 있는 두 사람은 퀘이사의 인도로 찰나의 시간 동안 서로를 인식했을 뿐, 다시 공허한 빛의 세계 속에서 멀어져 갔다.

그리고 그 순간 유현은 보았다, 모건이 자신을 향해 미소 짓는 것을.

아마도 모건도 보았을 것이다, 유현이 자신을 보며 분노하는 것을.

다음 순간 청백색 기운이 폭발하면서 그 자리를 휩쓸었다.

의식이 엄청난 속도로 그 자리에서 멀어지면서 현실로 돌아왔다.

털썩!

유현은 자신이 쓰러졌다는 사실을 깨달았다. 왼쪽 눈은 피로 물들어 있었고 전신을 격통이 지배하고 있었다.

하지만 비명은 지르지 않았다. 비명을 지르며 발버둥치는 대신 조금이라도 의식을 모아서 이 상태를 극복하기 위해 노력했다.

자신은 어차피 혼자다.

비명을 질러봤자 아무도 도와주지 않는다. 자신은 누군가를 도와줄 수 있어도 누군가는 자신을 도와줄 수 없다.

그렇게 살아왔다.

스스로 선택한 길이다. 설령 그것이 무지한 상태에서 저지른 실수였다고 해도, 치기 어린 마음이 낳은 어리석은 꿈이라고 해도…….

결코 포기할 수 없다.

"정신 차려!"

그때 유현의 손을 잡고 일으키는 사람이 있었다.

순간 유현은 경이를 느꼈다. 그것은 그의 세계에서는 일어날 수 없는 일이었으니까. 자신이 힘들어할 때 누군가 손을 뻗어 그 온기를 전해 받는다는 것은, 그리고 그 사람이 진심으로 자신을 걱정해 준다는 것은······.

'기적 같은 일이군.'

유현은 자신을 걱정스레 바라보는 난슬을 올려다보며 쓴 웃음을 지었다.

이 녀석은 정말로 놀라운 존재다. 그녀는 이런 세상에서 수백 년 동안 살아왔고, 백 년 넘게 어둠 속에 갇혀 고독을 맛보았다. 그런데도 아직 이렇게 다른 사람에게 선의를 보이며 다가갈 수 있다니, 도대체 어떻게 그럴 수가 있을까?

"괘, 괜찮아?"

난슬이 놀란 토끼처럼 휘둥그레 눈을 뜨고 물었다. 놀랐기 때문인지 여우귀가 쫑긋 위로 곤두서 있었다.

"아, 괜찮아."

유현은 왼쪽 눈에서 흘러나온 피를 닦아내며 대답했다. 통증은 가셨다. 하지만 그건 유현이 무의식중에 하늘의 왼손을 불러내고 정신을 집중, 폭주하는 퀘이사의 힘을 컨트롤했기 때문이지 공명현상이 멎어서가 아니다.

우우우우우우웅······.

지금도 유현의 왼쪽 눈은 설악산 어딘가에서 일어나고 있는 퀘이사의 요동침에 반응하여 엄청난 힘을 토해내려고 하고 있었다. 유현은 그 힘을 하늘의 왼손을 이용해서 제어, 무해한 파동으로 바꾸어 계속 방출하는 중이었다.

'이거 정말 쓸 만하군.'

유현은 자신의 왼손을 감싼 장갑, 하늘의 왼손을 내려다보았다. 설마 이런 뜻밖의 폭주 사태에도 완벽하게 대응할 수 있을 줄이야. 이 물건의 정체는 도대체 무엇일까?

이것을 얻은 후 꾸준히 연구하고 있긴 하지만 그 성질과 사용법 외에는 알아내지 못했다. 분명히 그 안에 자체적으로 정보를 담고 있다는 것은 알겠는데 유현으로서는 아직 그 정보를 가린 프로텍터를 깨고 해석해 낼 수가 없었다.

'더 시간이 필요하겠지만⋯⋯.'

유현은 지끈거리는 눈을 감싸 쥐며 이를 악물었다. 지금 발산하고 있는 에너지를 마력으로 변환해서 충전한다면 순식간에 정령석 수십 개 분을 채울 수 있을 것이다. 하지만 일부는 무해한 파장으로 바꾸면서 일부만 마력으로 바꾸는 섬세한 컨트롤은 아직까지는 불가능했다.

"아깝군."

유현은 그렇게 투덜거리면서 몸을 일으켰다.

"정말 괜찮은 거야?"

난슬이 미심쩍다는 듯 물었다. 유현은 소파에 몸을 던지면서 한숨을 쉬었다.

"아, 괜찮아. 근데 지금 집중력이 흐트러지면 금방 안 괜찮게 되거든? 그러니까 잠깐만 그냥 놔둬라."

"으, 응."

유현이 눈을 감으며 말하자 난슬은 조심스레 고개를 끄덕였다. 신우도 가져오던 음료수를 옆에 놓고는 오도카니 앉아서 그가 눈을 뜨길 기다렸다.

*   *   *

쿠구구구구구구구······!

공간이 요동치기 시작했다. 규혼은 당황해서 모건을 바라보았다.

"무슨 짓을 한 거냐?"

"곧 알게 될 것이오."

모건은 씩 웃었다. 그리고 곧바로 그 자리를 부서질 듯한 진동이 덮치면서 청백색 섬광이 폭발했다.

콰아아아아아아!

"이, 이건······!"

규혼은 당황해서 뒤로 물러났다. 동시에 결계를 펼쳐 충격에 대비했다. 그러나 압도적인 힘이 그 자리를 덮치면서 결계와 진법을 모조리 날려 버렸다. 규혼의 몸도 뒤로 날아가서 벽에 처박혔다.

"재주껏 살아나 보시지. 다 끝장이다."

모건은 격렬하게 뒤흔들리는 빛의 폭풍 속에서 유유히 걸어나가며 말했다. 그리고 비명이 울려 퍼졌다.

"크아아아악!"

그것은 인간의 비명이 아니었다. 규혼은 깜짝 놀라서 비명이 들려온 곳을 바라보았다. 격렬하게 요동치는 공간 속에서 위강이 거대한 몸을 뒤틀며 고통스러워하고 있었다.

"뒈져 버려, 뱀 대가리야."

그의 가슴에는 아수라의 기운을 품은 지윤의 마검이 박혀 있었다. 황금빛 기운이 폭발하는 찰나, 그의 꼬리에 잡혀 조금씩 괴롭힘을 당하던 지윤이 그의 심장에 검을 박아 넣은 것이다.

지윤은 그에게 중지를 들어 보이며 염동력을 사용해서 주변의 총기들을 들어 올렸다. 주변을 질주하는 기운 때문에 결코 쉽지 않은 일이었지만 그의 연산 능력은 혼돈 속에 존재하는 질서를 찾아내는 데 성공하고 있었다.

투두두두두두!

총성과 함께 위강의 몸에서 피가 튀었다. 그리고 그 속에서 청백색 빛이 스며들더니 그의 몸 전체를 잠식해 가고 있었다.

"이, 이런… 말도 안 되는 일이… 크아아아아아!"

"위강!"

규혼은 당황해서 결계의 출력을 강화, 몰아치는 기운을 밀어내며 위강에게로 달려갔다. 하지만 그 짧은 시간 동안 위강의 몸은 폭주하는 청백색 빛의 기운에 먹혀서 산산이 부서져 가고 있었다.

"녀석, 재미있는 걸 보여주는구나."

모건은 쓰러지는 지윤의 몸을 잡고 공간이동을 시전했다. 그들의 몸이 흔들리는 것 같더니 빛의 격류 속에 녹아들 듯 그 자리에서 사라졌다.

"모두 이 자리에서 피해! 제기랄!"

규혼은 위강을 구출하는 것을 포기했다. 빛의 중심부로부터 뿜어져 나오는 기운이 점점 강해지면서 주변이 붕괴하고 있었다. 마치 그 빛이 주변을 집어삼키듯, 그들을 날려 버리는 폭풍과는 관계없이 조금씩 그 세력을 확장시켜 간다.

그것을 알아차린 규혼은 섬뜩함을 느꼈다. 150억 년 전에 발생해서 지구에 떨어졌다는 저 빛은 자신들이 제어할 수 있는 게 아니었다. 적어도 지금 상태라면 모든 걸 다 포기하고 달아나는 것만이 현명한 선택이다.

그는 본능적으로 그 사실을 깨달았다. 그래서 망설이지 않고 부하들 중 주변에 있는 자들만을 진법으로 끌어안고 그 자리를 탈출했다.

스스스스스스……

공간이 요동치며 눈에 보이는 풍경이 바뀌었다. 적막한 숲 한가운데 위치한 공터다.

"어? 왜 없지?"

모건은 눈살을 찌푸렸다. 여기는 아까 전까지만 해도 그들의 야영지가 있던 장소다. 그런데 아무도 없다니?

거기까지 생각하던 그는 곧 자신이 철수 명령을 내렸다는 사실을 상기했다. 명령을 받자마자 눈부신 속도로 야영지를 정리하고 떠나가 버린 것이다.

"바쁩니까… 당신은?"

지윤이 어이없다는 듯 키득키득 웃었다. 그러다가 상처 부위에서 느껴지는 격통 때문에 신음을 흘리면서 꿈틀거렸다.

그는 완전히 피투성이가 되어 있었다. 전투복도 깨지고 찢겨져서 완전 넝마 꼴이다. 의기강체술과 마법으로 신체를 통제하고 있기에 망정이지, 그렇지 않았다면 쩍 벌어진 상처들에서 피가 쏟아져 나와 출혈 과다로 죽었을 것이다.

"괜찮겠냐?"

"뭐, 그럭저럭… 죽지는 않았으니까요."

지윤은 아직 멀쩡한 마법 포켓에서 힐링 포션을 꺼내서 스팀 팩으로 주사했다. 온몸을 내달리던 고통이 좀 가라앉으면서 상처가 느릿느릿하게 나아가기 시작했다.

"그건 그렇고, 아주 재미있었다. 정신공명연계통제를 그런 식으로 이용할 줄은 몰랐어."

"설명도 안 했는데 알아보셨습니까?"

"난 대마법사니까."

"어련하시겠어요."

지윤은 물통을 꺼내서 피에 젖은 입을 헹궈서 퉤! 뱉었다. 그 모습을 보며 모건이 말했다.

"생물체의 뇌 수십 개를 정신파로 링크시켜서 오로지 단한 명만을 위해 병렬 연산을 하다니 재미있었다. 이미 컴퓨터는 오래전에 구현한 케케묵은 개념이긴 하다만, 뇌를 그런 식으로 쓰는 것은 어렵지. 발상은 하더라도 실천이 불가능했다는 점으로 볼 때 멋진 기술력이었다."

오지윤의 팀은 수십 개의 마이너들의 정신을 텔레파시로 묶어서 마치 하나의 몸처럼 움직이게 만들 수 있는 시스템을 만들어냈다. 미군이 시험적용 중인 랜드 워리어를 기반으로 몇 배나 무서운 퀄리티로 만들어낸 시스템이었다. 이것을 인간 병사에게도 적용할 수 있다면 그 가치는 상상을 초월할 것이다.

그런 일을 할 수 있는 존재가 아주 없진 않았다. 예를 들면, 육도의 천상 계급인 환몽여제 김지아는 천 명의 정신을 통제할 수 있는 능력의 소유자라서 자신이 텔레파시 키를 심어둔 이들 사이에 긴밀한 정신파 네트워크를 형성시키고 군체(群體)처럼 움직이게 만들 수 있었다.

하지만 도구는 누구든지 쓸 수 있어야 그 가치가 극대화되는 법이다. 그리고 오지윤이 보여준 결과물은 지금 완성에 가까워져 있었다.

여기서 부산물이 하나 태어났다.

단체를 하나처럼 움직여 강력함을 부여할 수 있다면, 오로지 한 사람만을 강하게 할 수도 있지 않을까.

인간의 뇌가 가진 정보 처리 능력에는 한계가 있다. 단순 연산 능력에서는 컴퓨터를 이기지 못하고, 아날로그적인 사고방식으로 그것을 능가한다고 하더라도 속도와 정밀함은 항상 부족하다.

하지만 만약 그것을 보충할 수 있는 방법이 있다면 어떨까?

인간처럼 사고하면서 동시에 슈퍼컴퓨터 이상의 연산 능력을 갖는 시스템은 문명의 오랜 숙원이자 두려움이었다. 무수한 SF에서 그 유용성과 위험함을 함께 이야기하지 않았던가?

그리고 천재 네크로맨서 이현종은 그런 시스템을 만들어내는 데 성공했다.

마이너는 자아는 희박하지만 뇌의 연산 능력은 인간을 기반으로, 인간 이상으로 개량된 존재다. 그 성능은 인간처럼 아날로그적이면서, 동시에 컴퓨터 이상으로 뛰어나다.

그것을 텔레파시로 묶어 수십 개의 코어를 가진 슈퍼컴퓨터처럼 병렬 연산을 시도한다. 중심이 되는 것은 오지윤이었고, 그것을 보조하는 것은 시스템의 핵이라고 할 수 있는 이하영이다.

그 시스템 속에서 오지윤은 인간을 초월한 능력을 갖게 된다. 자신의 몸 상태를 이성적으로 완벽하게 파악하고, 세포 단위의 활동조차 관찰한 뒤 제어할 수 있게 된다.

인간은 보통 생체 활동의 대부분을 무의식에 맡긴 채 명확하게 인지할 수 없지만, 인간의 수억 배의 연산 능력을 가진 존재라면 신경을 타고 흐르는 펄스 하나하나조차 명확하게 그 흐름을 인식하는 게 가능하다.

그것은 더 이상 인간이라고 할 수 없다. 연옥의 존재들을 '인간'이라고 부르는 것 자체가 비정상적인 일일지도 모르지만, 그래도 그 시스템을 등에 업은 오지윤은 그들 중에서도 더더욱 비인간적이었다.

"문제는 아직 제어가 완벽하지 않다는 것이군. 내가 보조하지 않으면 너희들의 시스템에는 지속적으로 꽤 심각한 렉(Lag)이 발생하지. 그 결과는 정보가 전달될 때의 시간적 딜레이고.

설령 그 문제가 해결되어서 신적인 연산 능력을 갖고 된다 해도 활용할 능력이 충분하지 않고, 그 능력에 대한 제어 능력도 완벽하지 않아. 백 가지를 인지해도 그중에서 실제로 움직일 수 있는 것은 한 가지나 두 가지. 하지만 그것만으로도 확실히 초인이라고 할 만하지."

"좀 짜증나는군요. 잠깐 본 것만으로도 다 파악하다니."

"너를 중심으로 이루어진 정신과 링크를 되새겨 보면서 낸 결론이지. 남들과 시공간의 개념이 다른 나에게 과거는 언제든지 되돌아볼 수 있는 기록에 불과하다는 것을 잊었나 보군. 네가 한 방법과는 다르지만 내가 대마법사인 이유도 비슷하다. 인간은 원래 자기 뇌의 능력을 활용하는 것만으로는 공간을 다룰 수 없어."

"의미는 잘 이해하지 못하겠습니다만, 혹시 저도 대마법사가 될 수 있다는 이야기입니까?"

"그럴 리가 있나. 하긴 그 비슷한 존재라면 될 수 있겠지. 하지만 너는 애당초 마법의 사용자이지 이해자는 아니다. 지금부터 10년쯤 내 밑에서 공부한다면 대마법사가 되는 것도 무리는 아니겠지만."

"정중하게 사양하죠."

"건방진 녀석. 어쨌든 너는 분자 하나하나의 움직임을 인지하고 그것을 계산해서 결과를 낼 수는 있겠지. 하지만 인간의 감각에는 한계가 있어. 마치 타고난 영감이 떨어지는 녀석들은 영적 존재가 바로 옆에 있어도 인지하지 못하는 것과도 같다. 아니, 기계를 예로 드는 게 더 쉬울까? 컴퓨터에 카메라만 달려 있다고 치자. 그러면 인간이 눈으로 보는 것과 비슷한 시각을 손에 넣을 수 있지만 소리는 들을 수 없고, 냄새도 맡을 수 없고, 맛도 알 수 없고, 통각이 무엇인지도 모르지."

"인지할 수 있는 것의 성능을 극한으로 활용할 수는 있어도, 원래부터 없는 것을 어쩔 수는 없다는 뜻인가요?"

"그래. 나한테는 있는 '기능'이 너한테는 없다. 하긴 애당초 나는 60억분의 1이니까 어쩔 수 없지만."

"유니크한 존재라……. 부럽군요."

지윤은 상처가 아물어가는 타이밍을 재다가 종류가 다른 힐링 포션을 하나 더 투여했다. 기계처럼 정확한 타이밍으로 약을 주사하고, 약이 몸에 어떻게 퍼져 가는지, 혈류가 어떻게 움직여야, 심장이 어떤 리듬으로 고동쳐야 약의 효과가 가장 빠르고 정확하게 발휘되는지 파악해서 그에 맞춰 신체를 조작한다.

모건은 기능이라는 말을 했다. 지윤의 생체 조작 역시 일반인은 갖지 못한 기능이다. 일반인이 시스템에 의해 초인적 연산 능력을 손에 넣는다 한들 육체를 가만히 보고 파악하는 것밖에 못하리라. 지윤은 의기강체술이라는 특별한 기술을 터득했기 때문에 이런 조작이 가능한 것이다.

하지만 그것은 유일하지 않다.

시스템이 누구나 이용할 수 있기에 그 가치가 극대화되듯, 오지윤이라는 존재도 누구나 대체할 수 있는 부품에 불과하다.

지금까지 살아오면서 유니크한 존재였던 적은 단 한 번도 없었다. 그는 언제나 대량 생산된 부품에 불과했다, 연옥의 존재들이 다들 그러하듯이.

그래도 유니크한 가치를 손에 넣고 싶었다. 누구든지 대체할 수 있는 그런 흔해 빠진 도구가 아니라 자신이 없어지면 세상이 돌아가지 않을 것 같은, 그런 비중을 지닌 존재가 되고 싶었다.

"그런 거라면 이미 됐잖아."

그때 예기치 못한 목소리가 들려오는 바람에 지윤은 흠칫 놀랐다.

그가 모건을 믿고 주변 경계를 소홀히 하는 사이에, 한 사람이 바로 앞까지 다가와 있었다.

"하영아."

이하영이 마이너 셋을 대동하고 그곳에 서 있었다. 초점없는 눈으로 지윤을 바라보며 안타까움에 표정을 일그러뜨린다. 하지만 그녀의 시선은 그녀가 실제로 보고 있는 것과는 어긋나 있다. 어쩌면 영원히 그녀는 그 둘을 일치시키지 못할 것이다.

"우리가 너를 특별하게 생각하잖아."

"내 생각을 읽었구나."

지윤은 쓴웃음을 지었다. 지금 자신은 그녀를 중심으로 한 정신파 네트워크에 접속된 상태다. 아마 그녀는 지윤의 위치를 찾으려고 하다가 우연히 지금의 생각을 읽었으리라.

서로의 마음속에 들어오는 것은 몰라도 사고의 잔류는 단지 가까이 다가간다는 느낌만으로도 읽을 수 있다. 그녀가 읽은 지윤의 사고는 얼마나 황량했을까.

"그건 고마운 일이지만, 글쎄, 나는 잘 모르겠어. 뭐라고 설명해야 할지는 잘 모르겠는데… 남이 뭐라고 하든 내 자신의 기분이 변하질 않아."

기계 장치의 부품으로 살아온 자신이 끌어안은 공허함은 어떻게 해야 사라질까. 어떻게 해야 스스로 선택하고 충족감을 얻는 '인간'이 될 수 있을까?

지윤은 그 답을 모른다.

모르기에 이렇게 폭주하고 있다. 언제 망가져 버려도 상관없다고 생각하니까.

쿠구구구구구…….

먼 곳에서 굉음이 들려온다. 지윤은 문득 소리의 진원지를 바라보았다.

빛이 넘쳐흐르고 있었다.

설악산의 봉우리 중 하나로부터 튀어나온 빛은 그 주변을 모조리 잠식하면서 번져 가고 있었다. 마치 산 전체가 빛을 발하는 것 같은 광경이다. 하지만 사실은 그 반대다. 산이 빛에 삼켜지고 있는 것이다.

퀘이사의 빛은 지구의 존재에게 자비롭지 않다. 그것은 생물과 무생물을 막론하고 닿는 모든 것을 집어삼켜, 알 수 없는 힘으로 환원시켜 간다. 강한 의지를 가진 존재는 그에 맞서 스스로를 지켜낼 수 있지만, 아마 지윤이 끝장을 낸 요괴 선인 혈사왕 위강은 확실하게 저 빛에 삼켜져 사라졌을 것이다.

모건이 그 광경을 차분히 바라보더니 볼을 긁적였다.

"저 진행 속도면 5분 안에 여기까지 삼켜지겠군. 규모가 생각했던 것보다 커질지 모르겠어."

"예측도 안 되는 사태를 그냥 저지르고 본 겁니까?"

"다른 대책도 없었으니까. 뭐, 과거의 경험과 방금 전의 접촉으로 추산해 보건대 반경 20킬로미터를 잠식하는 정도로 끝날 거다. 얼마나 계속될지는 알 수 없지만. 앞으로 이 근처 지맥이 발광하면서 갖가지 이상 사태가 일어날 것이고, 만약 육도에 여력이 남는다면 이걸 세간에서 감추는 것만으로도 정신없을 거야."

"지독하군요."

"2년 전에는 훨씬 더 심했었지."

모건은 옛일이 생각나는 듯 쓴웃음을 지으며 담배를 한 개비 꺼내서 입에 물었다. 그러자 저절로 불이 붙으면서 연기가 피어오른다.

"진유현, 그놈이 대체 뭘 한 건데요?"

"지금 네가 보고 있는 것과 똑같은 것이 됐지."

"퀘이사? 저런 게 됐다고요?"

"그래."

이해할 수 없는 말이었다. 저것은 퀘이사라고 불리는 에너지의 흐름. 본래 지구에는 존재하지 않는, 우주의 중심부로부터 온 것.

그런데 진유현이 그런 존재가 되었다고?

그건 마치 영맥의 힘을 이용하던 존재가 영맥 그 자체가 되었다고 말하는 것과 마찬가지 아닌가?

하지만 그것은 개체로서의 존재가 사멸하고 자연의 일부가 되었다는 소리다. 한 개인으로 존재하고 있는 진유현은 그런 존재일 수 없다.

"저건 퀘이사 그 자체가 아니다. 그것과 연결된 웜홀 같은 거지. SF에 자주 나오지 않느냐?"

"그러니까, 150억 광년 떨어진 곳의 퀘이사와 지구가 연결되어 있는 상태라는 겁니까?"

"그렇지."

"진유현도 인간이면서 동시에 그런 통로가 된 거고?"

"그렇다."

"그게 어떻게 가능하죠?"

"내가 그렇게 만들었다. 퀘이사 출현은 이번이 처음이 아니었기 때문에 고대의 기록을 살펴보면 대처법을 알 수 있지. 물론 당시에는 천계와 연결된 성스러운 빛의 샘이라는 이름으로 부르고 있다만. 그러니까 진유현은 신에게 바치는 제물 같은 존재가 된 셈이다."

"제물?"

"인신공양된 제물 말이다. 그래서 원래는 죽었어야 했지. 본인도 그것에 동의했고."

"그 녀석이… 자기가 죽는 상황에 동의했다고요?"

지윤은 눈살을 찌푸렸다. 도대체 어떤 일이 있었기에 생전 처음 보는 수상쩍은 마법사의 말을 믿고 자신의 희생을 받아들였단 말인가?

"그래. 그 상황에서는 그게 가장 합리적인 선택이었으니까. 길게 설득할 것도 없이 그러자고 하더군. 세상이 없어지는 것보다는 자기가 없어지는 게 낫다고."

"그런데 살아남았다?"

"그렇게 됐지."

그리고 진유현은 모건마저 예측할 수 없는 존재가 되었다. 그 자신은 조용히 살아가고 싶었겠지만, 아마도 그럴 수는 없었을 것이다. 왜냐하면 자신들의 계획이 진행되면 어차피 그가 바라는 평온은 깨어질 수밖에 없었으니까.

'어차피 에밀이 흥미를 가진 이상 그냥 넘어갈 수는 없지.'

모건은 자기가 속한 조직의 우두머리를 떠올리며 쓴웃음을 지었다.

그런 그를 바라보던 지윤이 몸을 일으키며 이하영에게 말했다.

"가자. 저 꼴 보아하니 여기도 좀 있으면 삼켜지겠다."

"몸 괜찮은 거야?"

"움직일 만은 해."

"지윤."

그때 모건이 그를 불렀다. 지윤이 할 말 있냐는 듯 눈살을 찌푸리며 돌아보자, 그가 의미심장한 미소를 지으며 말했다.

"약속대로 돌아가면 좋은 것을 주마."

"약속이 아니죠. 계약이에요."

"…밉살맞은 놈."

모건은 투덜거리면서 공간이동 마법을 시전했다. 지윤은 공간이동이 이루어지기 전, 마지막으로 퀘이사를 바라보았다. 일그러지는 공간 속에서 퀘이사의 빛이 점차 아름답게 일렁이다가 흩어져 갔다.

5

넓은 집무실은 친환경적인 인테리어로 꾸며져 있었다. 고풍스러운 마호가니 책상은 물론이고 나무로 커버가 만들어진 PC 본체와 모니터, 그리고 역시 나무로 포장된 바닥과 천장, 벽에는 실제 살아 있는 넝쿨들이 꿈틀꿈틀 절묘하게 휘어지며 자라난 나무들에 휘감겨 있고, 그 사이로 물이 졸졸 흐른다. 작은 방 속에 숲을 우겨 넣으려고 애를 쓴 것 같은 모양새였다.

그 사이에 에밀 크레이그라 불리는 남자가 있었다.

그는 20대 후반 정도로 보이는 젊은 서양인으로, 건강하게 그을린 피부와 약간 그늘져 깊게 보이는 푸른 눈동자를 가졌다. 찰랑거리는 금발 아래로 미소를 짓던 그가 중얼거렸다.

"역시 실패인가? 예상대로군."

그의 모니터 화면에는 한국에서 온 보고서 파일이 떠 있었다.

애당초 대마법사 모건과 쉐도우 머더러 정도일은 이 작전이 성공할 수 없을 것이라고 이야기했었다. 맞서야 할 적들과 전력 차이가 너무 심하기 때문에 아무리 좋은 결과가 나와봐야 퀘이사를 폭주시키는 정도일 거라고.

그래서 에밀은 딱히 결과에 실망하진 않았다. 그는 잠시 동안 턱을 괴고 보고서를 읽다가 피식 웃으며 몸을 일으켰다.

"이렇게 되면 이 기회를 적절하게 활용하는 수밖에 없겠는데……."

원래 한국은 그에게도, 조직에게도 많은 의미가 있는 곳이다.

퀘이사가 존재하기 전부터 에밀은 한국에 관심을 갖고 있었다. 그래서 일단 사업적으로 밀고 들어가서 경제적 기반을 확보하려고 하다가 실패했다. 한국 대기업들을 만만하게 본 것도 잘못이었지만, 그 이면에서 육도가 수작을 부렸던 게 컸다.

'이 정도면 적절한 복수가 되었을까? 물론 이걸로 끝낼 생각은 없지만.'

육도도 무사하진 못할 것이다. 적어도 당분간 퀘이사 때문에 여유가 없을 테니 이 기회를 적절하게 활용해야 한다.

마호가니 책상 위에 엉덩이를 걸치고 앉는 그의 눈이 기묘한 빛을 발했다. 동시에 그의 몸 주변의 공기가 미미하게 떨리며 공기가 진동하는, 그러나 수많은 사람들이 조용히 속삭이는 것 같은 소리를 내기 시작했다. 깊은 숲 속에 바람이 스며들었을 때 나무들이 술렁이며 내는 소리를 닮은 그 소리는, 누군가 이 자리에서 들었다면 섬뜩하다고 생각했을 것이다.

그리고 공간을 타고 그의 의지가 흐르기 시작했다. 방 안에 자라난 나무들이 그의 의지에 호응하여 살랑거린다. 바람 한 점 없는 방 안에서 나무들이 가지를 흔들고, 표면에서 은은한 황금빛을 발한다.

나무와 공명하여 수행한 작업에 의해, 그는 한국 어딘가와 연결되었다.

─들리나?

─들립니다.

잠시 후 대답이 들려왔다. 그것은 흔히 말하는 정신파가 아닌, 마치 핸드폰을 통해 듣는 것처럼 똑똑한 음성이었다. 적어도 에밀의 정신에는 그렇게 들렸다.

왜냐하면 나무가 들은 소리이기 때문이다. 한국에 있는 나무를 통해 에밀은 상대방과 소통한다. 에밀이 이곳의 나무를 통해 한국의 어떤 지점에 있는 나무와 교감하면, 상대방은 그 나무에 대고 말을 한다. 그러면 에밀은 나무가 들은 소리를 직접적으로 전달받는다.

―준비는 끝났나?

그러나 에밀은 말하지 않는다. 에밀이 발하는 정신파는 나무를 통해 상대에게 정신파로 전달된다.

―끝났습니다. 언제든지 시작할 수 있습니다.

―그럼 시작하게, 절호의 기회가 왔으니.

―알겠습니다. 하지만 정말로 괜찮겠습니까?

―새삼스러운 질문을 하는군. 나는 자네가 바라는 것을 이루어주겠다고 했다. 뜻대로 해도 되네. 그곳이 지옥으로 변하든, 아니면 아무것도 남지 않든 상관없어. 나는 그 후에 자네를 거두어줄 걸세.

―알겠습니다.

상대방의 대답에 희미한 웃음이 섞여 있는 것이 느껴진다. 나무는 생명체의 감정을 민감하게 느낀다. 나무가 느끼는 것을 고스란히 전달받는 에밀 역시 상대의 세세한 감정 변화까지 감지해 내고 있었다.

―결과를 기대하겠네.

―좋은 구경을 하실 수 있을 겁니다.

―믿고 기다리지.

에밀은 그렇게 대답하곤 교신을 끊었다.

황금빛이 사그라지면서 나무들의 속삭임 역시 천천히 잦

아든다. 모든 것이 정상적으로 돌아오고 물이 졸졸 흐르는 소리만이 남게 되자 에밀은 머리를 쓸어 올리며 미소 지었다.

"자아, 내 인사를 어떻게 받아줄 텐가, 퀘이사의 문?"

Chapter 10

인간이란

두근.

어둠 속에서 그는 조용히 자신의 몸에서 나는 소리를 듣고 있었다. 이 소리를 얼마 만에 들은 것인지 잘 기억이 나지 않는다. 의식이 흐릿하다. 심지어 이것이 무엇을 의미하는 소리인지조차 잘 모르겠다.

잠에서 덜 깬 상태다. 꿈속을 헤매고 있는 것 같다. 그것도 아주 오랫동안, 아마도 대다수의 생명체는 상상조차 할 수 없을 정도로 오래.

자신은 살아 있는가, 아니면 죽어서 시체가 되었나. 그것조차 모른다. 삶은 무엇이고 죽음은 무엇인가. 이미 그런 개념조차 뇌리에 남아 있지 않다.

그저 어둠 속에서 잠깐, 영겁에 가까운 잠 속에서 아주 잠깐 의식이 현실 가까이 떠올랐을 뿐이다. 하지만 그것은 명확해지기 전에 다시 어둠 속으로 서서히 가라앉아 간다. 느리고 흐릿하게 전개되던 사고는 금세 멈추고 다시 아무것도 없는 어둠만이 그를 반긴다.

그는 다시 깊은 잠 속으로 빠져들었다.

*　　　　*　　　　*

사람의 운명은 태어남과 동시에 결정된다.

운명론을 믿지 않는 자는 어리석은 존재다. 자신의 앞길을 개척할 수 있다고 믿는 자 역시 어리석다. 세상이라는 거대한 기계 장치 속에서 인간은 그저 주변의 거대한 흐름에 휩쓸려 가는 수밖에 없는 것을.

원치 않게 이 세상에 태어나, 남들이 가지지 못한 특별한 능력을 갖고, 스스로를 신령이라 주장하는 이상한 존재에게 생을 속박당했을 때, 신윤범은 그 사실을 뼈저리게 깨달을 수 있었다.

운명을 개척할 수 있다고?

그 얼마나 오만한 소리인가?

단지 가난함과 부유함을 보고 그런 소리를 하는가?

능력의 우열을 보고 그런 이야기를 하는가?

그렇다면 태어나자마자 죽을 운명을 갖고 태어나는 불운한 아기를 보라.

전쟁이 빗발치는 대지에서 태어나, 죽음으로부터 달아나고 또 달아났지만 결국 아무것도 바꾸지 못한 채 5분 후면 시작될 폭격에 죽을 것을 알고 절망하는 소년을 보라.

나라가 버리고 부모가 버리고 모든 이들이 버려서 가혹한 태양 아래서 굶어 죽어가는 아이를 보라.

당신이 가진 것은 당신이 선택해서 가진 것인가?

당신의 능력은 오로지 당신의 노력으로만 이루어진 것인가?

인간은 무엇 하나 자신의 힘으로 이루어내지 못한다. 모든 것은 셀 수 없이 많은 운명이 모이고 모여 이루어낸 거대한 흐름 속에 있다. 그 속에서 인간 개개인은 자신이 노력하여 뭔가를 이뤄낸다고 생각하고, 세상을 바꿀 수 있다고 생각하고, 자신의 선택으로 미래를 개척한다고 착각한다.

그렇다. 착각이다.

태어나자마자 운명을 인간이 아닌 존재에게 속박당한 신윤범은 그런 인간들이 참을 수 없이 증오스러웠다. 자기가 걸어가는 길옆에 어떤 어둠이 도사리고 있는지, 자신이 웃으면서 걸어가는 골목의 그림자에 어떤 죽음이 가라앉고 있는지도 모르는 주제에 도대체 뭐가 잘났다고 그렇게 오만한 것이지?

이 세상은 부조리하다.

누군가 말했지. 새가 태어나기 위해선 알 껍질을 깨야 한다고. 그리고 인간에게 있어 알 껍질이란 곧 세계라고.

그렇다면 부조리를 깨닫고 절망한 인간이 선택할 길은 단 하나밖에 없지 않겠는가?

"모두들 운명에 순종하며 사는 것밖에 모른다는 게 참 우습지 않습니까?"

문득 그가 턱을 괴고 앉은 채 물었다. 그의 뒤쪽에 파여진 구덩이에 있는 요괴, 팔미에게 물은 것이었다.

"시시한 소리군. 인간은 항상 천기(天機)를 어지럽히며 살잖아."

"글쎄요. 그것조차도 운명의 일부라는 생각은 해보지 않았습니까?"

"그럼 운명을 개척한다는 말에 어떤 의미가 있지?"

"천박한 자위. 그러고 있다고 스스로 믿으면서 가치있는 삶을 살고 있다고, 세상이 부여한 길 위에서 허우적거리고 있지 않다고 스스로 믿을 뿐이죠."

"재미없는 생각을 하는구나."

"그렇긴 하군요."

신윤범은 피식 웃으며 긍정했다. 팔미가 이해할 수 없다는 듯 물었다.

"하지만 너는 지금 네가 운명이라고 생각하는 것에 반항하고 있는 것 아냐? 지금 하는 일은… 분명히 네가 들려준 네 삶의 궤도에서 어긋나 있다고 생각되는데."

"그건 잘 모르겠습니다."

신윤범은 고개를 저으며 먼 곳을 바라보았다. 안산이라고 불리는 도시. 그 아래 무엇이 존재하는지조차 모르고 인간이 지어 올린 모래성.

반항하고 싶었다.

자신의 인생을 멋대로 움켜쥐고 개처럼 부려온 존재들에게 통쾌하게 한 방을 먹여주고 자유를 이야기하고 싶었다. 영원한 자유 따윈 환상에 불과하다는 것을 안다. 한순간이라도 좋다. 단 한순간이라도 그럴 수 있다면…….

문득 그는 팔미를 돌아보며 물었다.

"당신은 스스로를 불쌍하다고 여기고 있습니까?"

사람을 먹지 않으면 살아갈 수 없는 존재. 사람의 의념이 모여 만들어낸 뒤틀림으로부터 태어났으며, 사람을 먹을 때 외에는 끊임없이 스스로의 불완전함에 괴로워해야만 하는 요괴.

날 때부터 고행할 운명을 타고난 존재였지만 팔미는 눈을 휘둥그레 뜨며 대답했다.

"그런 말도 안 되는. 포식자가 자기 연민에 빠지다니 그런 건 신도 악마도 용서 못할 일이야."

"그렇군요. 언제나 인간만이 그런 용서 못할 짓을 저지르죠."

신윤범은 웃었다.

망설임은 사라졌다.

"그럼 시작하죠."

신윤범은 손에 들고 있던 커다란 붓, 기다란 지팡이 끝에 붓을 달아놓은 것을 내던졌다. 붓끝을 적시고 있던 마법의 먹이 대지에 긴 흔적을 남겨놓고 있었다.

그들의 주변에는 수많은 인간들이 있었다. 다들 여기저기서 왔는지 성별이나 연령대, 그리고 복장 등이 가지각색이다. 그들은 모두 의식을 잃은 채 죽은 것처럼 쓰러져 있었다.

안산 외곽의 야산, 불타 무너져 버린 연구소의 폐허 위에서 신윤범은 거대한 주술진을 그렸다. 그리고 그 안에 쓰러진 이들을 차디찬 눈으로 바라보며 양손을 모아 수인(手印)을 맺고 주문을 외웠다. 쓰러진 이들의 영혼과 함께, 주술진이 빛을 발하며 타오르기 시작했다.

*   *   *

고층 아파트 옥상에서 먼 곳을 바라보는 것은 제법 상쾌한 기분이었다. 하지만 지금은 경치 감상하자고 이곳에 올라온 것이 아니니만큼 불어오는 바람도 거추장스러울 뿐이다.

한 소년이 먼 곳을 바라보고 있었다. 거리는 직선거리로 2킬로미터 정도? 그 정도 거리에 있는 특정한 인물을 관찰하는 중이다.

보통 사람이라면 망원경도 없이 그 거리를 보면 세부적인 것은 아무것도 보지 못할 것이다. 하지만 그는 그 인물의 모습을 뚜렷하게 잡아내고 있었다.

어느 정도 그러고 있었을까? 문득 그는 작게 한숨을 쉬며 뒤를 돌아보았다. 그의 왼쪽 눈에 걸려 있는 안대 위에 달린 푸른 액정 위로 3차원 도형과 여러 가지 수치가 어지럽게 그려지고 바뀌어간다. 그는 바로 진유현이었다.

"패션 참 독특하네."

그곳에는 한 소녀가 서 있었다. 그보다 약간 어려 보이는 긴 머리칼의 소녀는 귀에는 은제 해골 귀고리를, 팔에는 뱀 두 마리가 얽힌 모양의 금팔찌를 차고 어깨에는 룬 문자를 세

공해서 연결한 쇠사슬을 세 줄로 걸쳤으면서, 옷은 한복을 개조한 드레스를 입은 독특한 차림새를 자랑했다.

"아, 안 어울려?"

순한 강아지 같은 눈매를 한 소녀는 머뭇거리면서 물었다.

"뭐, 나름대로 괜찮아. 그나저나 여기까지 무슨 일로 온 거야?"

소녀는 망혼의 신관 윤성아였다. 최근 인터넷으로 여러 가지 액세서리를 사들였지만 기본이 되는 옷은 바뀌지 않아서 굉장히 요상한 패션을 연출하고 있었다.

"…아직도 시애를 지켜보고 있는 거야?"

성아는 그 질문에 대답하는 대신 그렇게 물었다.

유현은 잠시 침묵했다가 쓴웃음을 지었다. 그녀의 말이 정곡을 찌르고 있었기 때문이다.

"그래."

"책임감을 느끼는 것은 이해하겠지만… 이제 평범하게 살아갈 애잖아."

"알아."

유현이 원씨 가문과 싸울 때 말려들었던 소녀 한시애는 이제는 그때의 기억을 잃고 평범한 생활을 하고 있었다. 간혹 조작된 기억에 혼란스러워하는 것 같기도 하지만 생활에 문제는 없다. 아마도 그 일그러진 공백에 무엇이 있었는지 깨달는 일은 영원히 없으리라.

유현은 아는 마법사에게 부탁해서 시애의 기억을 조작, 능력을 꼼꼼하게 봉인한 후 주욱 그녀를 지켜보고 있었다. 원래 단순한 기억 조작이 먹히지 않는 체질이라 다소 강한 수법을 사용해야 했고, 그 때문에 후유증이 있을 수도 있다는 말을 마법사가 했기 때문이다.

그것도 이제 벌써 두 달이 넘었다. 슬슬 걱정을 접어도 되는 시기가 아닐까? 성아는 그 점을 지적한 것이다.

"뭐, 그건 내가 알아서 할 일이니까 신경 쓰지 말고. 무슨 일로 찾아왔는지나 말해주지 그래?"

유현은 그녀의 관심을 일축하고 다시 한 번 용건을 물었다. 전화 연락도 없이 불쑥 찾아온 것을 보면 또 그녀 특유의 변덕일까?

하지만 왠지 그녀에게서 느껴지는 기운이 이질적이다. 이전에 비해 영력이 넘쳐흐르는 느낌이라고나 할까? 주술사로서 뭔가 변화를 겪은 것이 분명한데 그게 뭔지는 모르겠다.

"그럼 단도직입적으로 말할게. 우리 조직은 지금 육도의 에이전트들과 협력 상태야."

"그게 그렇게 됐나?"

"응. 똑같은 목적을 갖고 있으니까. 우리도 대요괴가 출현한 것을 좌시할 수는 없어."

"아무래도 그렇겠지. 그럼 나를 찾아온 이유는?"

"네가 보호하고 있다는 구미호를 보러 온 거야."

"그렇군."

유현은 고개를 끄덕였다. 망혼은 실질적으로 안산의 영맥을 책임지는 조직이고, 육도의 두 사람은 임무를 수행하기만 하면 된다는 주의를 갖고 있을 테니 서로 동맹을 맺은 것도 놀랄 일은 아니었다.

그래도 의아한 점은 있었다.

"좀 더 빨리 보러 오지 그랬어? 열흘이나 지나서 올 필요는 없었을 텐데."

그가 난슬을 데리고 있은 지 벌써 열흘이나 지났다. 난슬에 대한 것을 궁금해했다면 동맹을 맺고 정보를 공유한 시점에서 찾아왔어야 하는 것 아닐까?

"이쪽도 사정이 있었어."

"그런가?"

유현은 따져 묻지는 않았다. 대신 옥상 입구 쪽으로 걸어가며 말했다.

"그럼 원하는 대로 해줄게. 단, 네 호위들은 내 집 안에 들이지 마."

"알겠어."

"아가씨!"

"그건 안 됩니다!"

성아가 순순히 고개를 끄덕이자 투명화 마법으로 모습을 감추고 있던 호위들이 깜짝 놀라서 소리쳤다. 항상 성아를 눈이 닿는 곳에 두고 움직이는 그들이다. 집이라는 폐쇄된 공간에, 그것도 상대의 진지에 홀몸으로 들어가는 것을 용인할 수는 없었다.

하지만 성아는 손을 들어 그들의 반발을 막았다.

"남을 순순히 본거지에 들여주는 거야. 이 정도 예의는 지켜야지."

"하지만……."

"여기서는 내 뜻대로 하겠어. 더 이상 토 달지 마."

성아가 소름 끼치도록 차가운 기세를 뿜어내자 그들은 더이상 입을 열지 못했다. 평소에는 어딘가 멍하고 머뭇거림이 심한 것 같지만 조직의 장으로 일할 때는 칼날 같은 의지를 보여주는 그녀였다.

유현은 그들을 데리고 자신의 집으로 향했다.

굳이 아파트 옥상으로 올라가서 시애를 지켜본 것은 그가 지금 집을 떠날 수 없는 상황이기 때문이다. 난슬을 믿는다고 하더라도 돌발 상황을 염두에 두어야 했고, 그래서 밖으로 나온다 해도 아파트 건물에서는 벗어나지 않았다.

"나 왔어."

유현은 문을 열면서 말했다.

그 뒤를 따라 들어간 성아는 보았다, 여우 귀를 달고 아홉 개의 꼬리를 살랑거리는 소녀가 두 눈이 퀭해진 채 RPG 게임에 몰입하고 있는 광경을.

"……."

이 초현실적인 광경을 두고 뭐라고 말해야 할까? 예를 들면,

"유현이 너네 집 TV 별로 안 크네."

"…아, 그렇지 않아도 슬슬 새 TV를 살까 생각 중이었어. 최근에 대박난 LED TV가 꽤 멋있어 보이던데."

"아, 아니, 그러니까, 그런 뜻으로 말한 게 아니라……."

마치 명절날 친척의 지나가는 말로 TV 크기를 평가받은 사람이 다음날 바로 TV를 새로 사는 것 같은 분위기가 느껴지는 대꾸였다. 성아는 엄청난 압박감을 느끼며 식은땀을 흘렸다.

이런 말을 하려고 한 게 아니었는데! 바보! 도대체 왜 이런 헛소리를 한 거람?

그러니까 예를 들면, 집안 인테리어가 참 편안한 것 같다던가, 소파가 좋아 보인다던가 하는 그런 말을…….

"지, 집 안이 좀 황량한 거 아니니?"

"그런가? 얼마 전에 쇼핑몰 뒤지다가 선인장을 살까 말까 고민하다 관뒀는데 그냥 사는 게 나았을까……."

그러니까 이런 말을 하면 안 되잖아! 성아는 마음속으로 비명을 질렀지만 왠지 모르게 입 밖으로 나오는 말은 비아냥거림에 가까웠다.

뭐지? 난 도대체 뭐가 이렇게 마음에 안 드는 거지? 머리로는 이성적으로 생각을 하고 있는데 뭔가 말만 하려고 하면 가슴속에서 울컥울컥 끓어오르는 것이 생각과 다른 말을 하게 만든다.

잠시 혼란스러워하던 성아는 곧 사태의 원흉이 무엇인지 깨달았다. 저거다! 저기서 폐인처럼 게임 패드를 붙잡고 있는 저 구미호가 만악(萬惡)의 근원인 게 틀림없다!

"저 여자하고 말 좀 했으면 좋겠는데."

성아는 자신이 뾰로통한 표정을 짓고 있다는 사실도 의식하지 못한 채 그렇게 말했다.

"난슬이야. 선인이야."

난슬은 해맑게 웃으며 자신을 소개했다. 그런 그녀를 성아는 경이로워하면서 바라보았다.

그럴 수밖에 없었다. 그녀가 이 집에 들어올 때만 해도, 정확히는 약 3분 전까지만 해도 그녀는 꼬질꼬질하고 두 눈은 퀭하게 다크서클이 생긴 폐인이었다.

하지만 유현이 그녀를 부르자 제자리에서 한 번 빙글 도는 것만으로도 옷은 새것처럼 변하고 마치 꽃단장을 한 것처럼 뽀송뽀송하게 되었다! 이건 그야말로 기적이다!

"괴, 굉장해. 그건 무슨 술법이야?"

성아는 충격받은 나머지 자신을 소개해야 한다는 사실조차 잊고 물었다. 지금 난슬이 보여준 것이야말로 모든 여성의 꿈이다! 그녀에 대한 사실이 알려진다면 그것만으로도 전 세계의 여성들이 혁명을 일으킬 것이다!

"응? 이거? 그냥 변신술을 응용한 거야."

하지만 난슬은 자기가 가진 힘의 가치를 모르는지 순진하게 대답해 주었다.

"변신술?"

"그런데 유현, 이 사람 누구야?"

난슬이 고개를 갸웃하며 묻자 성아는 퍼뜩 정신을 차렸다. 옆을 흘끔 바라보니 유현이 상당히 묘한 표정으로 자신을 바라보고 있었다. 성아의 얼굴이 살짝 붉어졌다.

"흠흠. 처음 뵙겠습니다. 난 망혼의 신관인 윤성아라고 해요."

"망혼?"

난슬이 눈을 휘둥그레 떴다. 그녀에게 있어서 그 이름은 잊을 수 없는 이름이었다.

"망혼이 아직 있었구나. 또 나 잡아서 가두려고 왔어?"

난슬이 고개를 갸웃하며 물었다. 그 말에 성아가 당황했다.

"아직? 무슨 이야길 하는 거죠?"

"100년 전에 나랑 팔미 가뒀잖아, 그 스님 불러와서."

"…당신 혹시 몇 살이에요?"

성아가 당혹스러워하며 묻자 난슬은 손가락 네 개를 척 펴 보였다.

"마흔 살… 은 아니겠고, 설마 400살이라고요?"

"응, 맞아."

"……."

유현이 예상한 대로 성아도 할 말을 잃었다.

요괴라고 하면 수백 년 묵은 경우는 흔할 것 같지만 실은 그런 요괴는 정말 보기 드물다. 아니, 대요괴라고 할지라도 그런 경우는 거의 없다. 왜냐하면 그렇게 나이를 먹기 전에 연옥의 인간들에게 죽으니까.

이 말이 사실이라면 난슬은 망혼의 신령과 거의 동등한 세월을 살아왔다는 것이 된다.

"당신이 우리 조직이 가뒀던 바로 그 요괴라고요?"

"요괴 아냐. 선인이야."

"아, 미안해요. 선인."

그녀가 팍 신경질을 냈기 때문에 성아는 얼른 사과했다. 상대는 400년 이상을 살아온 대요괴다. 평화적인 분위기에서 만났는데 괜히 싸움을 일으켜 봐야 좋을 건 없다.

하지만 그것과는 별개로 눈앞의 이 요괴선인이 굉장히 마음에 안 들었다. 아까부터 가슴속에서 울컥울컥하는 이 마음은 그녀가 요괴이기 때문만은 아닐 것이다. 애당초 요기도 발하고 있지 않아서 적의가 일어나지 않았으니까.

단지 다른 뭔가가, 그녀의 존재가 여기 있다는 사실 자체가, 무엇보다 그녀가 400살이나 먹은 주제에 자신과 같은 또래로 보이며 예쁘다는 사실이 마음에 안 든다!

"요괴는 나랑 싸우다가 같이 갇힌 팔미랑 흑호들이야. 나는 그 애들 막으려다가 같이 덤터기 썼다, 뭐."

난슬은 입술을 삐죽이며 투덜거렸다. 성아가 물었다.

"그 팔미와 흑호에 대해서 자세히 들려줄 수 있나요?"

"팔미랑 흑호? 너희들이 더 잘 알잖아?"

난슬은 고개를 갸웃했다. 성아는 눈살을 찌푸리며 반문했다.

"우리들이?"

"난 팔미에 대해선 잘 모르는걸? 처음부터 팔미가 내 친구들 다 먹겠다고 달려들어서 싸웠을 뿐이고, 인간들은 기록해

두길 좋아하니까 당시의 기록을 갖고 있지 않아?"

"그거라면 이렇다 할 기록이 안 남아 있어요. 당시의 생존자가 남아 있는 것도 아니라서 그냥 수많은 인간을 잡아먹고 공포 분위기 조성하던 요괴를 때려잡았다는 것밖에 알 수가 없군요."

"그거 맞아."

"…네?"

"맞다고. 팔미는 구미호가 되지 못한 여우요괴야. 머리가 좋고 잔인하고 인간을 먹는 걸 아주 좋아해. 자신의 피와 살로 만든 흑호라는 권속을 부리는데 그 수가 수천이고 요력이 굉장히 세. 원래 나랑 처음 만났을 때 꼬리가 여섯이었는데 북한산과 관악산의 산신을 먹고 꼬리를 두 개나 늘렸는걸?"

"흑호라는 권속은 몇 마리 잡아봤어요. 굉장히 공격적인 요괴로 혼자서도 큰 들개를 잡아서 먹더군요."

"응. 원래 팔미에게 인간을 잡아다 주는 수족이야. 그리고 자기들은 동물들을 먹어."

"그 외에 다른 정보는 없나요?"

"다른 건… 아, 팔미는 주술에 능해. 주술사들을 많이 먹었거든. 인간을 먹음으로써 그 인간의 지식과 힘 일부를 자신의 것으로 할 수 있으니 아마 지금 시대에도 완전히 적응했을 거야."

"그건 나쁜 소식이군요."

"혹시 팔미가 인간으로 둔갑하면 찾을 수 있어?"

난슬의 핵심을 찌르는 질문에 성아는 욱 하고 입술을 깨물었다. 원래 여우요괴는 변신에 능할 뿐만 아니라 스스로의 요력을 감추는 데도 천부적인 능력을 가졌다. 강대한 힘을 가진 팔미호가 현대에 완전히 적응했다면, 감쪽같이 현대인으로 변해서 활동한다면, 그렇게 되면 종적을 쫓기 어려워진다.

"아마 어려울 거예요."

"그럼 흑호를 이용해서 찾아. 영적인 냄새가 똑같으니까 훈련시킨 개를 사용하면 찾을 수 있을 거야."

"개?"

"응. 영혼 냄새 잘 맡는 개들 있잖아. 없어?"

난슬이 고개를 갸웃거리며 묻는 말에 성아는 정신이 번쩍 드는 것 같았다.

'개! 그래, 개가 있었어. 왜 그 생각을 못했지?'

옛날부터 사람이 못 보는 귀신도 개는 본다고 했다. 그 말에서 알 수 있듯이 영적인 감각이 인간보다 몇 배 예민한 것이 바로 개였다. 지금도 영적인 훈련을 시킨 개는 연옥의 시장에서 어마어마한 가격으로 거래되고 있다.

성아가 개를 이용하는 것에 생각이 못 미친 이유는 간단했다. 현대의 주술이 만능에 가깝게 발전하면서 주술사들은 자신들의 힘만으로도 모든 것을 할 수 있다는 착각에 빠져 있었다. 개나 고양이 같은 짐승을 사육하여 써먹는 세력은 이제 별로 많이 남아 있지 않았다.

"고마워요. 그 방법 써볼게요."

"우린 옛날에 훈련받은 개를 제일 무서워했어. 그런데 지금은 잘 안 쓴다고 유현이 그러더라."

"그건 주술이나 마법이 발달해서……."

"도구도 발달했지? 하지만 뭐든지 적재적소가 있어. 뭐든지 나중에 만들어낸 걸로 대체할 수 있다고 생각하면 착각이야. 과학 기술도 나중에 나온 것이 먼저 나온 것을 대체하고, 더 새로운 것을 제시하지만 이전의 것이 가졌던 장점은 없어지는 경우가 많잖아."

난슬은 얼마 안 되는 기간 동안 현대사회에 대해서 많은 것을 파악했다. 타자도 벌써 1분당 500타 이상을 칠 수 있고, 인터넷 사용법도 모르는 게 없어서 벌써 특정 주제의 채팅방을 찾아다니면서 놀고 있었다. 그녀가 관심을 갖는 주제가 대체로 학술적인 것이라는 점은 유현으로 하여금 혀를 차게 만들었다.

"그건 그렇군요. 참고하죠. 하지만 분명히 말해두는데 당신에 대한 의심이 풀린 건 아니에요."

"응. 그럴 만도 해. 사람들이 실종되는 일이 멈췄지?"

"…그건 또 어떻게 알았죠?"

난슬이 너무나도 당연하다는 듯 고개를 끄덕이는 바람에 성아는 당혹스러워하면서 유현에게 시선을 보냈다. 하지만 유현은 자기도 모르겠다는 듯 어깨를 으쓱할 뿐이었다.

난슬이 말을 이었다.

"점을 쳐봤어."

"점을?"

"응."

"……."

이런 때 일반인들에게 점을 근거로 내밀면 멱살 잡고 싸움 나는 사태가 벌어질지도 모르겠지만 한쪽은 요괴선인이고 한쪽은 주술사다 보니 딱히 할 말이 없다. 당장 망혼 측에서도 주술사들이 모여서 열심히 점을 쳐대고 있는 상황 아니던가.

"팔미는 아직 이 땅에 있어. 하지만 지하로 숨어들었어. 아마도 제3자가 이 일에 관여한 것 같아."

"제3자라고요?"

"아마도."

"아마도라니……."

"점은 모호해. 그 이상은 알 수 없어. 나는 예지능력자가 아니니까 천기를 읽을 수 없는걸."

알고는 있다. 하지만 울컥하는 것은 망혼의 주술사들도 알아내지 못하는 사실을 난슬이 꿰뚫고 있다는 사실이다. 아무런 자각도 없이 자신이 한 수 위라고 말하고 있는 것이 성아의 신경을 건드리고 있었다.

"우리가 봉인되어 있던 땅을 더 꼼꼼하게 살펴봐. 그 땅은 당신들이 생각하는 것 이상으로 의미가 있는 곳이니까."

"용혈(龍血)이라서인가요?"

풍수에서 기운이 흐르는 혈관 같은 대지의 통로를 가리켜 용맥, 혹은 영맥이라 하고 기운이 강하게 모이거나 분출되는 곳을 용혈이나 영혈이라 한다.

당연하지만 그렇게 불리는 곳은 영적으로 대단히 큰 가치를 지니며 영능력자나 요괴나 그곳을 차지하기 위해 혈안이 된다. 인간이 그곳을 차지하고 거처로 삼는다면 몸에 정기가 넘치게 되며 수명이 길어지고 운이 좋아져 대대손손 성세를 구가하게 되기도 한다.

망혼은 조사 결과 그곳이 용혈이라는 것까지는 알아냈다. 그동안 그 사실을 알지 못했던 것은 100년 전의 봉인이 용혈의 힘을 이용해 이루어졌기 때문이다. 그만큼 구미호 난슬과 팔미호의 힘은 강대했던 것이다.

현대에는 술법과 장비 모두 예전에 비해 수준이 월등히 높아져서 대요괴도 박멸하는 게 가능하지만 예전에 그들은 불사의 존재로 여겨졌던 때도 있었다. 100년 전만 해도 대요괴를 죽이는 것은 불가능에 가까운 일로 여겨졌기 때문에 봉인하는 데 그칠 수밖에 없었다.

"그것만은 아닌걸. 당신들의 아지트가 있는 곳도 용혈이잖아?"

"맞아요."

용혈이라고 부를 수 있는 지리적 포인트는 전국적으로도 그리 많지 않다. 하지만 발달한 현대의 주술은 어느 정도 조건만 맞아떨어지면 용혈을 인공적으로 형성하는 것이 가능해졌다. 그리하여 망혼은 자신들의 아지트를 완전무결한 주술적 특이점으로 만들어내는 데 성공했다.

"그 용혈은 실제로 용이 잠들어 있는 곳이야."

"용이라고요?"

"응."

"100년 전에 그랬다는 거죠? 정말인가요?"

성아가 깜짝 놀라서 물었다.

용.

동양에서는 가장 신성시되는 존재 중에 하나. 또한 모든 요괴가 정점으로 여기는 존재이기도 하다. 모든 요괴는 인간이 되기를, 혹은 용이 되어 승천할 수 있기를 꿈꾼다.

영적 존재의 위계를 따져 보면 거의 최정점에 위치하기에 영맥을 용맥으로, 영혈을 용혈로 부를 정도가 아닌가. 역사상 용이 인계에 출현한 적은 거의 없었고, 출현했을 때는 그 여파가 홍수나 해일 등 하나같이 엄청난 스케일로 나타났었다.

"정말이야. 정확히는 용이 되지 못한 이무기지만 용이라고 말해도 손색이 없어. 지금쯤 우리를 가둬둔 봉인에 힘을 다 빨려서 화석이 됐을지도 모르지만 확인해 보는 게 좋아. 자칫하면 대재앙이 일어날 수도 있으니까."

난슬이 진지하게 말하는 것으로 보아 정말 사태가 심각한 것 같았다. 성아는 안색을 굳히며 대답했다.

"알겠어요. 하지만 당신에 대한 의심이 풀린 것은 아니에요."

"응, 알아."

"…당신 정말 속 편하군요."

아무리 이쪽에서 적의를 보여도 난슬은 어린애처럼 웃고 있을 뿐이니 맥이 빠진다.

"하지만 내가 화낸다고 의심이 풀리는 것도 아니잖아?"

"그건 그렇지만."

"어차피 앞일은 한 치도 내다보기 어려워. 흘러가는 대로 살다가 기회가 왔을 때 올바른 선택을 하는 게 중요한 일이지."

묘하게 현기가 묻어나는 말이었지만 말하는 당사자가 저렇게 헤실헤실 속없이 웃고 있으니 전혀 와 닿지가 않는다.

성아는 뭐라고 한마디 해주고 싶은 기분을 느꼈지만 애써 눌러 참았다.

참자. 오늘은 싸우러 온 게 아니다. 일에 감정을 개입시키면 망혼의 신관으로써 실격이다.

"그럼 오늘은 이만 일어나죠. 앞으로도 얌전히 있는 게 좋을 거예요."

"응."

"…정말 자신의 입장을 이해하긴 하는 건지 모르겠군요."

"이해하고 있어."

아무리 찔러봐도 난슬의 미소는 철벽이었다. 성아는 눈살을 찌푸리며 몸을 일으켰다. 유현이 물었다.

"돌아갈 거야?"

"응. 조만간 다시 방문할 거야."

"그래. 다음번엔 뭐 재미있는 것 좀 가져와 봐. 요즘 너무 심심해."

"…재미있는 거라면 어떤 거?"

"그냥 아무 거나. 이 무료함을 달랠 수 있는 거라면 뭐든지 좋아. 남의 집 방문할 거면 뭘 선물하면 주인장이 기뻐할까 정돈 생각해 보라고."

"알았어. 생각해 볼게."

성아는 고개를 끄덕이고는 문을 나섰다.

재미있는 것이라……. 아무래도 홍승영과 의논을 좀 해봐야겠다. 아니, 역시 노인네보다는 연지혜에게 물어보는 편이 나을지도?

2

"사부님, 저 누나 뭐예요?"

신우는 현관문을 살며시 열면서 물었다. 유현이 눈살을 찌푸렸다.

"뭐가?"

"좀 전에 왔다 간 누나 있잖아요. 엄청 무섭던데요. 가까이 갔다간 용서없이 두 동강 날 것 같았다니까요?"

"너도 이제 좀 위기 감지 능력이 생기는 모양이군. 현명한 판단이다. 그럴 때는 본능을 믿어."

"뭐 하는 사람이에요?"

"망혼의 신관. 격투 능력만 생각해도 너는 아마 10초 안에 두 동강 날걸."

"사부님하고 하면요?"

"내가 쟤를 10초 안에 두 동강 낼 수 있지. 하지만 쟤 특기 분야는 격투가 아니고 영적인 부분이니까, 상황에 따라 결과가 다르게 나올 거야. 나도 쟤 능력을 다 본 게 아니라서 확실하게 말하진 못하겠군."

"벼, 별로 안 친한 사이예요?"

주저없는 대답에 신우가 약간 기죽은 표정으로 물었다. 유현이 고개를 갸웃했다.

"왜 그렇게 생각해? 그래도 나름 친한데. 데이트도 몇 번 해봤어."

"그, 그게… 보통 친한 사람 이야길 할 때 그렇게 살벌한 말을 주저없이 하진 않잖아요. 10초 안에 두 동강 낼 수 있다니, 데이트까지 한 여자를 두고 할 소린 아닌 것 같은데……."

"음? 생각해 보니 그렇군."

유현은 신우의 말에 눈살을 찌푸렸다. 확실히 일반인이라면 이런 식으로 생각을 하거나 말을 하진 않겠지. 게다가 신우가 그 점을 지적한 것을 보면 연옥의 인간이라고 해도 다 유현처럼 생각하진 않을 것이다.

스스로의 정서가 망가져 있다는 것은 자각하고 있었지만 이런 식으로 깨닫게 되니 살짝 쇼크다. 유현은 기분이 나빠져서 신우를 쏘아보았다.

"왜, 왜요?"

"오늘은 좀 빡세게 놀아보자."

"어, 어? 왜 갑자기 이야기가 그렇게……."

신우가 당황해서 슬금슬금 뒷걸음질 치든 말든 난슬은 마루에서 열심히 게임에 집중하고 있었다.

*   *   *

"개?"

육도의 수라 급 에이전트 신아연은 의외라는 듯 물었다. 성아가 대답했다.

"그래요. 개를 동원해 보기로 했어요. 주술만으로 찾는 것보다는 그편이 효율적일 것 같아서."

"좋은 생각이야. 확실히 개는 요괴의 냄새에 민감하지. 주술은 방어가 가능하지만 개의 영감은 방어하기가 힘들고."

"육도에서도 개를 쓰나요?"

"그건 기업 비밀… 이라고 말하고 싶지만 딱히 기밀 사항도 아니군. 우리도 마수 조련사들이 팀을 짜서 수색이나 전투 지원을 나가고 있어."

20세기 이후 주술과 마법은 그 이전과는 비교도 할 수 없을 정도로 크게 발달했지만 여전히 구식 방법이 우수한 분야도 있었다. 육도 역시 그 점을 인정하고 살릴 것은 살리고 죽일 것은 죽이는 방식으로 조직을 진화시켜 왔다.

"일단 개를 준비하려면 며칠 걸릴 것 같아요. 그동안은 지금까지와 같은 방식으로 탐색을 계속하죠."

"필요하다면 마견(魔犬) 육성과 판매를 전문으로 하는 조직을 소개시켜 줄 수 있어."

"알고 있는 곳이 있나요?"

"개인적으로 몇 군데. 아마 내일이라도 당장 필요한 마견들을 구할 수 있을 거야."

"그럼 소개를 부탁드리죠."

"잠시만."

신아연은 지갑을 뒤적거리더니 명함 한 장을 꺼내서 건네주었다. 파주에 근거지를 두고 있는 혈견사라는 조직이었다.

"고마워요. 그럼 밤까지 쉬어두시길."

성아는 그렇게 말하고는 손님방을 나섰다. 그녀의 기척이 멀어지는 것을 확인한 신아연이 벽에 기대어 앉으며 투덜거렸다.

"이거 곤란하게 됐는데……. 어쩐다?"

그러자 방 한구석에서 노트북 키보드를 두드리고 있던 진선희가 물었다.

"어쩌실 건가요?"

"음, 아직 고민 중이야."

"본부에서는 돌아와 주길 바라는 눈치던데요?"

며칠 전 육도는 설악산에서의 작전 수행 과정에서 엄청난 피해를 입었다. 무려 천상 급 인원 중 한 명을 포함, 고급 인

력 중 상당수가 사망한 것이다. 이 정도 피해면 조직이 뿌리
째 흔들려도 이상하지 않다.

게다가 설악산에서 퀘이사가 폭주하는 바람에(육도는 이것
을 '태고령(太古靈)' 이라고 이름 붙였다) 그것을 민간인들의 눈
에 띄지 않도록 막대한 정보 조작을 행하는 한편, 그로 인해
벌어지는 영맥의 폭주와 요괴 출몰 등에 대응하기 위해 거기
에 고급 인력을 잔뜩 파견해서 임시 지부를 개설했었다. 여기
에 조직의 여력은 거의 다 소모되었다고 봐도 좋다.

상층부에서는 이 사실을 파견 나가 있는 수라 급 에이전트
들에게도 알리고 당분간 인력 지원이—굳이 인원을 파견해 주
지 않더라도 예언이나 사고의 뒤처리 등—어려워졌음을 알렸다.
축생 급 이하의 인원들은 아직도 숫자가 많고, 지원부 역시
건재하지만 그들은 이제 조직을 수복하고 방어하기 위해 움
직여야 했다.

일단 그들의 가장 근본적인 존재 목적, 즉 요괴의 존재가
일반 사회에 알려지지 않도록, 피해를 끼치지 못하도록 퇴치
하는 것 자체는 계속 수행하고 있다. 하지만 어지간히 위험도
가 높지 않으면 에이전트 본인의 의사에 따라 임무를 포기하
고 귀환할 수 있는 선택지를 남겨주었다. 이것은 사실상 인력
이 부족하고 조직이 어려움에 처했으니 귀환하길 바란다는
소리다.

"맞아. 분명 그런 뜻을 보이고 있지. 하지만 이대로 귀환했을 때 대요괴가 난동을 피우기 시작하면 정말로 대책이 없어. 우리가 알 바 아니라고 할 수 있는 수준이 아냐."

"그건 그래요."

육도에서도 노골적인 귀환 명령을 내리진 않았다. 그 말은 최소한 대요괴에 대응하는 인원들만은 남겨두기로 결정했다는 것이다.

한국에서 대요괴에 대응할 수 있는 인력은 육도 외에는 없다고 봐도 과언이 아니다. 만약 대요괴가 폭주했을 경우 연옥이 존재하는 의미 그 자체가 흔들린다.

"하지만 그렇게 될 경우 우리만으로 막을 수 없잖아요?"

"그 문제는… 어떻게든 해결이 된다. 너는 별로 걱정 안 해도 돼."

"네?"

"그 이상은 기밀이야. 실전에서 보여주는 거야 어쩔 수 없겠지만 말할 수는 없고. 어쨌든 충분히 승산은 있으니까 걱정은 안 해도 돼."

신아연은 왼팔을 쓰다듬으며 웃었다. 왠지 모르게 오싹함이 느껴지는 웃음이었지만 진선희는 묵묵히 고개를 끄덕일 뿐이었다. 신아연은 육도의 수라 급 에이전트, 그중에서도 팀장 클래스다. 그녀가 그렇다고 말한다면 분명 믿을 만한 근거가 있을 것이다.

"어쨌든 이 문제가 빨리 해결이 돼야 할 텐데, 고민이군."

"차라리 그 구미호가 범인이 아니었으면 좋겠어요."

"그렇지."

진선희의 투덜거림에 신아연이 고개를 끄덕였다.

만약 난슬이 범인일 경우, 그녀의 혐의가 입증될 때까지는 오랜 시간이 걸릴 것이다. 그녀의 태도는 결백해 보였고, 의심할 요소가 많음에도 불구하고 지금까지 흑호라는 놈들을 분석해 본 결과는 요기의 파장이 전혀 다르다는 것이었으니까. 그 정도로 교묘하게 이쪽의 눈을 속이려고 한다면 결정적인 증거를 확보하기 위해 얼마나 기다려야 할지 알 수 없다.

하지만 차라리 난슬이 말하는 대로 팔미라는 존재가 따로 있다면 좀 이야기가 쉬워진다. 난슬을 의심하는 것을 그만두고, 아니, 아예 난슬의 도움까지 받아서 팔미라는 존재를 잡아 말살하면 그만이니까. 대요괴의 힘을 가진 난슬이 이족 편에 서서 도와준다면 정말 큰 힘이 될 것이다.

문제는 팔미가 존재하든 존재하지 않든 자신들의 눈을 피하는 솜씨가 보통 교묘한 게 아니라는 것이다. 흑호를 잡아 제물로 삼아서 근본을 추적하는 방법까지 써봤지만 그 주인이 누구인지 찾아낼 수 없었다. 그만큼 스스로를 능숙하게 감추고 있다는 소리다. 흑호의 주인을 찾아내기 전까지는 난슬이 범인이라고 확정지을 수도 없고, 그렇다고 혐의도 풀리지 않는 애매한 상황이 계속된다.

"정말 짜증나는군."

신아연은 투덜거리면서 창문을 열고 담배를 꼬나물었다. 빨리 밤이 되었으면 좋겠다.

*　　　*　　　*

"으으으."

파김치가 되어 쓰러진 신우를 뒤로한 채 유현은 냉수를 꺼내서 벌컥벌컥 마셨다. 에어컨을 틀어두긴 했지만 여름이라 그런가, 정신력을 소모하는 것만으로도 몸에 열기가 솟는다.

"넌 엄살이 너무 심해."

"사람을 죽여놓고 하실 말씀이 아닌 것 같은데요."

신우가 투덜거렸다. 슬슬 심상공간에서 죽음을 체험하는 것도 열 번째다. 하지만 도무지 익숙해지지 않는다, 죽음을 맞이하는 그 순간의 체험은.

그렇기에 필사적으로 발버둥치지만 유현과 그 사이에는 정신력만으로는 어쩔 수 없는 실력의 격차가 있었다. 언제쯤 돼야 그의 공격에 제대로 대응할 수 있을까?

"넌 훈련받을 때 승리를 얻기 위해 살을 주고 뼈를 취해야 할 상황이 있다는 것을 주입 받았을 거야. 근데 왜 죽음에 대해서는 같은 정신 상태를 유지 못하는지 모르겠다."

"죽는 대신 맞찌르기라도 하라고요?"

"아니, 그런 이야기가 아니라 각오의 문제지. 지금 너는 딱 죽을 상황이 됐다 싶으면 그게 두려워서 뒤로 슬슬 빼면서 태세를 무너뜨린단 말야. 그럼 공격하는 진짜 날 잡아 잡수~ 하는 셈인데 내가 어떻게 그걸 모른 척해주겠냐?"

"어? 지, 진짜요?"

"그래, 이 녀석아. 검투 실력이 뛰어난 놈들이 실전 많이 겪고 나서는 허리가 뒤로 빠지는 버릇 들어서 외려 실력이 퇴보하거나 하는 경우가 많잖아? 칼 맞는 게 두렵다는 것을 알아버리니까. 네가 지금 딱 그 꼴이야. 죽음에 대해서 명확히 인지했으면 정신적으로 그걸 극복하고, 아니, 정확히는 각오한 상태에서 정신을 더 예리하게 가다듬어야지 거기에 눌려서 허우적거리고 있으면 이런 훈련 아무리 해봤자 쓸모없다."

"으, 으으으음……."

신우도 여태까지 생사를 넘나들 정도로 혹독한 훈련을 받아온 몸이라 유현이 말하고자 하는 바를 금세 깨달을 수 있었다.

요는 자신이 격투가가 공격을 맞는 것을 두려워하고, 검투가가 칼에 맞을 것을 두려워하여 자세를 무너뜨리고 실력이 망가지는 것과 같은 상태가 되어 있다는 것이다. 연옥의 전사는 그 모든 것을 초월해 살아남고 승리하는 존재가 되어야 한다. 그런데 죽음의 감각이 두려워서 오히려 생존확률을 낮춘다면 그거야말로 웃음거리가 될 수밖에.

"정신적인 문제는 내가 말해주고 몰아치는 것 외에는 어떻게 해줄 수 없다. 문제를 알려준 이상 극복하는 것은 네가 할 일이야. 설령 천 가지 기술을 더 터득한다 한들 그런 정신 상태로는 실력의 1할도 발휘할 수 없지."

"알겠습니다."

신우는 순순히 고개를 숙였다. 유현은 친절하게 모든 것을 가르쳐 주는 자상한 스승이 아니다. 그저 가르침을 줄 뿐, 그것을 받아들여 실력을 키우는 것은 신우 자신의 몫이었다.

삐비비빅.

그때 핸드폰에서 짧은 벨 소리가 울렸다. 유현은 식탁에 올려둔 핸드폰이 부르르 진동하는 것을 보았다. 문자 메시지가 와 있었다.

의견서를 보냈어. 읽고 나서 답신 보내줘.

보낸 사람은 윤시민으로 되어 있었다. 유현이 거래하는 프리랜서 마법사 중 한 명이다.

"생각보다 빠르군."

"뭐가?"

난슬이 귀를 쫑긋하며 물었다.

"내가 아는 프리랜서 마법사 집단에 의뢰한 조사 결과."

"무슨 조사 결과인데?"

"그건 알려줄 수 없어."

"치사해."

"그렇게 말해봤자 안 되는 건 안 되는 거야. 널 지금 우리 집에 두고 보호하고 있지만 그렇기 때문에 지켜야 할 선이 있다는 걸 잊지 마."

"알고 있다, 뭐."

난슬은 입을 삐죽이며 투덜거렸다.

그녀는 워낙 총명해서 감정과는 별개로 사리 판단할 줄 알았다. 지금 유현이 그녀를 자유롭게 놔두고 있는 것 같지만 사실은 확실하게 감금하고 있고 외부에서 다른 이들이 마법으로 감시하는 것조차 용인하고 있다. 그런 상황을 당연하게 받아들이고 있는 것을 보면 그녀가 이번 사건의 범인이라고 의심할 수가 없었다.

물론 인간적인 기준을 적용한다면 그렇다는 말이다. 고등

한 요괴일수록 무섭도록 심계가 뛰어나고 인내심도 뛰어나기 때문에 함부로 신뢰해서는 안 된다. 그것이 연옥에서 요괴를 상대하는 자들의 철칙이었다.

그러나 유현은 시간이 지날수록 그녀에게 물러지고 있는 자신을 발견하고 있었다.

'언제라도 죽일 수 있어야 하는데.'

만약 그녀가 범인이고, 자신을 속인 것으로 밝혀질 경우, 유현이 택할 방법은 하나다.

그녀를 죽인다.

신뢰가 배반당했을 때 얻는 마음의 상처, 그리고 그녀에 대한 미련… 아마 사람들이 즐겨 읽는 이야기 속이었다면 그런 것이 복합적으로 작용하여 유현에게 바보 같은 선택을 하게 만들었을지도 모른다. 하지만 현실에서 유현이 선택할 길은 그녀를 전력을 다해 죽이는 일이다.

그는 언제나 그런 상황을 상정하고 있었다. 오늘 하하, 호호 웃으며 지내던 이라도 다음날에는 뒤통수에 총알을 박아 넣을 수 있어야 한다. 그만큼 황폐하게 단련된 정신력이 없다면 연옥에서 살아남을 수 없다.

유현은 자신의 심리를 분석해 보면서 신우에게 말했다.

"오늘은 이만 돌아가. 저녁때 보자."

"네."

신우는 고개를 숙여 보이고는 집에서 나갔다.

유현은 방에서 컴퓨터를 켜고 이메일을 열어보았다. 마법 알고리즘이 적용된 암호화 프로그램에 의한 판독 과정이 끝나고, 그가 프리랜서 마법사 집단 '얼터너티브' 에 의뢰했던 조사 결과가 화면에 떴다.

"역시 기본적으로는 마력뿐만 아니라 현세의 모든 것을 잠식, 자신과 같은 성질로 변환시킨다는 말이군."

방에는 방음 결계가 쳐져 있었기 때문에 유현은 굳이 신경 쓰지 않고 중얼거렸다.

그가 얼터너티브에 의뢰한 것은 퀘이사에 대한 것이다. 그의 눈을 통해 발생하는 이계의 힘, 그 자신이 퀘이사 에너지라 명명한—그는 알지 못하지만 대마법사 모건 역시 똑같은 이름으로 부르고 있었다—그것은 아마 2년 전에 겪었던 일과 그의 감각에 의하면 아주 먼 곳, 우주 중심의 퀘이사 은하라고 한 곳으로부터 온다. 즉, 유현의 눈이 SF에 자주 나오는 웜홀 같은 역할을 하고 있는 것이다.

이 에너지는 아주 독특한 성격을 갖고 있는데, 일단 마력을 잠식하는 성격을 지녔다. 유현의 경우 왼쪽 눈을 개방하게 되면 일단 그 에너지가 마력부터 침식해 들어오는 것을 느끼고 그에 대응해야 했다.

유현이 이 힘을 방출, 마법과 전자기기 등 동원할 수 있는 모든 수단을 관측해서 얻은 데이터를 통해 얻은 결론은, 마력만이 아니고 이 세상 모든 것이 이 에너지에 집어삼켜지는 것을 피할 수 없다는 사실이다. 심지어 광물이나 합성물, 영적인 존재들마저도 이 에너지에 잠식당해 같은 것으로 변환되는 것을 볼 수 있었다.

물론 거기에는 각자 편차가 있고, 의지를 가진 존재라면 잠식당하고도 버틸 수 있다. 예를 들어, 암시를 통해 생존 본능을 일깨워 준 짐승들은 미량의 에너지에는 잠식당하지 않고 버텨낼 수도 있었다.

유현은 스스로 연구하고 실험한 결과를 얼터너티브에 보내 분석해 줄 것을 요구했다. 유현 자신이 마법의 사용자이기는 하지만 연구자는 아니기에 좀 더 깊이있는 지식을 필요로 했던 것이다.

물론 이것이 실존하는 힘이라는 사실은 덮어두었다. 마법 실험을 통해 얻은 가상의 데이터라고 속인 것이다. 기존의 상식을 완전히 무시하는 퀘이사 에너지의 존재를 쉽게 믿을 수 있을 리도 없지만, 진짜로 믿어버리면 그때는 유현이 굉장히 곤란한 상황에 처하게 된다.

'난감하군.'

얼터너티브의 분석 결과는 유현이 생각한 것과 거의 일치하고 있었다. 게다가 그들은 데이터에 기록된 결과 값을 이용해 잠식 과정을 역산, 퀘이사 에너지의 또 다른 효용을 추측해 내는 것까지 성공했다.

퀘이사 에너지는 세상 그 무엇으로도 변환될 수 있다.

유현 역시 그 사실을 알고 있었다. 분석을 통해서가 아니고 체감을 통해서.

그는 무의식적으로 퀘이사 에너지를 마력이나 빛과 소리 등으로 변환시키면서 사용해 왔다. 의지가 있는 자는 퀘이사 에너지를 통제할 수 있지만 마법으로 통제하는 것은 불가능할 것 같다.

물론 기나긴 연옥의 역사를 뒤져 보면 이 에너지를 통제하기 위한 수단이 있을지도 모른다. 유현이 가진 하늘의 왼손이 그 증거물일 것이다.

하지만 유현의 경우 그런 방법을 사용할 필요 없이 의지만으로도 그 힘을 제어하고 변환할 수 있었다. 아마도 왼쪽 눈이 특수한 작용을 하기 때문에 그런 권한이 있는 것이리라.

'신뢰성을 높여야 해.'

유현이 지상과제로 삼고 있는 것은 퀘이사 에너지라는 미지의 전력을 보다 신뢰성 높은 무기로 만드는 것이다. 신뢰할 수 없는 병기는 자신을 찌르는 자해용 도구와 다를 바 없다.

언제 폭발할지 모르는 수류탄을 주렁주렁 달고 다닐 수 있겠는가. 한창 격전 중, 결정적인 순간에 이상을 일으켜 발사

되지 않을 확률이 높은 총을 믿을 수 있겠는가?

병기는 위력도 중요하지만 신뢰성이 훨씬 더 중요하다. 퀘이사 에너지는 강대한 힘이지만 통제되지 않는 힘은 없느니만 못하다.

'잘하면 누굴 상대로 하든 절대적인 카드가 되어주겠지. 일단은 확실히 통제할 수 있는 선에서 활용법을 더 늘려야 해.'

이미 유현은 하늘의 왼손을 통해 퀘이사 에너지의 수많은 활용법을 찾아냈다. 이 힘을 아낌없이 사용한다면 난슬이 적이 되더라도 별로 걱정할 필요가 없다.

문제는 그다음이다.

이 힘이 얼마나 골치 아픈 존재인지는 요전의 공명으로 다시금 깨달았다. 2년 전에 폭주하는 것을 막았던 퀘이사의 부활, 그리고 그곳에서 마주한 대마법사 모건의 존재.

분명히 자신이 모르는 곳에서 움직이고 있는 것들이 있다. 그리고 왠지 자신은 절대 그것들과 무관하게 지나칠 수는 없을 거라는 확신이 들었다.

그렇다면 최악의 사태가 벌어지기 전에 이 힘을 완전히 파악하고, 통제하는 데 주력해야 한다. 자신이 모르는 곳에서 움직이는 무언가에게 농락당하는 것은 사양이었다.

얼터너티브의 연구 리포트를 꼼꼼하게 읽어본 유현은 컴퓨터를 끄고 밖으로 나왔다. 그리고 난슬이 웬일로 TV 앞에 붙어 있지 않고 멍하니 창밖을 바라보고 있는 것을 보곤 눈살을 찌푸렸다.

"밖에 뭐가 있나?"

"팔미가……."

"응?"

"팔미가 움직이는 것 같아. 익숙한 기운이 느껴져."

그녀는 그렇게 말하고는 눈을 감았다. 천리안이라 불리는 술법이 발동, 그녀의 감각이 빠른 속도로 확장되며 먼 곳을 향해 날아가기 시작했다.

3

두근.

또 그 소리가 들렸다. 그 소리가 전신을 통해 퍼져 가면서 그의 의식을 일깨운다. 어둠 속에서 그는 조용히 눈을 떴다. 눈꺼풀을 들어 올리는 것이 천근만근 무거운 무언가를 들어 올리는 것처럼 어렵기만 하다.

이게 도대체 얼마만의 일이지?

아마 그는 지상에서 가장 시간의 흐름에 둔한 존재 중에 하나일 것이다. 그는 그렇게 태어나지 않았으나, 그렇게 완성되었다. 그리고 오랜 시간 어둠 속에 잠들어 스스로를 잊어가고

인간이란 153

있었다. 그렇게 모든 것을 잊어가다가 종국에는 화석이 되었어야 할 터인데…….

아주 천천히, 믿을 수 없을 정도로 느리게 혈관을 타고 흐르던 피가 조금씩 가속하는 것이 느껴진다. 이 현상이 계속된다면 어쩌면 다시 한 번 어둠에서 일어나 꿈을 떨쳐 버리는 것이 가능할지도 모르지.

그러나 들어 올려졌던 그의 눈꺼풀은 다시 스르르 감겨지며 어둠을 끌어안았다. 잠깐 명료해진 듯했던 사고는 다시 흐릿해지며 심연 속으로 녹아 사라진다.

그는 다시 잠이 들었다.

*　　　　*　　　　*

쿠구구구궁!

지진이 난 것처럼 저택이 뒤흔들렸다. 저택 안에 있던 사람들은 깜짝 놀라서 그 진원지를 찾았다.

"침입자?"

윤성아는 깜짝 놀라서 저택 밖으로 뛰쳐나왔다. 방금 전의 진동이 지진에 의한 것이 아니라는 것은 금세 파악했다. 누군가 저택을 둘러싼 결계와 힘으로 충돌하고 있었다.

웅성웅성.

밖에 나가는 순간 성아는 깜짝 놀랐다.

검은 여우의 대군이 몰려오고 있었다.

"흑호……! 설마 도망치는 것을 관두고 직접 쳐들어왔단 말야?"

난슬의 주장에 의하면 꼬리가 여덟 개인 팔미호의 수족이라고 하는 요괴, 흑호들이 어마어마한 숫자가 모여 저택의 결계를 두들겨 대고 있었다.

작은 몸집의 여우들이라곤 해도 저렇게 빽빽하게 몰려 있으니 보는 것만으로도 오싹하다. 숫자는 적어도 수천, 어쩌면 1만을 넘어갈지도 모른다. 일반인들이라면 놀라서 비명을 질렀을 것이다.

웅성웅성. 웅성웅성.

정상적인 짐승들과는 달리 소곤거리는 소리만을 내는 흑호지만 이만한 수가 모여 있다 보니 그 소리가 굉장했다. 수많은 군중들이 모여서 웅성거리는 소리를 한데 모아서 사방팔방에서 크게 틀어대는 것 같다.

게다가 이 소리에는 요기가 실려 있어서 듣는 이의 정신을 흐트러뜨리고 있었다. 물론 망혼의 일원들은 모두 주술적인 방어를 통해 그것을 봉쇄하지만 이 정도로 증폭된 요기라면 견디지 못하는 사람도 나오겠지.

"이만한 숫자가 도시를 돌아다니고 있었는데도 몰랐다니

우리 눈은 장식이었군."

"드릴 말씀이 없습니다."

어느새 수석 주술사 홍승영이 그녀의 곁에 나타나서 고개를 숙였다.

여우요괴가 변신에 능하고 자신의 존재를 은닉하는 데 천재적이었기 때문이라는 변명은 통하지 않는다. 그들은 연옥의 프로페셔널로서 요괴를 상대하면서 결코 빈틈을 보이는 것이 용서되지 않는 십난이니까.

어쨌든 이만한 숫자가 모였다고는 해도 어차피 잡것들에 불과하고, 무엇보다 이곳은 망혼의 아지트다. 신령으로부터 내려받은 비장의 힘 천령(天靈)까지 발동되어 있는 지금, 저런 것들을 처리하는 것은 어렵지 않다.

"태고의 정령, 그대에게 이름을 새긴 자, 하늘의 뜻을 묻고자 하니 빛의 길을 열어라!"

파라라라락!

성아의 주문과 함께 그녀의 옷 속에서 수십 장의 부적이 날아올랐다. 동시에 그녀에게서 옅은 빛의 파장이 퍼져 나가며 주변의 기류가 하늘을 향해 말려 올라갔다.

콰아아앙!

다음 순간 하늘로부터 굵직한 섬광이 내리꽂혔다. 인간을 통째로 삼켜 버릴 듯한 빛줄기가 마치 레이저 병기처럼 흑호

틈을 찌르고 주욱 옆으로 훑으면서 산산이 태워 버린다. 주변에 민가가 있는 곳에서 사용하기에는 지나치게 대용량의 주술이었지만 성아는 개의치 않았다.

"멋진데? 독자적인 주술인가? 원거리를 노릴 수 있으면 전술 병기로도 쓸 수 있겠어."

그때 신아연이 걸어나오면서 휘파람을 불었다. 그녀는 전투복을 완벽하게 차려입고 긴 라이플을 들고 있었다. 작은 덩치로 바글바글 몰려 있는 상대들을 개인 화기로 공격하는 것은 비효율적인 일로 보이지만 분명 그녀에게도 생각이 있을 것이다. 성아는 참견하지 않기로 했다.

"이 요기는 분명히 대요괴 급. 요기 파장은 그 난슬이라는 구미호와는 완전히 다르군요. 그녀의 말이 사실이었던 것 같습니다."

진선희가 탐지 마법으로 주변을 살핀 결과를 보고했다. 그동안 공격 준비를 마친 망혼의 주술사들이 무차별로 공격을 난사하기 시작하자 사방에 불꽃과 벼락, 섬광이 난무한다.

신아연이 물었다.

"연계의 핵은?"

"찾았습니다. 정보 전송합니다."

진선희는 텔레파시 링크를 이용해 신아연에게 자신이 잡아낸 타깃 포인트를 전송했다. 그녀의 감각을 공유한 신아연이 느긋하게 라이플을 들어 한 지점을 겨누었다. 그녀의 신경과 혈관을 타고 마력이 달려나가며 주변의 마나와 공명, 압도적인 파장을 발하기 시작했다.

우우우우우우웅!

'이건?

성아는 놀라서 눈을 크게 떴다. 신아연이 발하는 파장이 일정 지점까지 뻗어나가는가 싶더니, 주변의 마나와 공명해서 다시 증폭, 어느 순간 움직임이 딱 멎더니 엄청난 기세로 한 점으로 끌려 들어간다. 그녀가 들고 있는 대형 라이플의 표면을 타고 복잡한 마법 술식들이 푸른빛을 발하며 떠올랐다.

"술래잡기는 별로 좋아하지 않거든. 놀아줄 상대를 잘못 골랐어."

신아연이 차가운 미소를 지으며 방아쇠를 당겼다.

콰아아아아아!

폭음이 울리며 총탄이 대인 화기에서 쏘아진 것이라고는 믿을 수 없는 기세로 뻗어나갔다. 육안으로 확인할 수 있는 것은 벼락처럼 새파란 섬광이 달려나간 궤적.

육도의 최신예 라이플에 신아연의 독자적인 술식이 더해진 결과 총탄은 마하4의 속도로 달려나갔다. 그 반동으로 신아연의 몸이 뒤로 주르륵 밀려났지만 발사 순간까지 그녀는 조준을 흐트러뜨리지 않았다.

꺄아아아아아악!

그리고 흑호들 사이에서 비명이 터져 나왔다. 귀신이 내지르는 듯한 끔찍한 소리에 그 자리에 있던 이들이 흠칫 몸을 떨었다.

다음 순간 섬광에 찢겨 나갔던 어둠이 재집결하기 시작했다. 그 일격으로 터져 나갔던 흑호의 몸이, 마치 생물이 아닌 것처럼 어둠의 입자로 화해 거머리가 꾸물거리듯이 기분 나쁜 움직임으로 한 지점으로 모여드는 것이다.

신아연은 기다리지 않았다.

콰아아아앙!

제2격이 다시 모여드는 어둠을 관통했다. 비명이 다시 울려 퍼진다.

사방을 포위하고 있던 흑호들이 움직이기 시작했다. 마치 강물의 흐름이 바뀌어 바다로 몰려들 듯 급격하게 한 지점을 향한다. 그것은 신아연이 공격하고 있는 포인트였다. 그곳을 에워싸고 지켜내려는 듯 벽을 쌓는다. 흑호가 쌓이고 쌓이고 쌓이자 그것은 이미 꿈틀거리는 어둠의 벽이 되었다.

신아연은 개의치 않았다.

콰아아아아앙!

흑호들이 찢겨 나가며, 마치 살이 뜯어져 나가고 그 속에 있는 뼈가 드러나듯 요력의 중심핵이 드러난다. 그것은 짙고 짙은 어둠 그 자체였지만 신아연의 눈은 그 속에서 꿈틀거리는 여우요괴의 의지를 읽어냈다.

최신형 라이플 '브류나크 M201'과 마하4로 쏟아지는 특수탄 '묘르닐'은 대요괴를 상대로도 치명타를 입힐 수 있도록 설계되었다. 요즘 요괴라면 직격을 피할 수 있는 대응책을 강구하겠지만 아무래도 저 요괴는 아직 요즘 시대 기술에 대한 이해가 별로 없는 모양이다. 난슬이라는 구미호가 말한 정보와 딱 맞아떨어지고 있었다.

슈우우우우우!

세 발을 연달아 최대 출력으로 쏘자 라이플에 한계가 온 것 같았다. 총신의 부분 부분이 열리며 열기를 폭발적으로 쏟아낸다. 신아연은 혀를 차며 마법 포켓에 그것을 집어넣고 다른 무기들을 꺼내어 허공으로 던졌다.

인공지능형 마나 폭탄이 그녀의 염동력을 타고 흑호들의 군집으로 쇄도했다. 망혼 주술사들의 공격이 그려내는 궤적을 요리조리 피하며 근접, 그대로 폭발했다.

콰콰콰콰쾅!

"진짜 멍청하군. 이런 놈이라면 잡기 쉬워. 확실히 요력은 대요괴 급이지만 현대 기술에 대한 지식이 전혀 없는 것 같군."

그 말을 들었다면 팔미는 억울해했을 것이다, 그녀는 이미 수많은 인간을 먹어 현대의 지식을 손에 넣었으므로.

그러나 그것은 어디까지나 일반인의 지식이었지 연옥의 지식이 아니었다. 연옥에서도 격을 달리하는 최첨단 기술로 무장한 육도의 에이전트를 상대할 때는 갓난아기와 마찬가지로 무지한 상태다.

진선희가 고개를 저으며 말했다.

"어차피 본체는 아닙니다."

"괜찮아. 여기서 타격을 주면 마무리는 식은 죽 먹기니까."

"듣자 듣자 하니까 멋대로 떠드네, 진짜!"

그때 고막을 찢을 듯 날카로운 목소리가 울려 퍼졌다. 너덜너덜해진 어둠의 잔해로부터 긴 검은 머리카락과 눈처럼 흰 피부를 가진 알몸의 소녀가 모습을 드러내고 있었다.

널린 어둠의 파편들로부터 흑호들이 다시 재생하기 시작한다. 소곤거리는 소리가 다시 울려 퍼지며 그 숫자가 빠르게 불어났다.

"요기가 보통이 아닌걸. 무슨 신령도 아닌데 화신(化身)을 구현하면서 그 정도로 여유가 넘치나?"

"너 따위는 상상도 할 수 없을 정도일걸."

"그런 힘을 가진 주제에 아직까지 결계도 못 부수다니 정말 무능하군."

"이⋯⋯!"

신아연의 비아냥거림에 팔미는 열이 확 오르는 것을 느꼈다. 실제로 그녀는 나타나서 결계를 조금 두드리다가 일방적으로 두들겨 맞았을 뿐, 아무런 피해도 못 주지 않았던가.

확실히 이 결계는 그녀가 알던 결계들과는 차원이 달랐다. 단순히 견고하게 만들어진 것뿐만 아니라 구조의 복잡함, 외압에 대한 대응성이 상상도 할 수 없을 정도로 뛰어난 느낌이다.

100년의 간극이 있는 팔미가 주술 실력으로 깨볼 수 있는 결계가 아니었다. 팔미는 냉정하게 그 사실을 인정하고 힘으로 밀어붙이기로 했다. 아무리 대단한 결계라고 해도 한계는 있는 법이다.

"힘으로 밀어붙여 보시겠다?"

성아가 코웃음을 쳤다.

망혼의 수장 중 한 명인 그녀는 본거지의 방어력에 절대적인 자신이 있었다. 또한 본거지에서 그들의 힘은 극대화되고, 적의 힘은 용혈로부터 샘솟는 영력에 의해 억눌러진다. 게다가 팔미는 아직 모르고 있겠지만 계속 공격을 받은 결계는 변화를 시작해 주변을 에워싸기까지 한 상태. 이제 그녀는 도망치는 것조차 마음대로 할 수 없는 상황에 빠졌다.

"대요괴를 상대하는 것은 처음이지만 생각보다 별거 아니라서 다행이야."

"이 잡것이 감히!"

팔미의 등 뒤에서 아홉 개의 꼬리가 솟아올랐다. 검은 어둠 그 자체를 빚어 만들어낸 듯 광택이 느껴지지 않는, 가만히 보고 있노라면 2차원의 존재 같은 느낌을 주는 꼬리다. 하지만 그 요사스러움보다도 다른 사실이 성아와 신아연, 진선희에게 충격을 주었다.

'꼬리가 아홉 개야?'

난슬의 정보에 의하면 그녀는 구미호가 아니다. 어디까지나 아직 미완성의 단계인 팔미호였다. 그래야만 했다.

그런데 어째서 꼬리가 아홉 개인 것일까? 게다가 지금 그녀가 발하는 요기의 파장은 진정 대요괴라 불리기에 부족함이 없는 무시무시한 것이었다.

"속임수인가? 아니면 그새 뭔가 변화가 있었나? 어느 쪽이든… 골치 아파졌다는 것을 인정해야겠군."

육도의 데이터베이스에 기록된 팔미호와 구미호의 차이는 어마어마하다. 신아연은 결의를 다지고 그녀를 이 자리에서 섬멸할 방법을 고심했다.

팔미의 영악함은 분명 인간 이상의 것, 장기전으로 가면 갈수록 현대의 술식을 해석해서 자신의 요기 운용법을 정밀화해 갈 것이다. 그렇게 되기 전에, 아직 100년 전의 구세대 요괴 상태인 지금 없애야 했다.

—아직 못 찾았어?

그녀는 새로운 화기를 꺼내 양손에 쥐는 한편 텔레파시로 진선희에게 물었다.

아까부터 진선희는 공격에 가담하는 대신 팔미의 요기를 더듬어 그녀의 본체가 있는 곳을 찾아내고 있었다. 하지만 수많은 흑호 사이에서 요기의 핵을 찾아낸 진선희도 팔미의 본체를 찾아내는 일은 쉽지 않았다.

—이상해요.

—뭐가 말이지?

—완벽한 술식으로 저 요괴의 본체 위치가 방어되고 있습니다. 해석하는 데 시간이 걸릴 것 같아요. 아무리 봐도 이것은 현대의 것입니다. 지금 저 요괴가 보여주는 모습과는 간극이 너무 크군요.

—그럼 다른 놈이 협력자로 나서고 있을 가능성이 있군.

대요괴는 아니더라도 요괴 중에는 주술이나 마법에 능한 놈들이 많았다. 여우요괴가 영악함과 연기력, 그리고 상대를 매혹시켜 타락시키는 존재의 대명사로 불린다는 것을 감안하면 쓸 만한 아군을 포섭해 놓고 있다고 해도 이상할 것이 없다.

이렇게 되면 골치 아파진다. 이쪽에도 비장의 카드가 없는 것은 아니었지만 대요괴를 상대하기에는 인원이 너무 부족하다. 적어도 수라 급 에이전트 네 명과 휘하 팀원 스무 명은 있어야 넉넉하게 상대할 수 있을 텐데…….

'역시 나도 별로 운이 좋은 편은 아니야.'

신아연은 그렇게 생각하면서 로켓 런처의 방아쇠를 당겼다. 발사와 동시에 마법 포켓에 꽂아 넣고 쇼크웨이브 나이프 한 다발을 꺼내서 던졌다. 염동력의 조종을 받은 나이프가 복잡한 궤도를 그려내며 팔미를 노렸다.

콰아아앙!

로켓탄은 팔미가 펼친 방어 술법 때문에 3미터 앞에서 폭발했다. 하지만 직격당하지 않더라도 폭발과 동시에 퍼지는 마나 파장은 적의 감각을 교란할 것이다. 그리고 그 틈을 노리고 쇼크웨이브 나이프가 각기 다른 각도에서 날아든다.

그 공격에는 팔미도 견딜 수 없었다. 흑호들을 이용해 구성한 화신체가 몸을 타고 흐르는 쇼크웨이브의 타격을 이기지 못하고 부서져 간다.

그러나 그녀는 이미 대응책을 강구해 두고 있었다. 진신(眞身)이 아닌 화신체이니만큼 인간의 기준으로 보면 비생물적인, 그래, 기계나 가능할 것 같은 설정이 가능하다. 그녀는 육체적인 고통에 대한 통각을 차단하고 자신을 공격하는 수법을 분석했다.

현대의 주술과 마법은 고도로 암호화된 술식을 사용하기에 그에 대한 지식 기반이 없는 팔미가 단시간에 해석해 낸다는 것은 불가능하다. 그러나 자료는 넘치도록 얻을 수 있었다.

그리고 간간이 암호화되지 않은 단순한 술법들은 곧바로 그 구조를 해명하고 자신의 지식과 대조, 보다 진보된 것임을 확인하고는 이해하고 습득해 나간다.

'이상해.'

신아연은 눈살을 찌푸렸다.

적의 행동이 너무 이상하다. 샌드백이 되어 두들겨 맞고 있는데도 방어만 할 뿐 도망칠 생각조차 보이지 않는다. 그렇다고 뾰족한 수단이 있는 것으로 보이지도 않는데…….

그때였다

—언니! 조심해!

망혼의 3대신관 중 하나, 연지혜의 텔레파시가 그 자리에 있는 모든 이들에게 울려 퍼졌다.

동시에 강렬한 이미지가 뇌리에 엄습해 온다. 신아연과 진선희의 경우 강력한 주술적 방어 프로젝트를 갖고 있기에 뇌에 다이렉트로 침투하진 않았지만, 망막을 스쳐 지나가는 듯한 이미지가 떠올랐다 사라져 갔다.

"이런! 전술 급 주술 공격인가!"

신아연이 그 이미지가 뜻하는 바를 파악하곤 하늘을 올려다보았다. 하늘이 쿠르릉거리는 소리를 내면서 변화를 일으키고 있었다.

울부짖는 뇌광, 그러나 그것은 지상까지 닿지는 않는다. 지금 다만 허공의 한 지점으로 모여서 다시 증폭을 시작하고, 이윽고 거대한 빛의 구체가 되어…….

"방어 결계 출력 최대! 천령 예비 영력 전부 발동!"

성아는 순간적으로 최선의 대응책을 판단하고 명령을 하달했다. 망혼의 일원들은 거의 반사적으로 그 명령에 대응, 자신의 영력을 결계로 돌리고 자신들에게 힘을 공급하고 있는 비장의 주술식, 천령의 잔여 에너지를 모조리 퍼 올렸다.

그리고 한 박자 늦게 무시무시한 뇌광이 작렬했다. 팔미가 아무리 두들겨 대도 꿈쩍도 않던 결계가 한 방에 박살나서 영력의 파편들이 흩어져 갔다.

콰르르르르릉!

눈앞이 새하얗게 타오른다. 그때까지 고막을 두드리던 모든 소음이 지워졌다.

모든 감각이 마비된 상태에서 어마어마한 힘이 대지를 두들기며 끓어올랐다. 폭발한다.

"아하하하하하!"

파멸의 뇌광 속에서 팔미가 미친 듯이 웃었다. 망혼의 결계뿐만 아니라 흑호들, 그리고 심지어 그녀의 화신체조차도 뇌광에 갈가리 찢겨져 나갔지만 그녀의 웃음소리는 그칠 줄 모르고 울려 퍼지고 있었다.

*   *   *

신윤범은 눈을 떴다.

"결계는 파괴되었나."

그는 거대한 주술진의 한가운데 가부좌를 틀고 앉아 있었다. 주력이 발동하면서 주술진이 눈부신 빛을 발했다가 조금씩 사그라지고, 그의 몸은 허공에 1미터 정도 떠오른 채였다.

그는 양발로 땅을 딛고 서서 주변을 둘러보았다. 결계 안에 있던 수십 명의 인간이 새카맣게 탄 시체로 변해 있었다. 방금 전 그들의 생체와 영혼이 가진 힘을 일거에 끌어다 쓰고, 그것을 공격력으로 변환시키는 과정에서 그렇게 된 것이다.

관계도 없는 일반인들을 학살했으면서도 신윤범은 아무런 감흥 없는 표정을 짓고 있었다. 어차피 자신들이 희생하지 않으면 이렇게 살아갈 수도 없는 무능력자들이다. 자신이 운명에 희롱당했듯이 이들 역시 정해진 운명을 맞이했을 뿐.

자, 그렇다면 그 목숨을 가치있게 써야겠지. 신윤범은 자신이 시전한 주술의 결과를 바라보았다. 먼 곳의 하늘이 뻥 뚫려서 섬광을 발하고 있었다.

과연 이것을 일반인들로부터 감출 수 있을까?

미드가르드의 수장, 에밀 크레이그의 말에 의하면 육도는 지금 자신들의 조직을 추스르느라 안산까지 신경 쓸 여력이 없을 거라고 한다. 방금 전의 일격은 망혼의 아지트를 파괴하는 데 그치지 않고 주변의 민가에까지 그 여파가 미쳤을 터. 수십 명의 민간인이 죽어나간 상황을 누가 수습하러 나설 것인가?

"당신들도 알아야 해."

신윤범은 누구에게랄 것도 없이 그렇게 중얼거리며 발밑을 바라보았다. 주술진은 아직 빛을 잃지 않았다. 그러기는커녕 그 구성물인 먹을 다시 액체 상태로 변환, 조금 전과는 다른 궤적을 그려내며 그 구조를 바꿔가는 중이었다.

첫 번째 공격은 성공했다. 이제 두 번째 공격을 가할 차례다.

신윤범은 다시 눈을 감고 영력을 끌어올렸다. 이제 정말로 돌이킬 수 없는 일이 벌어질 것이다.

　　　　*　　　*　　　*

쿠구구구구……

뇌광이 사그라지고 나자 높게 솟구쳤던 모래먼지가 가라앉기 시작했다. 굉음이 사라지며 시야가 조금씩 회복된다.

"크, 윽……."

성아는 필사적으로 팔다리에 힘을 주었다. 움직인다. 다행히 아직 신체 대부분이 정상적으로 기능하고 있었다.

아마도 잠깐 동안 의식을 잃었던 것 같다. 신체 조절 주문으로 과거의 기록을 살펴본 결과 긴 공백은 존재하지 않았다. 심장 박동과 혈류의 흐름 등을 이용, 자신의 신체 구석구석의 컨디션을 알 수 있는 것은 물론, 의식이 이어지는 시간과 끊어졌던 시간을 파악할 수 있는 이 주술은 성아가 항시 발동시켜 두고 있는 것이다.

파지지직, 파직……

아직도 공간을 타고 스파크가 흐르고 있었다. 어찌나 강렬한 일격이었는지 결계가 파괴되는 것에 그치지 않고 저택의 대부분이 부서져 버렸다.

'그런 공격을 누가……'

전술 급 공격 주술이다. 육도의 에이전트 신아연은 그렇게 말했다.

성아도 그 점에는 동의했지만 이해할 수 없는 것이 있었다. 천령의 에너지를 모두 쏟아부은 이상 아지트의 방어 결계는 그것을 막아낼 수 있었어야 했던 것이다. 애당초 전술 급 공격을 막아내는 것을 기본으로 설계된 결계이니까. 그런데도 조금 전의 뇌격은 그런 결계를 가볍게 돌파해 버렸다.

신령이 내려준 힘, 천령은 평소에 영맥을 타고 흐르는 힘 일부와 아지트 내에 있는 망혼의 일원들이 흘리고 다니는 잉여 에너지를 저축, 필요한 때 그들에게 공급하는 기술이다. 물론 그것은 어디까지나 기본 골조이고 신령 자신을 매개로 삼아 자신의 종속물이라고 할 수 있는 망혼의 일원들 개개인의 힘을 모든 면에서 증폭시켜 주는 심오한 묘용이 있기는 하지만.

그 힘은 적어도 성아가 신관이 된 이후로는 쓰인 적이 없었다. 그런데 그 많은 저장량을 전부 방어로 돌렸는데도 이렇게 쉽게 뚫려 버리다니.

'결계의 구조를 완전히 알고 있었다고밖에 생각할 수 없어.'

결계에 대해서 구석구석 잘 알고 있었다면, 그래서 압도적인 위력의 전술 급 공격 주술을 사용하면서 그 속에 결계의 취약점을 공략하는 술식을 심어놨다면 지금 이 결과도 이해할 수 있다.

하지만 도대체 누가 그런 일을?

"훗훗. 결계만 믿고 기고만장해하더니 꼴좋군."

그때 흙먼지를 가르면서 팔미가 걸어나왔다. 그녀는 여전히 알몸으로 긴 검은 머리칼과 아홉 개의 거대한 꼬리를 꿈틀거리고 있었다. 그 곁을 소곤거리는 소리를 내는 흑호의 무리가 뒤따른다.

"큭. 자기 힘으로 깬 것도 아닌 주제에……."

성아는 비틀거리면서 몸을 일으켰다. 절대적으로 불리한 상황이었지만 한마디 비아냥거려 주는 것을 잊지 않는다.

물론 별로 현명한 선택은 아니었다. 팔미의 눈이 붉은빛을 발하더니 곧바로 꼬리 하나가 죽 날아들어 그녀의 몸을 휘감았다.

콰악!

"악!"

몸이 부서질 듯한 압력이 전해져 왔다. 주술을 사용해 저항하긴 했지만 별로 소용없었다. 꼬리가 조이는 힘은 압착기를 연상케 하는데다가 그것을 통해 팔미의 요력이 흘러들어 오고 있었다. 신경계가 요력에 침식당하지 않도록 저항하는 것이 고작이다.

"이런 상황에서도 입 하나는 매끄럽게 잘 돌아가는 모양이구나. 너희는 끝났어."

그녀는 말하면서 다른 꼬리를 전개해서 흙먼지 속을 헤집었다. 바람이 일어나 흙먼지를 걷어내며 무참하게 파괴된 아지트의 모습을 드러내었다.

팔미의 꼬리가 신아연과 진선희를 찾아 끌어올렸다. 그녀들 역시 폭발의 중심에 있었기에 전투력을 상실한 상태였다.

"이년은 팔이 의수네? 하여튼 요즘 세상은 신기해. 이런 걸만들 수 있구나."

신아연은 전투복이 군데군데 찢어져서 속살을 드러내고 있었다. 그런데 그녀의 왼팔은 척 봐도 기계라는 것을 알 수 있는 의수였다.

꿈틀.

그 말에 신아연이 천천히 눈을 떴다. 그녀는 자신이 처한 상황에 당황하기보다 냉정하게 감각을 회복하고 몸에 내장된 마법 기능을 사용해서 대응 방법을 찾아내기 시작했다. 진정 전투기계라는 말이 어울리는 반응이었다.

'멋지게 당했군.'

진선희는 완전히 기절해 버린 것 같다. 자신조차도 의식을 잃었으니 그녀를 탓할 수는 없는 노릇이다.

전투 중 의식이 끊어지는 것을 방지하는 마법은 걸어두었지만 몸에 가해진 물리적 충격은 물론이고 영적 감각을 통해 흘러들어 온 충격이 너무 컸다. 결계가 위력을 격감시키지 않았다면 지금까지 살아 있지도 못했을 터.

'사망자는 거의 없는 것 같군. 확실히 망혼의 결계는 대단해.'

물론 지금 그걸 칭찬하고 있을 때가 아니다. 그녀는 진선희와의 텔레파시 회선을 연결해 보려고 했지만 뜻대로 되지 않는다. 아마 그녀를 잡은 꼬리가 외부와의 연결을 차단하고 있는 것 같았다.

절체절명이다. 망혼의 일원들은 일어나지 못한 채로 흑호들의 습격을 받아서 산채로 뜯어 먹히고 있었다. 마치 B급 공포영화의 한 장면 같았지만 엄연한 현실이다. 사방에서 비명이 울려 퍼지며 아비규환의 참상이 벌어졌다.

"아하하하하하!"

그 속에서 팔미가 미친 듯이 웃어젖혔다. 흑호들이 인육을 뜯어 먹는 감각이 고스란히 그녀에게 전달되고 있었다. 오로지 인간을 먹을 때만 자신의 불완전함이 충족되는 것을 느낄 수 있는 요괴. 인간이 낳은 사생아인 그녀는 지고의 쾌락 속에서 몸을 떨었다.

콰앙!

그때 팔미에게 내리꽂히는 불꽃이 있었다. 그러나 팔미는 그쪽은 돌아보지도 않고 꼬리 하나만을 움직여 그것을 막아냈다.

불꽃을 쏘아낸 것은 수석 주술사 홍승영이었다. 그는 너덜너덜해진 몸으로 공격 주술을 행사해 흑호들을 해치우며 다가오고 있었다.

"아직까지 팔팔하다니 늙은 생강이 맵긴 한 모양이야. 고기 맛은 최악이지만."

"아가씨를 놔라."

"싫은데? 너보다 훨씬 맛있을 것 같아."

팔미는 잔혹하게 웃으며 성아를 잡은 꼬리가 조이는 힘을 높였다. 버티다 못한 성아의 입에서 고통스런 신음 소리가 새어 나왔다.

"아악……."

"조금만 더 힘을 주면 뼈째로 부서져 버릴 거야. 더 이상 예쁜 얼굴로 조잘대는 일도 없겠지. 하지만 그거 알아? 그렇게 흐물흐물해진 상태가 정말 맛있어."

"더러운 입을 닥쳐!"

홍승영은 염동력으로 주변의 돌들을 팔미에게 집어 던지고는 그 뒤를 따라 돌진했다.

물론 무모한 공격이었다. 팔미는 그의 염동력을 간단히 상쇄시키고 또 하나의 꼬리를 휘둘러 그를 공격했다. 홍승영은 몸을 띄워서 그것을 피하려고 했지만 부상 때문에 반응이 둔했다. 검은 꼬리가 그대로 그의 몸통을 가격했다.

"커헉!"

내장이 뒤틀리는 충격. 그의 입에서 피가 토해져 나왔다.

카강!

그러나 그와 동시에 팔미의 감각이 미치지 않는 사각에서 가해진 공격이 있었다. 팔미는 깜짝 놀라서 고개를 돌렸다. 바람을 응축해서 만들어낸 칼날이 그의 꼬리를 날카롭게 할퀴고 지나갔다.

홍승영은 자기 자신을 미끼로 삼아 성아를 구출해 내려고 한 것이다. 팔미마저 그의 의도에 넘어간 것을 보면 그의 주술 운용이 얼마나 정묘한지 알 수 있었다.

하지만 위력이 약했다. 그 공격에도 불구하고 팔미의 꼬리는 움찔했을 뿐, 성아를 놓아주지는 않았다.

"제법이야. 당장 죽여줄게."

팔미는 노기를 띤 채 쓰러져서 꿈틀거리는 홍승영에게로 다가갔다. 또 한 명을 산 채로 뜯어 먹는다는 기대감으로 흑호들이 소곤거리며 몰려든다.

"아, 안 돼……."

그 광경을 본 성아가 안타깝게 내뱉었다. 하지만 지금 그녀가 할 수 있는 일은 아무것도 없었다.

외부와의 연결은 완전히 차단되었고, 혹시 지하에서 천령을 제어하고 있는 연지혜가 구원의 손길을 뻗어주지 않을까 기대했지만 아무래도 방금 전의 충격으로 의식을 잃은 모양이다. 혹은 죽었거나.

"아무리 망가졌어도 너희들 인간은 똑같아. 결국 소중한 걸 만들고 감정에 휘둘리지. 아니, 생각해 보면 너희들의 존재 자체가 그런 셈인가?"

연옥은 일반인들이 영위하는 세계를 지키기 위해 존재한다. 언제부터 그렇게 되었는지는 모른다. 수천 년이 지나는 동안 어느 것이 먼저이고 어느 것이 나중인지, 어째서 이러고 있어야 하는지 모두 잊혀져 버렸다.

그냥 예전부터 그랬으니까 그렇게 이어져 갈 뿐이다. 그렇게 뒤틀려 가고, 왜곡되어 가지만 아무도 바로잡으려 하지 않는다.

"안 되겠군."

그 광경을 보고 있던 신아연은 냉정하게 판단을 내렸다.

마지막까지 가능성을 보고 움직이려고 했는데 어쩔 수 없다, 비장의 카드를 꺼내드는 수밖에. 나중에 상부의 추궁을 받게 될지도 모르지만 그냥 죽는 것보다야 낫겠지.

그녀의 몸이 꿈틀거리자 팔미가 민감하게 그것을 알아채고 흠칫했다. 팔미가 신아연의 눈빛이 묘해진다고 생각한 바로 그 순간이었다.

파악!

갑자기 그녀의 몸이 흔들렸다.

"뭐, 뭐… 지?"

어째서지? 말이 잘 이어지지 않는다?

그렇게 생각하던 그녀는 자신의 목에 커다란 바람구멍이 뚫렸다는 사실을 알아차렸다.

'저격?'

퍅! 퍅! 파박!

알아차렸을 때는 이미 세 발의 총탄이 더 몸에 꽂힌 후였다. 남은 꼬리들이 자율적으로 움직여 그것을 방어하려고 했지만 상대는 무섭도록 정밀한 사격으로 꼬리들의 움직임, 그 틈을 찾아내고 팔미의 몸을 두들겨댔다.

이런 게 가능한 일인가? 정말 인간이 이런 사격 솜씨를 가질 수 있단 말인가?

'반응이 너무 빨라. 이럴 수는 없……'

팔미의 생각은 끝까지 이어지지 못한다. 방금 전의 저격과는 또 다른 방향에서, 전혀 생각지도 못한 곳으로부터 날아든 총탄이 그녀의 두개골을 뚫고 뇌에 박히는 것과 동시에 폭발했으니까.

퍼억!

마치 수박이 깨지듯이 거머리 같은 검은 살덩이들이 사방으로 흩어진다.

'마탄(魔彈)?'

신아연은 방금 전 그 수법을 알아보았다. 저격수는 놀랍도록 정밀한 사격으로 팔미를 공격하는 한편, 한 발의 총탄은 마탄술을 이용, 기존 총탄보다 느릿느릿하게 감속하는 대신 크게 휘어지는 궤도를 가지도록 발사했다. 그래서 그 한 발은 팔미가 전혀 예측하지 못한 궤도에서 날아들어 정수리를 파고든 것이다.

만약 팔미가 요즘 요괴였다면 자신의 꼬리에 좀 더 고도로 자율화된 반응 술식을 집어넣어서 저격조차 방어해 냈겠지. 하지만 그녀는 그렇게 하지 못했고, 결국 저격수에게 당했다.

팔미가 큰 타격을 입어서인지 흑호들이 안절부절못하며 혼란스러워하기 시작했다. 그리고 성아와 신아연, 진선희를 잡고 있던 꼬리들이 힘을 잃고 스르르 풀려 나갔다.

"콜록콜록!"

몸이 부서질 듯이 조여지고 있다가 풀려난 성아가 심하게 기침을 했다. 그런 그녀의 곁으로 한 사람이 자연스럽게 다가왔다.

"다행히 살아는 있군."

"유, 유현?"

그녀는 깜짝 놀라서 그를 올려다보았다.

진유현, 그가 전투복을 갖춰 입고 저격용 라이플을 든 채 그곳에 와 있었다.

*   *   *

"으으으으으으……."

팔미는 이를 갈고 있었다. 그녀의 화신체가 정체를 알 수 없는 적의 공격으로 철저하게 파괴되었기 때문이다.

그녀는 즉시 자신의 단말인 흑호들을 이용해 상황을 파악하려고 했지만 누군가 방해를 하고 있다. 요즘 용어로 말하자면 방해 전파가 날아들고 있다고나 할까? 그녀의 요기 파장을 흩어뜨려서 의식이 현실로 집중되지 않는다.

그리고 그녀의 의식 공간 속으로 누군가 파고들어 왔다.

"오랜만이야."

"난슬!"

팔미는 상대의 정체를 알아차리고 이를 갈았다.

"역시 너였어! 언제 총 같은 물건까지……."

"총 쏜 건 내가 아닌데?"

"뭐?"

자신을 공격한 상대가 난슬이라고 단정 짓던 팔미는 그녀의 반응에 당혹스러워했다.

난슬이 공격한 게 아니라고? 그럼 도대체 누가 공격한 거지?

"하지만 지금 너와 흑호들의 연결을 방해하고 있는 건 내가 맞아."

"날 공격한 놈과 한패거리구나!"

"응. 너랑 내 은인이야."

"뭐?"

팔미는 또다시 당혹감에 빠졌다.

하여튼 이놈의 계집애랑 말을 하면 제대로 대화가 이어지는 경우가 없었다. 도대체 왜 이런 나사 빠진 계집애가 구미호씩이나 되는 대요괴에 선연(仙緣)까지 닿아서 요괴선인이 된 거지?

"그 사람이 너랑 내 봉인을 풀었어."

"뭐? 정말?"

"응. 역시 알아보려고도 안 했지?"

"……."

팔미는 멍청한 표정으로―의식 공간 속이지만―난슬을 바라보았다. 이 계집애는 도대체 무슨 생각을 하고 사는 거야? 은혜 갚은 학 흉내라도 내려는 건가? 사람 잡아먹고 사는 요괴가 은혜니 뭐니 하는 걸 따져서 뭐 어쩌자고?

게다가 인간들끼리 치고받은 결과 결계가 풀렸다는 것은 팔미도 파악한 바다. 애당초 자신들의 존재조차 모르고, 어쩌다 보니 봉인이 풀린 건데 그걸 은혜라고 할 수 있나?

물론 난슬은 그녀와는 달리 선인이다. 인간을 대하는 자세가 도저히 요괴라고는 할 수 없는, 요즘 말로 하자면 4차원이나 우주인 같은 개념을 보여주고 있었다.

그 점이 열받는다. 무엇보다 이쪽은 항상 인간을 먹지 못하면 허기에 시달리는데 처음부터 대요괴로 태어나서 그런 괴로움도 잘 모르고, 선인이 되는 바람에 아예 그런 고통에서 해방됐잖아?

물론 요괴선인으로 사는 것도 굉장히 스트레스가 심하다고는 들었지만 저 흐리멍덩한 모습 어디에 스트레스의 흔적이 보인단 말인가?

"구미호가 되었구나."

난슬은 그녀의 의식 공간을 살펴보며 말했다.

"그래. 나도 이제 구미호야. 더 이상 내 앞에서 잘난 척할 수 없을걸."

"그럼 이제 구미라고 불러야 해?"

"그런 바보 같은 이름은 필요없어. 요랑이라고 불러."

팔미는 자신의 본래 이름을 말했다. 팔미라는 이름은 스스로 팔미호라는 사실을 자랑하기 위해서 지은 이름이다. 그녀가 처음 가졌던 이름은 요랑이었다.

"그렇구나. 그런데 누가 힘을 줬어?"

난슬은 누구를 먹었냐고 묻지는 않았다. 단지 의식 공간에 접촉하는 것만으로도 그녀가 힘을 손에 넣은 경위를 파악하기라도 한 것처럼.

왠지 짜증난다.

아니, 그녀는 언제나 자신을 짜증나게 만드는 존재였다.

구미호가 되면 더 이상 그녀를 보며 이런 감정을 느끼지 않아도 될 줄 알았다. 그런데 왜 지금도 그녀를 보면서 열등감이 느껴지는 거지? 왜 이렇게 화가 나냔 말야.

"말해줘야 할 이유는 없지. 넌 여기서 죽어줘야겠어."

여기는 팔미, 아니, 요랑의 의식 공간 속이다. 비록 난슬이 컴퓨터 네트워크를 해킹하듯이 파고들어 와서 그녀를 방해하고 있긴 하지만 본격적으로 싸우려고 하면 그녀가 승리할 것이다. 이제 그녀의 요력은 난슬과 동등하니까!

그렇게 생각하며 난슬에게 공격을 가한 요랑은 흠칫했다. 난슬의 존재를 붙잡기 위해 방출한 정신파가 모조리 해체되어서 흩어졌기 때문이다.

"요랑."

난슬은 안타깝다는 듯 고개를 저었다.

"너는 아무것도 몰라, 이 세계가 어떻게 변했는지."

난슬은 이미 이 세계에 적응했다. 인간을 먹어 인간의 지식 그 자체를 손에 넣은 요랑과는 달리 자신의 눈으로, 자신의 머리로 이 세계의 변화를 접하고 이해했다. 그리고 컴퓨터 등을 통해 구현된 보다 진보된 개념들을 이용, 자신의 힘을 다루는 방식을 발전시켰다.

그녀 또한 아직 현대의 영적 기술을 따라잡았다고는 할 수 없다. 100년간 이루어진 발전은 난슬의 상상을 초월하고 있었으니까. 유현이 사용하는 마법들을 보면 아직도 경이로울 뿐이다.

그러나 지금 이 순간, 적어도 요랑보다 그녀가 우위에 있다는 사실만은 분명했다.

"너는 죽게 될 거야."

난슬은 담담하게 선고하며 몸을 돌렸다.

"그 사람이 너를 죽이기로 마음먹었으니까."

패배감에 치를 떠는 요랑을 놓아둔 채 그녀는 의식 공간에서 벗어나기 시작했다. 곧 그녀의 기척이 의식 공간을 완전히 떠나가자, 요랑은 이를 갈며 내뱉었다.

"웃기지 마. 죽는 것은 너희들이야."

*   *   *

"어떻게 여길 알고 왔지?"

신아연이 유현을 보며 물었다. 유현은 성아를 부축해 주면서 대답했다.

"난슬이 팔미라는 요괴의 움직임을 파악했어. 오다 보니 엄청난 게 한 방 터지더군. 어떤 놈인지는 모르겠지만 반드시 죽여야겠어."

유현의 눈길은 차갑게 가라앉아 있었다. 망혼의 아지트를 덮친 전술 급 공격 주문은 적어도 주변에서 수십 단위의 사상자를 냈다. 이미 구급차가 오고 소방서에서 출동하고 난리였다.

망혼의 일원들은 이미 이 사태를 수습하기 위한 공작에 들어갔다. 다들 부상을 입고 있었지만 몸을 사리고 있을 여유가 없었다.

"은폐가 가능하겠어?"

유현은 성아를 보며 물었다. 성아는 쉽게 대답하지 못하고 입술을 깨물었다.

사태가 너무 커졌다. 방금 전의 폭발은 안산 전역에서 목격되었을 것이다. 언론에도 소식이 들어갔겠지.

이렇게 된 이상 아무리 열심히 뛰어도 완전히 무마하는 것은 무리다. 사람들이 납득할 만한 이유를 던져 줘야 하는데, 과연 그게 가능할까? 북한이 무력 도발이라도 한 것처럼 받아들여지면 그건 더 큰 문제를 야기할 뿐이다.

"최선을 다해보겠어. 안 되면 연줄을 있는 대로 동원해서라도……."

"혹시 육도 쪽에서 개입해서 정신 조작을 한다면?"

유현은 이번에는 신아연에게 물었다. 그녀의 왼팔 의수에 잠깐 시선을 줬지만 그뿐, 곧 흥미를 거둔다. 지금 중요한 사항도 아닐뿐더러 육도에는 신체 일부를 기계로 대체하는 이들을 종종 볼 수 있었으니까.

만약 육도가 총력을 기울인다면 안산의 모든 시민은 물론, 지식을 가진 모든 이들을 파악해서 정신 조작을 가하고 인터넷 등에 남겨진 흔적까지 없앨 수 있었다. 적어도 사태가 집단 환상이나 가십으로 여겨지는 수준까지 처리하는 것은 가능할 것이다.

하지만 신아연은 고개를 저었다.

"미안하지만 이번에는 불가능할 거야."

"어째서지? 이 정도로 사태가 커졌으면 육도에게도 남의 일이 아닌데?"

"자세히는 말해줄 수 없지만 지금 육도도 그리 여유가 있는 편이 아니야."

"젠장."

유현은 욕설을 내뱉으며 난슬을 바라보았다. 그녀는 흑호들을 매개로 적의 위치를 탐색하고 있었다. 비록 그녀의 술법은 100년 전의 것이지만, 인간보다 영리하고 정신 용량이 큰 탓인지 운용법은 정말 뛰어나다. 게다가 현대문명을 접하고 이해하면서 빠르게 자신의 술법을 개량하는 모습까지 보였다.

'저 녀석이 범인이었다면 정말 위험했겠지.'

만약 그랬다면 호랑이를 집에 들여놓고 키우는 꼴이었다. 하지만 이제 그녀의 말이 사실임이 드러나자 유현은 복잡한 기분을 느끼고 있었다.

선량한 요괴.

그것을 도대체 어떻게 해석해야 하는가?

사실 유현은 요괴선인에 대해서도 별 환상을 갖고 있지 않았다. 실제로 만난 것은 난슬이 처음이지만 당장 중국의 금오에 요괴선인들이 속해 연옥의 일을 처리하지 않는가? 인간을 먹어야 한다는 요괴의 절대 명제에서 벗어났을 뿐, 그들 역시 연옥의 존재라는 점에서는 환상을 가질 구석이 없다.

그런데 난슬은… 다르다.

그녀는 진정으로 선의와 인연을 이야기한다. 자신은 도대체 어떻게 그녀를 대해야 하는 것일까?

인간으로서?

정말 그게 가능한 일인가?

"지혜야!"

그때 성아가 비명처럼 한 사람의 이름을 부르는 바람에 유현은 퍼뜩 정신을 차렸다.

망혼의 어린 신관, 연지혜가 의식을 잃은 채로 실려 나오고
있었다. 그녀를 데리고 나온 주술사의 말에 의하면 결계가 무
너질 때 피를 토하며 의식을 잃은 채 지금까지 계속 이 상태
라고 한다. 가늘게 숨이 이어지곤 있지만 육체와 영혼 모두
심한 타격을 입은 상태다. 이대로 죽을 가능성도 높았다.

　들것에 실려 있던 홍승영도 깜짝 놀라서 몸을 일으키려
다가 몸을 타고 흐르는 격통을 이기지 못하고 다시 쓰러졌
다. 그만큼 연지혜의 상태가 모두에게 충격이었던 모양이
다.

　"꽤 어린애를 조직의 핵심에 두고 있군."

　하지만 다른 조직 사람인 신아연은 무심하게 감상을 이야
기하고 있었다. 육도에는 갓난아기 때부터 연옥의 인물로 키
워져서, 열 살도 되기 전에 훈련에서 죽어나가거나, 아니면
실전을 경험하는 단계에서 죽어나가는 경우도 흔하다. 연지
혜가 어린 소녀라고 해서 새삼 충격받거나 슬퍼할 이유가 없
었다.

　"신관이니까 아마 기량과는 관계가 없겠죠. 신의 마음에
드느냐 아니냐가 문제지."

　겨우 의식을 회복한 진선희 역시 무심하게 대꾸했다.

　유현은 두 사람을 흘끔 바라보고는 성아에게로 다가갔
다.

"치료할 수 있나?"

"모르겠어. 상태가 너무… 안 좋아."

"신관이잖아. 너희들이 모시는 신령이 어떻게 해줄 수 없나?"

"신령님은 명상에 들어가셨어. 스스로 깨어나시기 전에는 외부에서 깨울 수 없어."

절망 어린 그녀의 대답에 유현은 눈살을 찌푸렸다.

연지혜는 안색이 하얘진 채 겨우 숨을 잇고 있었다.

하지만 그도 역시 이렇게 어린 소녀가… 라는 생각은 하지 않는다. 이보다 더 어린아이들이 훨씬 더 무참한 삶을 살다가 쓰레기처럼 죽어가는 것을 지금까지 살면서 너무 많이 봐왔다.

그러나 지금, 성아가 그녀답지 않게 당장 눈물이라도 쏟을 것 같은 표정을 짓고 있는 것을 보니 왠지 울컥하는 기분이 솟는다.

그녀 역시 어린 나이에 영적인 재능을 가졌다는 이유만으로, 혹은 그러한 환경에서 태어났다는 이유만으로 다른 사람 같은 인생을 살 권리를 박탈당했을 것이다. 그리고 급기야 신령이라 불리는, 인간 외의 존재에게 삶 그 자체를 속박당한 채 살다가 이렇게 죽어가게 되는 것인가?

우리는 어째서 이런 세상에 살고 있지?

그리고 나는 왜… 아직도 이런 일을 무심하게 바라볼 수 있는 거지?

평범한 인간이 되고 싶었다.

하지만 그가 가졌던 인간으로서의 부분은 너무 많이 열화되어서 이제는 인간다움을 보이기 위해서는, 설령 스스로에게 보이기 위해서라 할지라도 이성적으로 생각해서 어떻게 할지를 결정하지 않으면 안 된다.

"내가 해볼게."

그때 난슬이 다가와서 말했다.

유현은 순간 경이로움까지 느끼며 그녀를 바라보았다.

어째서 그녀는 이런 존재일 수 있는 것일까? 인간의 뒤틀림으로부터 태어난 사생아, 요괴이면서 어떻게 이렇게 인간보다도 더욱 인간다운 존재일 수 있단 말인가.

사람들이 말하는 인간다움. 그것만을 기준으로 놓고 볼 때 그녀야말로 이 자리의 그 누구보다도 인간이라는 칭호가 어울리는 존재다.

"할 수 있겠어?"

"장담은 못해. 하지만… 최선을 다해볼게."

그녀는 그렇게 대답하며 연지혜에게로 다가갔다. 망혼의 병사들이 그녀를 가로막으려고 했지만, 성아가 손을 들어 제지했다.

"정말 해줄 거예요?"

"할 거냐 아니냐를 묻는다면, 맞아."

"믿어볼게요."

"응."

난슬은 선술을 사용해서 연지혜를 치료하기 시작했다. 당장에라도 꽃이 필 것 같은, 화사하고 마음이 편안해지는 기운이 주변으로 퍼져 나간다. 모두들 깜짝 놀라서 그녀를 바라보았다.

"농도가 굉장히 짙군. 이 정도로 투명한 기운은 본 적이 없어."

"놀랍군요. 지난번에도 접하긴 했지만 이건… 굉장한데요."

신아연의 말에 진선희가 놀라워하며 주변에 퍼져 나가는 기운을 응시했다. 이토록 편안한 기운이 있다니. 마력으로도 비슷한 효과를 낼 수 있겠지만 파장 그 자체가 이토록 맑고 깨끗할 수는 없다.

"그래, 마력하고는 상당히 다르지."

고개를 끄덕이는 그녀에게 유현이 다가왔다. 그는 날카로운 기세로 물었다.

"보다시피 난슬이 저런 일을 하게 되어서 적의 위치를 파악해 줄 사람이 필요해. 나는 그런 일에는 좀 약한데, 그쪽은 혹시 가능할까?"

"잠시 손을 잡자는 이야기인가?"

"상황이 그렇게 됐군. 그쪽 생각은 어떻지?"

"저격 솜씨가 상당히 쓸 만하더군. 좋아."

신아연은 손을 내밀었다. 유현도 그 손을 맞잡고 악수했다. 일단 난슬에 대한 혐의가 풀리고, 공동의 적을 갖게 된 상황에서 동맹이 성립한 것이다.

"그럼 이제부터는 제 일이로군요."

진선희는 유현을 조금 못마땅한 기색으로 바라보면서 탐지 마법을 작동시켰다. 적은 격퇴당해 물러가는 와중에 너무 많은 흔적을 남겼다. 그녀는 적을 찾아낼 수 있다고 확신했다.

"아냐. 내가 하겠어."

그런데 그때 성아가 굳은 표정으로 끼어들었다. 진선희는 눈살을 찌푸리며 성아를 바라보았지만 곧바로 이어지는 말에 납득했다.

"우릴 공격한 작자는 방금 전의 공격으로 결계와 접촉했지. 결계는 9할 이상 박살난 상태지만 거기에 남아 있는 영력 파장의 패턴을 읽어내면 바로 찾아낼 수 있어."

"좋아요. 그럼 저는 흑호를 이용해서 그 요괴를 찾아내도록 하죠. 당신은 공격자를 찾아주세요."

"알겠어."

성아는 고개를 끄덕였다.

두 소녀는 영력과 마력을 끌어올려 각각의 목적을 수행하기 시작했다.

*   *   *

신윤범은 눈을 떴다.

"이런, 당신 일처리가 너무 허술하군요."

그의 곁에는 요랑이 씩씩거리면서 서 있었다. 그녀는 화신체가 파괴되면서 영적으로 상당한 타격을 입은 상태였다. 물론 그녀를 구미호로 만들어준 힘이 그런 상처조차 금세 복원시켜 주고 있었지만 완전히 회복하려면 시간이 필요하다.

"이쪽 위치를 들킬 것 같습니다. 일단 방어는 해뒀지만 시간문제일 것 같네요. 뭐, 이미 들키든 말든 상관없는 단계까지 진행하긴 했습니다만."

"그런 놈이 있다는 말은 없었잖아."

요랑이 짜증스럽다는 듯 따지고 들었다.

"그런 놈?"

"다 정리된 줄 알았는데 갑자기 이상한 놈이 습격하는 바람에 그런 꼴을 당했어. 그거 분명히 망혼이라는 놈들은 아니었다고."

"흠, 예상외로군요. 누가 개입한 걸까요? 설마 진유현이라는 소년인가?"

신윤범은 요랑의 화신체를 격멸할 수 있는 변수가 누가 있을까 생각해 보았다. 일단 생각해 낼 수 있는 제1후보는 역시 진유현이다. 그는 윤성아와 친분이 있고, 망혼이라는 조직과도 꽤 깊은 인연을 맺은 셈이니까.

만약 신윤범이 돌아가는 상황을 모두 파악하고 있었다면 그의 개입을 당연하게 여겼을 것이다. 그러나 유현이 난슬의 무고를 주장하고 그녀를 감시 및 보호하고 있었다는 것까지는 그도 알지 못했다.

"일단 당신도 어서 회복을……."

파칫!

그의 뇌리를 타고 가벼운 노이즈가 흘렀다. 그는 신경계를 타고 흐르는 영력의 반발 작용에 눈살을 찌푸렸다.

"이런, 벌써 찾아냈나?"

저쪽의 반응이 생각보다 빨랐다. 순간 그의 감각이 의식 속으로 확 빨려들어 갔다. 상대방이 그가 주술을 행하면서 남겨놓은 흔적을 따라와서 그의 의식에 접촉한 것이다.

공허한 의식 공간 속에서 추적자와 그가 대면했다.

"윤범… 오빠?"

추적자가 믿을 수 없다는 듯 눈을 크게 떴다.

신윤범은 쓴웃음을 지었다. 탁월한 주술 실력으로 그의 위치를 추적해 낸 것은 바로 윤성아였던 것이다.

"어째서 그런 곳에 있지?"

성아가 떨리는 목소리로 물었다. 의식 공간이니만큼 실제 육성은 아니지만 그녀의 감정은 그대로 나타난다.

"그 답은 이미 알고 있잖아?"

신윤범은 쓴웃음을 지은 채로 되물었다. 성아가 입술을 깨물었다.

"신령님은 오빠가 강원도에 있다고 했어."

"그렇게 알도록 조작해 두었지."

"신령님을 속이는 게 가능해? 신관인 오빠가?"

"지금 그게 중요한 게 아니지 않을까? 어쨌든 결론적으로 나는 신령을 속였다. 그리고 지금 여기에 있어."

신윤범은 표정을 싹 바꿔서 굳은 표정을 지으며 성아에게 말했다. 성아는 잠시 주춤하는 듯했지만 금세 동요를 가라앉히며 날카로운 기세를 뿜어내며 낮게 가라앉은 목소리로 대꾸했다.

"그래, 알겠어. 어찌 됐든 오빠가 우리를 공격한 범인이라는 거구나."

"그래."

"좀 전의 공격으로 지혜가 사경을 헤매고 있어."

"죽진 않았나? 차라리 죽는 게 나았을지도 모르는데."

"용서하지 않을 거야."

"……."

"살고 싶으면 빨리 도망치든 해. 지옥 끝까지라도 쫓아가서 죽일 거지만."

"아마 그렇게 되진 않을 거야."

신윤범은 확신을 담아 그렇게 대답했다. 성아는 잠시 동안 살기를 담아 그를 노려보다가 의식 공간에서 빠져나갔다.

그녀가 빠져나가는 순간 가벼운 현기증이 그를 덮쳤다. 의식 공간으로 끌려들어 갔던 감각이 다시 현실로 복귀한다.

성아가 빠져나가는 것과 동시에 몇 가지 주술 공격을 가했지만 그런 기술은 오히려 신윤범 쪽이 우위에 있다. 그는 간단하게 그 공격을 무력화시키고 다시 정신과 몸을 일체화시켰다.

"끄응. 완전히 들켰어요."

"그럼?"

"거리를 생각하면 30분… 아니, 20분 안에는 여기로 올 것 같군요. 그보다 빠를 수도 있고. 일단은 할 수 있는 한 대비를 해둬야 할 것 같은데."

"칫. 일단 피하지 않아도 되겠어?"

"문제없습니다. 이미 준비는 다 끝났어요. 우르르 몰려온다면 다들 보게 되겠죠, 역사상 최고의 쇼를."

신윤범은 웃었다. 그는 다시 눈을 감고 몰려들 공격자들을 상대할 갖가지 주술을 예비하기 시작했다.

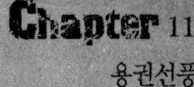

Chapter 11

용권선풍

1

어릴 적의 기억은 아주 흐릿하다.

망혼에 오게 된 것이 언제인지는 모르겠지만, 적어도 자신이 고아가 아니었다는 것 정도는 안다. 연옥의 조직들은 고아원이나 아니면 국제적으로 인신매매되는 아이들을 사들여 조직원을 충당하곤 하지만, 윤성아는 그런 경우에 속하지 않았다.

전라남도 산간지방에서 태어난 그녀는 어려서부터 천부적인 무속인으로서의 재능을 보였다. 아직 첫돌도 안 지난 아이가 귀신에게 입을 빌려줘 나쁜 일을 예언하거나, 산에 기거하는 영령들이 어떤 공물을 요구하는지 이야기했으니 부모가 기절초풍한 것도 이해가 간다.

좀 더 야만적인 시대였다면 귀신의 아이라 하여 죽임을 당했을지도 모른다. 아니면 정반대로 신령의 아이라 하여 떠받들어지거나.

그러나 다행히 시대가 시대였기에 모두가 그녀를 두려워하고 기피할 뿐, 해를 입히는 일 없이 네 살까지 자라날 수 있었다. 그때까지 그녀는 주변의 온갖 비인간적인 존재들과 소통하는 순수한 무당이었다.

망혼의 신령이 그녀의 존재를 알아차리고 지금의 수석 주술사 홍승영을 비롯한 인원들을 보낸 것이 그녀의 네 살 생일 때의 일이다.

그렇게 그녀는 망혼으로 팔려왔다.

그녀의 부모는 그녀를 팔아넘기는 데 아무런 주저도 없었던 것 같다. 오히려 망혼 사람들에게 허리가 닿도록 절을 하면서 감사해하고 있었던 기억이 난다.

어린 마음에도 그들이 자신을 싫어한다는 것을 알고 있었다. 자신이 그들과는 다른 세상을 살아가고 있다는 것도. 그래서 상처를 입지는 않았다. 아니, 오히려 안도감마저 느꼈다.

아아, 이제 내가 있어야 할 곳으로 가는구나.

맞지 않는 옷을 입은 것처럼 거북스러웠던 가족들과의 생활이 끝난다는 사실이 어린 그녀에게는 오히려 기쁨이었다. 가족과 헤어지는 것보다 산의 영령들과 헤어지는 것이 슬펐다. 그만큼 그녀는 현세와 유리된 삶을 살고 있었다.

사람은 그녀에게 소중한 존재가 아니었다.

가족 역시, 별로 소중한 존재가 아니었다.

그들이 자신을 미워하는 만큼, 그녀의 마음속에서 그들의 비중이 옅어져 갔다. 두려움과 기피에 같은 감정으로 응답하는 대신 그들의 비중 그 자체를 스스로의 세계 속에서 지운 것이다. 그렇게 그녀는 살아 있지 않은 것들하고만 소통하며 내면세계를 만들어갔다.

망혼은 달랐다.

신령은 그녀를 자신의 신관으로 삼으며 그녀의 인생을 속박했다. 스스로가 가진 힘의 의미를 모르는 그녀에게 있을 자리를 주는 대신, 그 생을 오로지 신령이 펼칠 뜻을 위해서만 쓰게 하였다. 그것은 미래를 박탈하는 노예 계약이었으나 그녀는 그것을 거부감없이 받아들였다.

무지했기 때문이다.

그러나 만약 그 계약을 거부했다면, 그녀는 무지한 채로 파멸해 가지 않았을까?

파멸할 것인가, 아니면 노예가 되어 살아갈 것인가?

어린 그녀는 그 선택의 무게조차 모르는 채, 신령이 보여준 세계에 매료되어 그의 종이 될 것을 선택했다. 그리고 연옥의 사람으로서 극단적인 감성을 가진 존재로 자라났다.

그러나 처음에는 무척 힘들었다. 망혼의 일원들 역시 살아 있는 인간이라는 점에서는 가족들과 다를 바 없다. 사고방식이 일반인과는 완전히 다르다고는 해도 인간들과 어울려 그들과 소통하는 것은 어린 그녀에게는 너무나 어려운 일이었다.

그때 힘이 되어준 사람이 같은 신관의 신분을 가진 소년 신윤범이었다.

두 사람은 나이 차가 꽤 났다. 그는 전대 신관이 죽기 전부터 신관이 되어 그때 이미 10년 가까이 신관 일을 하고 있었다.

그러나 그에게는 다른 이들에게는 없는 인간미가 있었고, 무엇보다 성아의 마음을 이해해 주는 능력이 있었다. 그 역시 귀신의 아이라 불리며 주변 사람들에게 배척받았던 기억이 있기 때문이었다. 또한 그의 영적 소양은 성아와 동등한 수준이었기에 두 사람은 같은 경험과 감각을 이야기하며 친해질 수 있었다.

성아는 아직도 기억한다.

어린 시절, 주술 공부를 하다가 실수로 반동을 제어하지 못해 사경을 헤매고 있을 때, 신윤범이 저승 바로 앞까지 그녀의 존재를 찾아왔던 것을.

그때 성아는 아직도 삶과 죽음의 경계를 뚜렷이 몰랐다. 주술을 부리다 자신의 영혼이 튕겨 나와 저승 문턱까지 왔음에도 불구하고 육신으로 돌아갈 생각조차 하지 않았다.

아아, 이곳은 정말로 편안하구나.

어둠 속에 영적 에너지가 은은한 빛이 되어 반딧불처럼 떠도는 것을 보며 그렇게 생각했을 뿐이다. 드넓은 강이 고요히 흐르며 그 너머로 빛과 꽃밭의 모습을 비추는 것을 보고는 그곳으로 가고 싶다고 생각했었다.

죽은 자들은 그 강변으로 와서 웃고, 울고, 떠들다가 배를 타고 그 너머로 건너갔다. 그렇게 수많은 사람들이 사라져 가다 보니 어느덧 그녀 혼자만이 강변에 남겨졌다.

나도 건너가야 해.

그녀는 그렇게 생각하고 말없이 사람들을 실어 나르는 사공에게로 다가갔다. 그런데 그때 그녀의 손목을 덥석 잡는 손길이 있었다.

얼음처럼 차가운 손이었다. 그녀는 화들짝 놀라서 뒤를 돌아보았다.

"거기로 가면 안 돼."

신윤범의 영혼이 그곳에 있었다. 그는 저승까지 오기 위해 상당히 무리한 듯 영혼이 극도로 피폐해진 모습을 하고 있었다.

'왜 가면 안 돼?' 라고 묻자 그는 그렇게 되면 완전히 죽게 되기 때문이라고 대답했다. 그러나 성아는 그 말에 고개를 끄덕이는 대신 고개를 갸웃하며 물었다.

"어차피 살아 있어 봤자 좋은 일도 없잖아. 살아 있지 않은 것들만이 나를 즐겁게 해주는데, 그럼 죽는 게 더 낫지 않을까?"

그 말은 염세주의에 찌들거나 혹은 고통만을 겪어 세상에 절망한 사람의 말과는 또 달랐다. 살아 있는 것이 고통스러우니 차라리 죽는 게 낫다. 성아는 그런 식으로 생각하고 말하지 않는다.

그녀는 정말로 순수하게 그렇게 생각하고 있었다. 태어나서부터 지금까지 그녀에게는 산 것과 죽은 것이 경계가 뚜렷이 그어져 있지 않았던 것이다.

그 말에 신윤범은 잠시 놀란 표정을 지어 보였다. 하지만 곧바로 쓸쓸한 미소를 지으며 대답했다.

"그래도 살아 있어야 해. 죽는 것은 언제든지 할 수 있지만, 앞으로 살아가면서 무슨 일을 겪게 될지는 살아 있지 않으면 알 수 없으니까. 죽는 것보다 더 좋은 일들이 기다리고 있을지 누가 알겠니? 분명히 네가 태어나서 우리에게로 온 이유가 있을 거야."

저승의 압력을 이기지 못하고 부서져 가면서도 성아를 잡은 손을 놓지 않은 그의 말이 마음을 움직였다. 성아는 그의 손에 이끌려 다시 이승으로 돌아왔다.

그것은 어린 시절의 추억.

성아가 처음으로 사람이 되고 싶다고 생각한 순간의 기억이었다.

*   *   *

유현은 간만에 맹렬한 분노를 느끼고 있었다. 이만큼 상대를 죽여야겠다는 마음이 뚜렷하게 이는 것이 얼마만인지 모르겠다. 지금까지 그는 대부분 기계적으로 목적을 정하고 기계적으로 살의를 일으켜 상대를 처리했다.

그런데 지금은 분노가 끓어오른다. 상대방을 반드시 죽이고야 말겠다는 마음이 점점 선명해진다.

이래서야 마치 인간 같지 않은가.

신기한 일이다. 어떤 동기로든 자신이 이토록 강렬한 감정을 즐길 수 있다는 것은.

'감사하는 의미에서 절대 편하게 죽여주진 않으마.'

유현은 무시무시한 속도로 이동하고 있었다. 자동차도, 바이크도 필요없다. 하늘의 왼손을 통해 끌어낸 퀘이사의 힘을 막대한 마력과 기력으로 변환, 육체 능력을 극한까지 끌어올리고 거기에 마법을 더하자 한 번 땅을 박찰 때마다 수십 미터씩 전진하며 시속 300킬로미터 이상의 속도가 나오고 있었다.

이 속도에는 망혼의 일원들은 물론이고 신아연마저도 혀를 내두르고 있었다. 수라 급 에이전트들 중에서도 저 정도의 속도를 낼 수 있는 이는 손에 꼽을 정도로 적었다.

유현은 저격수로서 먼저 포인트로 이동해서 자리를 잡고 다른 일행이 오는 것과 보조를 맞추어 공격을 시작하기로 했다. 그렇기에 이렇게 마음 놓고 최고 속도를 내고 있는 것이다. 일부러 적이 예측할 만한 포인트를 크게 우회해서 숲 속을 달리고, 적들을 내려다볼 수 있는 포인트를 선점한다.

아무리 잘난 놈도 저격을 당하면 별수없다. 아까 그 요괴, 요랑은 이미 자신의 총격을 제대로 막을 수 없다는 것이 입증되었다.

그녀와 함께 있는 주술사는 전술 급 공격 주술까지 사용하는 만큼 주의할 필요가 있겠지만 그뿐이다. 설령 자율형 방어 주술 때문에 저격이 안 통한다 할지라도 죽일 방법은 백 가지도 넘게 생각해 놓았다.

그러나 유현의 의도는 처음부터 봉쇄당했다.

호으으으…….

척 봐도 곱게 죽진 못한 것 같은 귀신들이 그의 앞을 가로 막았다. 아마도 주술을 이용, 엑토플라즘(심령 물질)으로 농도가 옅은 육신을 부여한 모양이다. 그만큼 물리적으로도 타격을 줄 수 있다는 약점이 생기지만 대신 저쪽도 물리력을 행사할 수 있다.

"큭, 2킬로미터 밖까지 척후를 깔아놨단 말야?"

도대체 얼마나 여력이 넘치면 그런 일이 가능한 것인지 모르겠다.

아니, 인간이 아니라면 가능할 수도 있지. 대요괴의 영력이라면 이런 일도 얼마든지 가능하다.

하지만 성아는 상대가 인간 주술사라고 단정 지었다. 아마도 아는 인물인 것 같았다. 탐지를 끝내고 난 그녀의 얼굴에 심적인 충격이 드러나 있었으니까.

'조직의 배신자일까?'

유현은 순식간에 귀신을 정리하며 생각했다. 이왕 들킨 거, 차라리 요란하게 가주는 게 낫겠지. 그는 그렇게 생각하며 진선희를 서버로 삼아 연결된 텔레파시 채널에다 대고 상황을 전했다.

―발각되었다. 반경 2킬로미터 지점까지 척후를 떼거지로 깔아놨으니 은밀하게 기습할 생각은 버릴 것.

—2킬로미터? 탐지 마법도 아니고 척후를 깔아봐요? 그 요괴가 한 짓인가요?

　—그건 아닌 것 같아. 엑토플라즘으로 육체를 만드는 방식이 요즘 스타일이니까. 아마 같이 있는 주술사가 한 짓이겠지. 다만 요괴 쪽에서 힘을 공급하고 있을 가능성이 있군.

　그게 아니면 더 악랄한 수법을 쓰고 있거나. 흑마법이나 암흑 주술 계열에서는 주술사의 힘을 증폭시키는 수단이 얼마든지 있었다. 예를 들면 인간을 제물로 삼는다거나.

　일반인들을 죽이고 사태가 확대되는 것을 서슴지 않는 녀석이다. 도대체 무슨 수법을 쓰고 있을지, 너무 짚이는 구석이 많아서 그저 헛웃음만 나온다.

　"뭐, 상관없나."

　이미 분노와 살의는 최대치에 달했다. 더 이상 그가 무슨 짓을 하든 변하는 것은 없다.

　유현은 검을 뽑아 들고 앞을 가로막는 것들을 닥치는 대로 베어 넘기며 돌진했다. 그런데 어느 정도 전진하다 보니 갑자기 거대한 나무가 일어나기 시작했다.

　드드드드드!

　"트린트? 트린트가 왜 이런 데 있지?"

　잔뜩 찌푸린 표정을 지은 인면목(人面木). 게다가 굵은 가지가 팔다리 같은 형상을 취해서 나무라기보다는 나무의 모양을 빌린 거인으로 보인다.

유럽에나 있는, 그것도 대부분은 온건한 성향을 가진 목령(木靈)이 이런 곳에서 자신을 가로막다니. 그렇다면 아마도 인위적으로 만들어낸 존재일 것이다. 거목에 저주를 걸고 원령을 쑤셔 넣은 뒤 오염된 에너지를 잔뜩 주입하거나 하는 방법으로 말이지.

그어어어어!

"시끄러워."

유현은 짜증난다는 듯 트린트의 품속으로 파고들었다. 거대한 나뭇가지 팔이 그의 몸을 쓸 듯이 날아들었지만 유현은 허공에서 몸을 틀면서 검을 한번 휘둘러 그것을 잘라내고 그 반동으로 다시 솟구치며 트린트의 머리 부분을 베어버렸다.

트린트가 비명을 지르며 쓰러져 버렸다. 덩치가 덩치인 만큼 현대 병기로도 상대하기 까다로운 요괴였는데, 유현의 마검은 간단하게 트린트를 인공적으로 구성하고 있는 술식 정수를 파괴한 것이다.

유현은 잠시 동안 고민했다. 적이 방비를 철저하게 하고 있는데 무작정 뛰어들어서 좋을 것은 없다. 여기서는 차라리 뒤에 도착할 원군을 기다리기로 하고, 일단 주변을 빙빙 돌면서 적을 혼란시키는 편이 나을지도 모른다.

퀘이사 에너지를 쓰는 한 그의 에너지는 무한에 가깝지만 그것을 사용하는 육체와 정신에는 한계가 있다. 쓸데없는 데 힘을 낭비할 이유는 없다.

"그럼 어디 이 공격에는 어떻게 대응하나 볼까?"

유현은 전진을 멈추고 저격용 라이플을 꺼내어 마탄의 주문을 걸었다. 그리고 성아에게 받은 좌표를 토대로 탐지 마법을 펼쳐서 적의 위치를 잡았다.

'거긴가?'

적은 아예 자신들을 감출 생각이 없는 모양이었다. 일정 거리 이상으로 마력 파장을 보내려고 하면 그 사이에 처진 결계가 방해했지만 멀리 보기 마법을 이용, 육안으로 확인하는 데는 문제가 없다.

유현은 상대방의 모습을 확인하는 순간 눈살을 팍 찌푸렸다.

"저 자식이었군."

신윤범의 얼굴은 그도 기억이 있었다. 분명히 성아가 오빠라고 부르던 녀석이었지. 망혼의 신관 중 한 사람이라고 하던. 그런 놈이 배신하고 공격을 가해왔으니 성아가 충격을 받는 것도 무리는 아니다.

유현은 그의 주변에 처진 거대한 주술진을 통해 에너지가 빛으로 화해 몰려들고 있는 것을 확인했다. 육안으로만 확인해도 저기에 엄청난 에너지가 집결되고 있는 것을 알 수 있었다.

"대요괴의 요력을 이용하는 게 아니었나? 지맥으로부터 에너지를? 아니, 그것만으로 저런 게……."

유현은 자신이 본 것을 텔레파시 채널로 알렸다. 그 말에 진선희가 꺼림칙해했다.

—지맥으로부터 에너지를 끌어오고 있다고요?

—아마도. 요력을 끌어다 쓰는 것 같진 않아. 오히려 저 요괴도 주술진 안에서 에너지를 공급받는 것 같아 보이는데? 물론 육안으로 관측했을 때 그렇게 보인다는 것뿐이야.

—그것만으로 일개 주술사가 그렇게 큰 에너지를 쓸 수 있을 것 같진 않은데. 다른 장치는 눈에 안 띄고요?

—영상을 전송하지. 직접 봐.

유현은 자신이 본 것을 직접 텔레파시 채널로 전송했다. 텔레파시 채널은 선별적으로 감각 공유가 가능하다. 당연히 본 것, 들은 것, 생각한 것을 모두 다이렉트로 전달할 수 있었다.

유현이 본 것은 연구소의 폐허를 중심으로 그려진 거대한 주술진, 그리고 그 속에 있는 신윤범과 요랑의 존재, 그 주변에 돌아다니는 갖가지 잡귀들과 요괴들의 모습이었다. 또한 그 속에는 새카맣게 탄 시체 같은 것들이 녹색 불에 타오르며 비명을 질러대고 있었다.

—저건… 상당히 악랄한 수법을 쓰는군요. 인간을 제물로

쓰고 저승에 가지 못하도록 영혼을 시체에 가둬둔 다음 끊임없이 고통을 가함으로써 영혼의 힘을 쥐어 짜내는 수법인데.

─역시 개자식이군. 좋아, 난 공격을 개시한다.

유현은 더 들을 것도 없다는 듯 라이플을 장전했다. 그 말에 진선희가 깜짝 놀라 물었다.

─그 거리에서? 당신은 전술 급 공격 마법을 쓸 수 없을 텐데?

─다 방법이 있어. 빨리 오기나 하시지.

유현은 라이플을 하늘로 들어 올렸다. 그리고 연달아 방아쇠를 당기기 시작했다.

*　　　*　　　*

투캉!

신윤범은 깜짝 놀라서 몸을 일으켰다. 갑자기 그가 주변에 깔아둔 자율형 방어 주술이 발동하며 총알 한 발을 막아냈기 때문이다.

"뭐야?"

주변에 깔아둔 주술망으로 탐지를 해보았지만 저격수의 존재를 찾을 수 없었다. 아니, 일단 총을 쏜 사람의 존재 자체는 찾아냈다. 대략 1.3킬로미터 밖에 있는 진유현이다.

그런데 어째서 하늘에서 총알이 날아오는 거지?

1.3킬로미터 밖에서 저격하는 게 불가능한 일은 아니다. 저격하는 입장에서는 우주 저편처럼 아득하게 먼 거리로 느껴지지만 인간 이상의 능력을 가진 연옥의 존재라면, 그리고 거기에 저격용으로 개발된 마법까지 병행한다면 탄도사거리를 늘리고 표적을 잡아낼 수 있으리라.

하지만 그와 자신 사이에는 수많은 나무가 가로막혀 있고, 이쪽이 오히려 지대가 높다. 저격을 성공시킬 수 있는 여건이 아니다. 게다가 무엇보다 지금 탄은 분명히 하늘에서 내리꽂히듯이 날아들었다, 불가능한 궤도에서!

투두두두두두!

그것도 한 발이 아니었다. 연달아서 총탄이 날아들고 있었다. 저격수 중에서도 소양이 맞는 자들만이 익힐 수 있는 마탄술에 대해서 모르는 신윤범으로서는 미치고 환장할 노릇이었다.

게다가 원래 마탄술은 이렇게 먼 거리에서 사용할 수 있는 기술이 아니다. 50미터 이하의 근거리에서 총알의 위력을 확 죽이는 대신 휘어지는 궤도로 날아가는 정도다. 유현이 퀘이사 에너지를 이용해서 자신의 감각속도와 연산 능력을 팍 높이고 낭비가 심하든 말든 상관없는 방법으로 퍼붓고 있어서 그렇지, 상식적으로는 불가능한 방법이었다.

'도대체 어떻게……?

비록 자율형 방어 주술이 발동해서 총탄을 막아주고 있긴 하지만 이해할 수 없는 사태에 직면에서 동요하는 것은 어쩔 수 없다. 게다가…….

쫘르르르릉! 꽈릉!

총탄 사이에 섞여서 강렬한 뇌격이 작렬했다. 신윤범은 그야말로 혼비백산해서 방어 결계에 힘을 잔뜩 불어넣었다. 특수탄인지 아니면 다른 수법을 쓴 것인지는 모르겠지만 인간 한 명 정도는 간단히 날려 버릴 위력이다.

"도대체 어떻게 이런 공격을 하는 거지?"

요랑도 믿을 수 없다는 듯 물었다. 하지만 그 질문은 신윤범이 하고 싶은 것이었다.

전 육도의 에이전트라더니 전국을 돌아다니며 별의별 수법들을 다 접한 자신도 전혀 모르는 수법을 사용할 줄이야!

신윤범은 솔직히 감탄했다. 이런 능력자를 적으로 돌렸다는 사실을 자각하자 몸에 전율이 흐른다. 그것은 두려움일까, 아니면 기대감일까?

하지만 이미 결과는 정해져 있다. 그 누가 오더라도 자신은 목적한 바를 이룰 것이다. 그렇게 될 수밖에 없었다.

요랑이 짜증을 냈다.

"이 공격은 언제 그치는 거지?"

총탄이 계속 쏟아지는데다가 간간이 뇌격이 폭발하니 정신이 없다. 일단 방어가 견고해지자 다시 탐지망과 방어책에 정신을 줄 수 있게 되었지만 이미 진유현은 300미터 앞까지 파고든 후였다. 그리고…….

"요랑, 피해요!"

신윤범은 섬뜩함을 느끼며 외쳤다. 요랑이 놀라서 그를 바라보는 순간, 전방에서 날아든 한줄기 섬광이 그녀를 관통했다.

쾅!

"꺄아아아아아악!"

찢어지는 듯한 비명 소리가 울려 퍼졌다.

본체가 꿰뚫리는 격통 속에서 요랑은 습격자의 정체를 알아차렸다. 지금 이 공격이 바로 얼마 전에 당해본 것과 똑같은 감촉을 선사했기 때문이다.

대요괴를 처치할 목적으로 개발된 육도의 최신예 병기, 브류나크 M201로 쏘아진 특수탄 묘르닐!

"이… 빌어먹을 넌이!"

후방 100미터, 어느새 그들의 탐지망 안쪽으로 파고들어와서 저격 포인트를 잡은 신아연이 웃고 있었다. 진유현의 공격과 함께 진선희와 윤성아의 주술이 발동, 그녀가 신윤범의 탐지망 안으로 은밀하게 스며드는 것을 가능케 한 것이다.

완벽하게 뒤통수를 맞았다. 신윤범은 입술을 깨물었다. 방금 전 적이 요랑을 노려서 망정이지 만약에 자신을 노렸다면, 그랬다면 자신의 방어 능력으로는 저 공격을 막을 수 없었다.

위험하다. 너무 사태를 낙관하고 있었다. 방해자들의 능력은 그의 생각 이상이었다.

물론 자신이 죽더라도 준비해 놓은 것은 마무리되도록 설정해 두었다. 죽음 그 자체에 큰 아쉬움은 없었다. 그래야만 했다.

그러나 지금 죽음의 위기를 실감하자 신경을 타고 떨림이 퍼져 나가는 것을 주체할 수 없다. 살고 싶다. 두려움을 넘어서, 자신이 운명에 저항한 증거를 손에 넣어 그 이후의 시간을 손에 넣고 싶었다.

'그녀에게 자율형 방어 주술이라도 전수해 두었어야 했나.'

요랑을 이 일에 끌어들이면서 그녀를 경계하여 주술을 전수하지 않은 것이 후회된다. 대요괴가 되면 100년 전의 술법으로도 충분히 방해 요소를 치울 수 있으리라 생각했는데, 아무래도 적들의 능력이 너무나 크다.

'일이 꼬여도 이렇게 꼬이는군.'

하도 어이가 없어서 웃음이 다 나온다.

망혼만 상대하면 될 거라고 생각했다. 다른 방해 요소가 끼어들 것도 상정하긴 했지만 그들이 망혼 그 자체보다도 더 큰 위협이 될 줄이야. 이것도 운명의 안배인가?

"빌어먹을 일이군요."

신윤범이 허탈하게 웃고 있는 동안 적들은 지척까지 다가와 있었다. 뒤에는 진유현이, 옆에는 신아연이, 그리고 그 반대편에는 진선희가, 마지막으로 정면에는…….

"도망치라고 경고했을 텐데, 오빠."

살기를 풀풀 뿜어내는 윤성아가 있었다.

2

생각해 보면 그는 언제나 자신의 운명을 달가워하지 않는 것 같았다. 성아가 사경을 헤맬 때 저승까지 쫓아와 살라고 말해주었으면서도 정작 그 자신은 삶에서 의미를 찾지 못하고 공허함에 시달리고 있는 것처럼 보였다.

이따금씩 그가 먼 곳을 바라보면서 공허한 웃음을 짓던 것을 기억한다.

어린 시절에는 그 웃음이 뜻하는 바를 알 수 없었다. 그리고 자란 다음에는… 그 뜻을 이해하기 싫었다.

나이가 스무 살을 넘으면서부터 그는 아지트에 붙어 있기보다는 전국 각지를 돌아다니는 것을 좋아했다. 신관이면서

도 바람처럼 전국 방방곡곡을 돌아다니는 그 행동을 신령은
용인했다. 대신 그가 돌아다닐 때 해결해야 할 여러 가지 일
거리를 안겨주었다.

그는 정말 아지트에 있는 시간보다 밖으로 돌아다니는 시
간이 더 많아서, 한번 훌쩍 떠나면 몇 개월씩 안 돌아오는 경
우도 있었다. 하지만 그가 돌아와서 들려주는 이야기를 성아
는 참 좋아했다. 아마 여동생처럼 생각했던 연지혜 역시 마찬
가지였으리라.

신윤범이 즐거운 듯이 여행 이야기를 들려줄 때, 그리고 그
앞에서 과자를 먹으며 뒹굴던 그 시간 동안 그들은 분명 보통
사람들 같은 '가족'이었다.

"바보 같은 질문이라는 건 알고 있는데……."

성아는 머리칼을 쓸어 올리며 물었다.

"왜 이런 짓을 벌인 거야?"

"정말 바보 같은 질문이구나."

신윤범은 피식 웃으며 대꾸했다. 하지만 그렇다고 대답해
줄 의지가 없는 것은 아니었다.

"나는 망혼이 빌어먹을 정도로 싫었거든."

"싫었다고?"

"신령 그 작자도 정말 싫었지. 자기가 뭔데 내 인생을 쥐고
이래라저래라 하는 거야? 설령 사람들에게 쫓겨나서 산천에

서 영령들하고만 살아가다가 그렇게 죽어갈지라도… 나는 내 인생을 살고 싶었어. 이렇게 살벌한 인생을 강요받고 싶진 않았거든. 영령을 죽이고, 요괴를 죽이고, 사람을 죽이고, 결국에는 우리를 배척하고 꺼려 한 사람들이 사는 세상을 지키기 위해 인생을 허비해야 하는 엿 같은 운명. 너는 지금의 이렇게 사는 것에 만족하니?'

신윤범은 이제껏 본 적이 없는 표정을 짓고 있었다. 항상 사람 좋은 표정만을 짓고 있었던 그가 흉하게 일그러진 웃음을 지은 채 성아를 바라본다. 그러나 이미 마음의 준비를 마친 성아는 더 이상 그의 표정 따위에 동요되어 휘둘리지 않았다.

"비겁한 소리야, 오빠."

"뭐?"

"그렇게 싫었다면 먼 곳으로 도망가서 오빠가 바라는 대로 그렇게 파멸해 가면 그만이었어. 신령께서 주신 것은 그러한 파멸과 맞바꾼 안식이지. 그게 옳다 그르다를 말하진 않겠어. 다만 우리는 어쨌거나 선택한 거야. 되돌릴 수 없는 선택이라고 말하지만, 이런 일을 벌일 정도면 어느 시점에서든 오빠는 다른 삶을 선택할 수도 있었어. 하지만 오빠는 그게 두려워서 지금까지 그 싫은 삶을 살다가 적반하장 격으로 이런 짓을 벌인 거 아니야?"

"……."

망설임없이 쏘아붙이는 성아의 말에 신윤범은 잠시 주춤거렸다.

그래, 그럴 수도 있었다.

신령은 그의 인생을 속박했지만 죽음과 파멸만은 여전히 그 자신의 것이었다. 신령을 만나지 않았다면 예전의 성아가 그러했듯 삶과 죽음의 경계조차 모르는 채로 파멸해 갔을 것이다. 산 것을 산 것으로 여기지 못하고, 죽은 것을 죽은 것으로 여기지 못하는 채로… 어쩌면 죽은 것에게 몸을 빼앗기거나, 그게 아니더라도 정신이 무너져서 서서히 죽음에 이르렀겠지.

신령은 그의 파멸을 거두어갔지만 그를 거역할 경우 기다리는 것은 또 다른 파멸이었다. 완벽하게 속박된 그의 인생을 되찾는 대신 신령은 저주를 내릴 것이다. 그리고 무지에서 벗어나, 신령의 속박에서만 벗어날 수 있다면 완전히 자유로워질 수 있는 그는 그 저주 속에서 파멸해 갈 것이다.

성아는 신윤범에게 받을 것은 다 받아놓고 대가는 지불하지 않으려고 한다고 비난하고 있는 것이다. 설령 그것이 무지한 시절의 선택이었다고 하더라도 분명 그 책임은 지금까지 이어지고 있었다.

"…그래, 맞는 말이야."

신윤범은 웃었다.

너는 그래야지. 너라도 똑바로 나를 비난해 줘야지.

그러나 그는 곧 불길이 피어오르는 듯한 기세로 말했다.

"하지만 나는 이미 이 세상을 참아줄 수 없게 됐어. 우리의 희생으로 유지되는 세상 따위, 지긋지긋해. 왜 우리가 그들의 무지를 지켜야 하지? 왜 무능력하고 진실을 볼 줄 모르는 자들이 자폐아처럼 살아가는 것을 돕고, 그들에게 이런 취급을 받으면서 견뎌야 하나!"

정말 웃기는 일이다.

가해자와 피해자가 뒤바뀐 엿 같은 세상. 인간의 사악한 사념이 요괴를 낳고, 요괴는 인간을 노린다. 그리고 인간 중에서 세계의 비밀을 엿보고 이해할 수 있는 특별한 능력을 가진 자들만이 그에 대적해 무지하고 무능한 자들이 쌓아올린 상식과 문명의 세상을 지킨다.

왜 그래야 하지?

왜 우리가 희생당해야 하나?

그 답을 아는 자는 아무도 없다. 안다고 자부하는 자라 하더라도 선문답처럼 중생을 구원할 운명을 타고났느니, 자기 하나 희생해서 수많은 이들이 행복할 수 있다면 우리의 존재 의의가 있는 거라느니 하는 개소리나 늘어놓을 것이다.

시작은 아무도 기억하지 못하는 누군가였다.

그 업이 대대로 이어지고 확장되면서, 인류가 스스로는 자각조차 하지 못하는 어둠으로 자리 잡았다. 수천 년이 지난 지금은 누구도 그 의미를 알지 못하는 채, 단단하게 구축된 시스템 위에서 다람쥐 쳇바퀴 돌리듯 운명에게 농락당할 뿐이다.

그런데 누가 행복한가?

우리는 행복하지 않다. 행복할 권리 따위, 태어나면서부터 박탈당했다.

그렇다면 우리가 지켜내는 인간들은 행복한가? 요괴의 존재를 몰라서 행복한가? 영혼의 어둠을 들춰내는 특별한 힘을 모르는 채 살아가서 행복한가?

이 세상에는 아무런 가치도 없다.

"아무도 돌이킬 수 없는 일을 만들 거야. 그래서 저 빌어먹을 것들도 다 자기가 누구 희생 위에서 살고 있는지……."

팍!

그때 총성이 울려 퍼졌다. 화약을 쓰는 총의 그것과는 다른, 공기가 파열하며 총알을 쏘아내는 소리가.

신윤범은 물론이고 다들 깜짝 놀라서 총을 쏜 사람을 바라본다. 진유현이 짜증나서 못 들어주겠다는 표정을 짓고 있었다.

"한 방 정도 꽂혔어야 분위기가 살았을 텐데 아쉽군. 네놈의 자율 방어 주술도 제법 성능 좋은데?"

"어이어이, 너무 박정한 거 아냐? 유언 정돈 끝까지 떠들게 해줘야지."

신아연이 쿡 하고 웃으면서 말했다. 하지만 그녀 역시 입가에 띤 것은 진한 비웃음이었다.

"귀가 썩는 것 같아서 못 들어주겠어. 애도 아니고 나잇살 처먹은 놈이 자기연민을 덕지덕지 처바르고서는. 너보다는 너 같은 놈한테 죽은 사람들이 억 배는 더 불쌍해."

유현은 그렇게 말하며 권총을 휘리릭 돌려서 집어넣고는 검을 뽑아 들었다.

스르릉.

"더 이상 개소리 들어주기 싫으니까 시작하지. 너 죽을 시간 지났어."

유현은 씩 웃으면서 신윤범의 팔을 향해 눈부신 속도로 검격을 날렸다.

*　　*　　*

두근.

그것은 다시금 눈을 떴다.

점점 박동이 빨라져 가고 있었다. 심장이 힘차게 뛰면서 그를 재촉하고 있다. 어서 눈을 뜨라고, 세상이 당신이 봐주기를 원하고 있다고.

돌처럼 굳어 언젠가 사토 속에서 화석으로 발굴될 날만을 기다리던 몸이 다시 제 기능을 되찾는다. 생물보다는 암석에 가까웠던 그 몸이 수백 년의 시간을 뛰어넘어 생체로 돌아가고 있었다.

두근.

심장이 뛴다.

그는 눈을 떴다. 아까처럼 눈꺼풀이 천근만근 무겁지 않았다. 아주 자연스럽게 눈을 떠 자신의 주변에 드리워진 어둠을 바라본다. 아주 오래전, 지상을 굽어보던 시절에는 천 리 밖을 바라보던 그의 눈이었으나 이 어둠 속에서는 아무것도 찾아낼 수 없었다.

두근. 두근. 두근!

뛰고 있다. 심장이 격렬하게 뛰고 있다!

아아, 그래. 나는 아직도 살아 있구나. 그토록 영원히 어둠 속에 잠겨 사라지기를 원했건만 아직 살아 있구나.

그 사실을 자각하는 순간 그의 의식이 변화했다. 압도적인 나태에 내리눌려 살아 있는 것조차 귀찮아했던 의식이 다시 생물 본연의 자세를 되찾는다.

그래, 내가 이런 비루한 어둠 속에 잠들어 있어야 할 이유는 없다.

한때 세상은 그의 것이었다. 그가 포효하면 하늘이 울었고 그가 내려서면 대지마저 굴종했다. 구름마저 굽어보며 천둥 벼락을 자유자재로 부리는 그보다 위대한 존재는 이 세상에 없었다.

있다면 오로지 저 아득한 천상에.

모든 존재가 꿈꾸는 지고의 세계에.

자신은 그곳에 오르기 위해 태어났다. 그러니까 더 이상 이런 곳에 있어야 할 이유는 없다.

그는 입을 벌리고 포효했다.

크오오오오오!

*　　　*　　　*

카앙!

쇳소리와 함께 유현의 검이 튀어나왔다. 바위든 강철이든 단칼에 베어버리는 마검의 일격이건만 신윤범의 자율형 방어 주문에 가로막힌 것이다.

제법이야. 유현은 그렇게 생각하며 한 걸음 물러났다. 감각이 가속해서 느리게 느껴지는 시간 속에서 그와 신윤범의 눈이 서로 마주친다.

유현은 사납게 웃었다.

세상은 결국 돌고 도는 것이다.

그래, 신윤범처럼 일반인들의 무지에 죄를 돌릴 수도 있겠지. 연옥의 존재를 모르면서, 지구와 무의식으로 교배하여 요괴라는 사생아를 낳는 그들은 훌륭한 죄인이다. 인류 전체를 하나의 몸으로 본다면 결국 연옥은 백혈구와 같은 것인지도 모른다.

어느 날 백혈구가 묻는다. '왜 우리가 다른 부분들을 위해 이렇게 희생해야 해?'

아무도 대답할 수 없다. 처음부터 네가 그렇게 태어났기 때문이라고, 그게 네 역할이라고 말할 수밖에.

인간은 결국 누군가의 착취자이다. 가장 아래층에 있는 사람이라 할지라도 결국은 살기 위해 다른 생명을 착취한다. 인간이라면, 아니, 이 세상에 생명을 갖고 태어난 이상 이 굴레에서 벗어날 방법은 없다.

물론 그런 이야기로 이 빌어먹을 구조를 정당화할 마음은 없다. 왜냐하면 유현 자신도 넌더리를 내고 있었으니까. 누가 쌓아올린 세계인지는 몰라도 하루에도 몇 번이나 파괴 충동을 느낄 정도로 엿 같은 것만은 사실이다.

'하지만 말이지.'

그러나 기억하라.

너는 정말로 피해자이기만 한가?

너는 처음부터 평범할 수 없었다. 이 세계가 너의 희생으로 유지되고 있다면 너 역시 이 세계가 존재함으로써 안식을 얻었다.

나는 아무런 능력이 없지만 운명의 뒤틀림으로 이 세계에 돌아왔다. 그러나 거기에 대해서 피해 의식에 시달리며 모든 것을 증오하지는 않겠다. 왜냐하면 설령 무지한 시절의 실수였다 한들 그것은 분명 나의 선택이었기 때문이다.

바보 같은 어린 꼬마의 치기였다고 할지라도,

그 후에 맞이한 지옥 속에서 몇 번이고 후회했다고 하더라도…….

나는 지금 그 선택이 올바른 것이었다고 믿는다.

그렇기에 어둠에서 나와 다시금 사람들 앞으로 나올 수 있었다. 이 세상은 너무 밝아서 눈이 부시다. 그들이 발하는 광채가 나를 집어삼켜 더 이상 뭐가 뭔지 알 수 없게 만든다.

하지만 바닥에 주저앉아서 질질 짜고 있는 건 내 취향이 아니다. 쿨하게 웃자. 지킬 거 지켰으니까 된 거 아니냐고. 쓰레기더미 같은 세상이지만 그래도 나는 하고자 했던 일을 해냈다.

그리고 무엇보다…….

"네놈은 질질 짤 정도로 불행한 것도 아니잖아, 등신아!"

유현이 노호성을 지르며 재차 검격을 날렸다. 중단 베기의 모션이었지만 내딛는 스텝이 기묘한 리듬을 타고 있었다. 한순간 정지하는 듯 살짝 꼬이는 엇박자, 그리고 검끝이 머리 위를 타고 넘는 순간…….

콰아아아아앗!

초음속으로 가속하며 공간을 가른다!

섬광의 궤적이 그려졌다. 퀘이사 에너지와 공명한 마검이 한줄기 빛으로 화해 공간 그 자체를 베어낸다. 인간의 감각으로는 도저히 제어할 수 없는 그 속도에 유현은 중간부터는 자신의 몸을 내던지듯 검격과 함께 날렸다.

이것은 자율형 방어 주술로도 도저히 막을 수 없었다. 신윤범은 진유현이 몸을 날리는 순간 불길한 예감을 느끼며 옆으로 몸을 피하고 있었다. 그보다 훨씬 반응이 빠른 팔미가 검은 꼬리를 죽 뻗어왔지만 초음속의 마검은 그것조차 간단하게 갈라 버리면서 목표점을 지나갔다.

"터무니없는!"

방어 주문으로 충격파를 피하면서 신아연이 경악했다.

그도 그럴 것이, 인간의 몸으로 초음속을 낸다는 것은 자멸이나 마찬가지였다. 이 경우는 손에 들고 있는 검을 원형으로 베었을 경우 가장 속도가 나는 부분, 즉 검끝만 초음속을 넘었으니 예외가 되긴 하지만 그래도 그 반동을 버텨내기가 쉬운 게 아니다. 마물의 피를 지닌 자들조차 초음속을 내기 위해서는 강체술을 비롯해 갖가지 방어기재를 몸과 주변에 설치한 후에 시도하는데 진유현은 그대로 공격하지 않았는가?

더욱 놀라운 것은 진유현이 멀쩡하다는 사실이었다. 검이 땅을 칠 때의 반동을 피하기 위해서인지 마지막 순간에 검을 놔버리긴 했지만 공간을 가른 충격파를 직격으로 받았으면서도 멀쩡하다니?

"손목 하나인가?"

유현은 홍 하고 코웃음을 치며 내뱉었다. 그가 손을 뻗자 초음속을 낸 반동으로 타는 냄새를 내고 있는 마검이 염동력에 이끌려 날아들었다.

충격파로 인해 일어난 흙먼지가 너머에서 신윤범이 비틀거리고 있었다. 그는 방금 전의 일격으로 오른손을 잃었다. 유현의 검격은 자율형 방어 주술과 요랑의 꼬리마저 갈라 버리고 그의 손목을 날려 버린 것이었다.

"너는 피해의식과 선민의식, 어느 쪽이 더 소중하지? 뭐, 별로 의미는 없으니까 그냥 대답하지 말고 죽어."

"쿡… 쿡쿡쿡쿡. 인정사정없군, 정말."

신윤범은 비틀거리면서 웃었다. 하지만 그 눈빛은 조금 전까지 이상으로 형형하게 빛나며 유현을 노려보고 있었다.

"그렇게 자랐거든."

유현은 권총을 꺼내서 신윤범을 쏘았다. 팔, 다리, 어깨에 한 발씩. 그리고 다가가면서 얼굴을 발차기로 날려 버린다. 우득. 코뼈가 부러지는 느낌이 확실하게 전해졌다. 신윤범이 피를 흩뿌리며 나가떨어진다.

쾅!

그와 동시에 마하4의 특수탄이 공간을 꿰뚫었다. 유현이 신윤범을 난타하는 것을 보면서 생긴 의식적인 틈, 그것을 날카롭게 찔러서 신아연이 요랑을 쏴버린 것이다.

현역 시절에 이 여자랑 일했으면 재미있었겠어. 유현은 요랑의 비명을 BGM 삼아 신윤범에게 달려들며 생각했다.

신윤범이 흐느적거리면서 주술을 사용한다. 공기가 파열하면서 덮쳐 오지만 유현은 가뿐하게 그것을 피해내고, 그의 명치에 주먹을 찔러 넣는다. 그리고 무릎차기로 늑골을 올려쳐서 파쇄!

하지만 죽지는 않는다. 일격 일격이 지독한 고통을 선사하지만 결코 죽음에 이르지는 않는다.

편하게 죽여주진 않겠다고 생각했다. 하지만 그런 사디스틱한 생각보다는, 그의 죽음이 자신의 몫이 아니라고 여기기 때문에 끝장을 내지 않는다. 안 그랬으면 짜증나서라도 벌써 끝냈다.

휘리리리릭!

요랑의 꼬리가 등 뒤에서 덮쳐 온다. 일단 멀리서 쏴대는 신아연보다는 가까이 있는 유현을 잡아보겠다는 것일까? 대요괴답게 웅장한 요력이 몰려와서 감각을 압박한다.

그러나 유현은 허깨비처럼 그 자리에서 사라졌다. 그리고 4미터쯤 떨어진 곳에서 나타난다. 영적 감각을 가진 자조차 속아 넘어갈 만한 환상을 흘리면서 몸을 뺀 것이다.

당연하지만 4미터 밖에서 나타난 유현 역시 환상이었다. 요랑이 그 사실을 알아차렸을 때 유현은 그보다 다시 4미터쯤 앞에 있었다. 영적 환상을 뿌려 감각을 교란시키는 한편, 빛을 굴절시켜 시야도 같이 혼란시킨 것이다.

"이런 말도 안 되는……!"

방어 주술을 발동하는 순간 유현의 검이 그녀의 어깨를 가르고 지나갔다. 동시에 기묘한 울림이 그녀의 감각을 자극하고 지나갔다.

'뭐야, 이건?'

오싹하다.

그 울림에 자신의 감각이, 그리고 요력이 먹혀 사라지는 느낌이 들었다. 그녀는 깜짝 놀라서 유현을 바라보았지만 거리가 벌어지면서 그 잔향은 스러진 후였다.

유현은 지금 하늘의 왼손을 이용, 적극적으로 퀘이사 에너지를 끌어내서 쓰고 있었다. 계속 그 힘을 끌어내다 보니 안대로 봉하고 있는데도 왼쪽 눈이 공명하면서 지끈거리는 느낌이 든다.

이대로 벗으면 상대가 대요괴든 뭐든 단숨에 압도할 수 있을 것이다. 그러나 그랬다가는 돌이킬 수 있을지 어떨지 알 수 없다. 좀 더 많은 통제력을 기르기 전까지는 하늘의 왼손에만 의존해야 할 것이다.

"왜, 신기해?"

유현은 그녀에게 이죽거리며 말했다. 자신이 쓰는 마법이 신기하냐고 묻고 있는 것이다. 100년이나 뒤떨어진 구세대 유물 같으니. 그렇게 말하고 있는 것 같아서 열받는다.

하지만 섣불리 공격할 수도 없다. 지금 윤성아를 제외한 세 명은 서로 모르는 사이라고는 믿을 수 없는 연계를 보여주고 있었다. 진선희가 그녀의 요력을 억제하고 감각을 혼란시키며, 진유현이 그녀를 근거리에서 상대해 틈을 만들면 곧바로 신아연이 그것을 찌르고 들어온다.

요랑은 당연히 그들이 한 팀일 거라고 생각했다. 이런 인간들이 나타나다니, 정말 세상 많이 변했다.

그녀가 그렇게 망설이는 순간 유현이 갑자기 옆으로 확 움직였다. 동시에 그 뒤쪽에서 라이플이 불을 뿜는다.

쾅!

유현의 움직임을 보고 순간적으로 반응해서 다행이었다.

특수탄 묘르닐이 그녀의 꼬리 중 또 하나를 갈가리 찢으며 날아갔다.

미칠 것 같다. 고통은 그렇다 치고 고작 인간 몇 명에게 이렇게까지 농락당하다니! 겨우 100년이 지났을 뿐인데!

'18세기에서 19세기가 될 때까지는 인간의 능력 따위 별 차이 없었다고!'

그렇게 외치고 싶은 심정이었다. 바보 같은 소리라는 것은 스스로도 잘 알지만.

용암처럼 들끓는 분노의 한편에서는 차가운 계산이 돌아가고 있었다. 주술진으로부터 흘러드는 에너지로 파괴된 몸을 복원하면서 신아연의 위치를 찾는다. 저년은 또 세 발을 쐈다. 아까 전의 경험으로 보건대 당분간은 저 무기를 쓰지 못할 것이다.

다른 무기들도 주의해야겠지만 저 무기가 가장 큰 위협이다. 일단 버티자. 신윤범이 피를 뿌리며 쓰러졌으니…….

모든 것은 계획대로다.

3

주변에는 전투의 소음이 가득했다.

하지만 그 자리에는 정적이 찾아든 것 같았다. 윤성아는 쓰러져서 헐떡거리고 있는 신윤범을 내려다보았다. 그는 한 손이 날아가고 전신이 피투성이가 되어서 당장 숨이 넘어가도 이상하지 않을 것 같았다.

"후회 안 해?"

"다… 끝난 것처럼 말하는구나."

"그런 꼴을 하고도 입은 살아 있나 보네."

성아는 복잡한 표정으로 그를 바라보았다.

유현이 그를 살려서 자신에게 던져 준 것이 고마웠다. 유현에게서 느껴지는 분노로 보건대 그를 단칼에 죽이지 않을까 싶었는데, 적어도 마지막만은 자신의 손에 남겨주었다.

문득 성아는 아까 전에 들었던 말을 떠올렸다. 유현은 신윤범에게 질질 쌀 정도로 불행하지도 않다고 말했다.

"정말 맞는 말이라고 생각하지 않아?"

"그럴지도……."

성아는 유현의 삶을 상상해 본다.

필시 그에게는 그들처럼 인간다움을 가질 여유가 주어지지 않았을 것이다. 그녀와 그는 비슷한 것 같지만 아주 다르다. 유현이 보기에 망혼은 아마 굉장히 인간적인 조직으로 보였으리라.

그는 그런 말을 한 것은 아니지만 성아는 알 수 있었다.

독심술 수준은 아니지만 영적으로 민감한 그녀는 상대의 정신이 홀리는 느낌을 공감 능력으로 잡아낼 수 있었으니까.

적어도 서로 이해해 줄 사람이 있었다.

인간적인 시간을 허락할 사람이 있었다.

가족이라고 부를 수 있는 사람이… 있었다.

그러나 신윤범에게는 그것으로는 충분하지 않았던 모양이다. 그는 자신이 내부에 자리 잡은 피해의식을 키우고 키워서 마침내 이런 파멸에 이르렀다.

그렇다면 그의 목숨을 끊는 것은 자신이어야 한다.

성아는 그렇게 생각하며 신윤범에게 손을 뻗었다. 하지만 그때였다.

"너는 너무 물러, 성아야."

유언이라고 생각할 수도 있는 말이었지만 성아는 흠칫했다. 그의 말을 듣는 순간 기묘한 광경이 눈에 들어왔기 때문이다. 그의 몸에서 흘러나온 피가 주변의 땅을 적시지 않고 대신 방울 져서 마치 살아 있는 것처럼 어디론가 흘러가는 광경이!

'주술?'

만약 유현이었다면 일단 놀람과 동시에 신윤범을 쏴버리거나 베어버리고 그 다음에 사태에 대처했을 것이다. 하지만 성아는 그렇게 하지 못했다.

그리고 그것이 치명적인 사태를 불렀다.

"내가 준비한 축제야. 모두 함께 즐겨보자고."

신윤범은 픽 웃으며 남은 왼손으로 하늘을 향해 중지를 세워 보였다.

나를 이렇게 만든 운명아, 죄다 엿 먹어라.

드드드드드드!

대지가 뒤흔들리기 시작했다.

대지가 뒤흔들리는 순간, 그 자리에 있던 이들은 모두 전율했다.

주술진 안쪽이 온통 붉게 물들면서 어마어마한 요력이 솟구쳐 올랐기 때문이다. 눈앞에 있는 대요괴, 요랑 따위는 상대도 안 되는 요력이 흑자색 안개로 화해 그 공간을 물들였다. 공기가 독소로 변하고 수분이 독물로 변하고 대지가 순식간에 썩어들어 간다.

유현은 순간적으로 반응해서 생존을 위한 수단을 발동시켰다. 정화 주문을 결계 형태로 둘러치고 산소 공급 주문을, 그리고 기감을 조작해서 호흡을 극단적으로 느리게 만들면서 주술진의 범위에서 이탈했다.

다른 사람들도 비슷하게 대응하면서 일단 요력이 뿜어져

나오는 범위에서 이탈했다. 남은 것은 시체가 되기 직전이었던 신윤범과 요랑뿐이었다.

"미안해. 오빠의 피가 주술을 발동시키는 키워드였나 봐."

성아가 사과했다. 만약 그녀가 주저없이 신윤범의 목을 날렸다면 지금 같은 일이 벌어지지 않았을 수도 있다.

"아니, 피는 이미 흐른 상태였어. 이미 다 준비하고 기다리고 있었군."

유현이 이를 갈았다. 입맛이 쓰다. 일방적으로 난타하고 있었던 게 상대방의 계획대로 놀아난 것이었을 줄이야.

요력이 솟구쳐 주변의 공간을 잠식하더니 그다음에는 무서운 기세로 주변의 존재들을 끌어당기기 시작했다. 신윤범과 요랑이 뿌려놓았던 잡귀들이나 숲의 영령들, 심지어 멀쩡한 동물이나 곤충들조차도 주술진 안으로 끌려들어 가는 것이 아닌가.

'영적 인력이군. 젠장.'

이것은 물리적으로 끌어당기는 것이 아니라 영혼을 가진 존재를, 비교도 할 수 없이 거대한 영적 질량을 가진 존재가 인력으로 끌어당기는 것이다. 작은 존재들은 속수무책으로 끌려들어 갈 수밖에 없다. 그리고 삼켜져 저 영혼의 주인에게 양분을 제공하겠지!

"이거 무서운데. 도대체 무슨 일이 벌어지는 거지?"

신아연이 브류나크 M201에 큼지막한 특수탄, 모르닐을 장전하며 투덜거렸다. 오로지 대요괴를 상대하기 위해 특수 제작된 이 무기는 라이플 주제에 고작 세 발만을 장전할 수 있다. 받침대 없이 쏘면 반동이 무시무시하기 때문에 일반인은 절대 다룰 수 없는 무기였다.

대신 위력은 확실하다. 대요괴라고 해도 치명상을 입힐 수 있을 정도로.

하지만 지금 발산되는 요력의 주인에게도 그럴 수 있을까?

요력의 크기가 너무 크다. 차라리 수많은 요괴들이 봉인되어 있다가 풀려난다고 생각하면 납득이 가겠는데, 요력의 파장이 혼란스럽지 않고 확실하게 통일되어 있는 게 단 한 개체라는 것만은 확실했다.

"이무기니까 대응책을 좀 고심해 봐야겠는데, 젠장. 진짜 어마어마하군."

문득 유현이 말했다. 세 사람이 그에게 시선을 던졌다.

진선희가 물었다.

"이무기? 어떻게 그렇게 확신하죠?"

"난슬이 얘기해 줬어. 자기들이 갇힌 봉인에 거의 용이라고 불러도 되는 이무기도 같이 봉인되어 있었고, 자기들을 가둔 봉인이 그 이무기의 힘을 이용해서 유지되고 있었다고. 혹시 다른 것일 수도 있지만 일단 위치가 여기고, 이 어마어마한 요력은 그 외에는 달리 생각나질 않는데. 반론있나?"

"없어요. 하지만 솔직히 있었으면 좋겠군요."

진선희는 식은땀이 흐르는 것을 느꼈다.

뭐 이런 무시무시한 요기가 있지? 대요괴인 요랑 앞에서도 침착했던 그녀지만 지금은 그럴 수가 없다. 저 요력이 그녀의 감각을 난도질해서 분해시켜 버리려고 하는 것처럼 느껴진다.

"내 생각인데……."

유현이 말했다.

"육도에 긴급 구원 요청 때려. 이거 솔직히 우리만으로 해결할 수 있는 수준이 아냐. 육도에서도 적어도 천상 급 한둘이 인원 대규모로 끌고 오고, 전략 급 무기 사용 승인을 내줘야 해결이 될걸?"

"그 말에는 동감인데……."

신아연이 쓴웃음을 지었다.

유현의 말이 백번 옳긴 한데 문제는 지금 그럴 수가 없다는 점이다. 설악산에서 입은 피해가 너무 막대해서 조직이 풍비박산나기 직전인데 지원은 무슨. 이걸 말할 수도 없는 노릇이라 정말 답답했다.

물론 아직 육도의 조직 자체는 건재하다. 천상 급도 단 한 명이 죽었을 뿐이고, 인간 급도 많이 남아 있다. 그러나 실제로 조직의 실무를 책임지는 수라 급 요원들이 싹쓸이 당한 것이다. 게다가 남은 인력을 또 설악산의 문제를 커버하는 데 돌리다 보니 다들 잠도 제대로 못 자고 일하고 있는 상황이다.

이런 상황이다 보니 벌써부터 평소에 앙심을 품었던 집단에서 육도에 마법적, 주술적 압박을 가해오기 시작했다. 육도는 지금 인원을 한데 모아서 최선을 다해 본거지를 포함한 요충지를 방어하는 작업에 들어간 상태였다.

"하여튼 지금 조직이 상황이 상황이라 그럴 수가 없어."

"이런 문제를 놓고도 그런 판단을 할 정돈가? 뭔 일인지는 모르지만 완전 콩가루가 된 모양이군."

유현이 기가 막혀하며 말했다. 육도에서 10년이나 있었기 때문에 육도의 거대함과 강력함을 잘 알고 있는 그다. 그런데 이런 최우선 긴급 상황을 앞에 두고도 나설 수가 없단 말인가?

물론 여기에는 사정이 있다. 만약 지금 이 사태를 알면 육도 측에서도 당연히 인원을 파견할 것이다. 문제는 이곳과 육도의 본거지와는 물리적인 거리가 있고, 당장 사건은 터지고 있으니 일단은 원거리에서 이무기를 누르고 봐야 한다는 것이다.

그러려면 막대한 인원이 필요할뿐더러, 그 힘의 핵에 위치해 제어하고 이무기와 직접 겨룰 능력자가 필요하다. 그런데 지금 그럴 수 있는 여력이 육도에 없다는 소리다.

"끝장이군. 젠장. 그래도 하는 데까지는 해봐야지. 당신은 전술 급 지원 병기 이용 허가라도 받아봐. 설마 그 정도도 안 해주진 않겠지?"

"그 정도는 해야지."

신아연은 고개를 끄덕이고는 진선희에게 상부와의 교신 채널을 열라고 명령했다.

육도에는 긴급 사태를 대비해 마련해 둔 여러 장치들이 있다. 위성병기부터 시작해서 허공을 떠돌고 있는 폭격용 전술 주문들까지. 그것들을 사용하는 허가라도 받을 수 있다면 지금 사태를 수습하는 데 도움이 될 것이다.

휘오오오오오!

그러나 사태는 이미 심각해지기 시작했다. 요력이 더더욱 강해지면서 기후가 변하기 시작하는 게 아닌가? 하늘을 보니 상공의 바람이 수십 배 속도로 가속하면서 안산 전체의 기후가 변하는 것을 알 수 있었다.

"이런 말도 안 되는 일이……!"

유현도 이런 변화에는 놀라지 않을 수 없었다.

대요괴들이라면 비구름을 부르고 천재지변을 조작하는 능

력이 있을 수도 있다. 예를 들면, 유현이 육도에 들어오는 계기가 되는 요괴의 경우 바로 머리 위에 비구름을 생성시키고 뇌격을 뿌릴 수 있었다고 한다.

그런데 지금 일어나는 변화는 규모가 다르다.

주변의 산에서 눈으로 뚜렷하게 보일 정도로, 마치 꽈배기 같은 흑회색 기둥으로 보일 정도로 뚜렷한 용권풍이 하늘과 땅을 연결하며 주변의 모든 것을 빨아올린다. 그 숫자가 수십이 넘어서 현실의 풍경 같지가 않다. 안산 전역에 먹구름이 드리워지고 천둥벼락이 몰아쳤다.

쏴아아아아!

게다가 미친 듯이 몰아치는 바람을 타라 비까지 내리기 시작했다. 더욱 무서운 것은 이것이 고작 시작에 불과하다는 것이다. 유현은 본능적으로 그 사실을 알 수 있었다.

'저놈은 일어나면서 몸을 뒤척이고 있는 정도야. 아직 본격적으로 일을 벌인 게 아니야.'

옛말에 이르길, 용은 비바람을 자유자재로 조종하는 존재이며 한번 분노하면 도시를 홍수로 집어삼키고 수백의 사람을 잡아먹었다 한다. 그리고 이무기는 그런 용이 되다 만 가장 위험한 요괴다.

하지만 아무리 그래도 이 정도로 터무니없을 줄이야! 이건 현대로 말하자면 핵 같은 전략 병기 급이 아닌가!

'막아야 해!'

어떻게든 막아야 한다.

이미 안산은 태풍의 영향권에 들어섰다. 용권풍에 휩쓸린 가로수가 뿌리째 뽑혀 나가고 도로 표지판이 꺾여서 날아간다. 사람도 예외가 아니라서 몸이 가벼운 어린아이들을 비롯, 사람들도 통째로 바람에 말려서 날아가고 있었다.

그리고 대지까지 닿는 낙뢰가 전자기기들을 파괴하고 있다. 아파트 같은 곳은 피뢰침이 잘되어 있어서 피해를 최소화하고 있지만 다른 곳은 어떨까? 게다가 아직까지는 그냥 자연적으로 치는 번개가 좀 빈도수를 높여서 지상까지 닿는 정도다.

하지만 만약 이무기가 눈을 떠서 잔뜩 출력을 높인 뇌전을 퍼붓는다면?

안산은 초토화된다.

"젠장! 저 개자식을 일찌감치 죽였어야 하는 건데."

유현은 소용없다는 것을 알면서도 신윤범에게 살의를 불태웠다. 그런데 그때였다.

쿠구구구궁!

한 차원 다른 굉음이 울려 퍼지며 주변이 뒤흔들렸다. 흑자색의 영기가 확 흩어지면서 주술진 안의 모습이 드러났다. 핏빛으로 물들었던 것이 지금은 완전한 어둠, 한 점의 빛조차 허락하지 않는 나락으로 변해 있었다.

정녕 기이한 광경이었다.

지형이 완만하다고는 하나 틀림없이 산속이다. 그런데 원형으로 나타난 그 암흑은 3차원에 나타난 2차원의 존재처럼 그곳에 존재하고 있었다. 마치 누군가 이곳의 풍경을 사진으로 찍은 다음 새카만 색깔로 둥근 원을 그려 넣은 것 같다. 그렇게 생각할 수밖에 없을 정도로 이질적인 광경이라 섬뜩함이 느껴진다.

그 심연 속으로 수많은 존재들이 잠겨 들어가고 있었다. 잡귀들도, 요괴들도, 다른 생물들도…….

그리고 요랑조차도!

"어, 어떻게 된 거야! 이럴 리가, 이럴 리가 없어!"

요랑은 늪 같은 어둠 속에 잠겨 들어가면서 비명을 질렀다. 이 어둠이 마치 살아 있는 것처럼 그녀의 몸을 붙잡고 끌어당긴다. 갖가지 수단을 사용해서 탈출해 보려고 했지만 하나도 먹히는 것이 없었다. 심지어 꼬리를 날려서 나무를 붙잡아보려고 했지만 주술진의 범위 밖으로 나가려는 순간, 보이지 않는 벽에 가로막혀 튕겨 나왔다.

이게 어떻게 된 거지? 이럴 리가 없어. 이무기는 나에게 힘을 주었다. 그를 깨우면 나는 그 공을 인정받아 지고한 힘을 가진 존재의 오른팔이 될 수 있었을 텐데, 분명히 그랬을 텐데…….

'내가… 속았어?'

충격이었다.

여우요괴인 자신이, 누구보다도 교활하고 영악하다고 자부했던 자신이 고작 인간 애송이한테 속았단 말인가?

어떻게 그런 일이 가능하지?

그렇게 생각한 순간 갑자기 그녀의 정신 일부를 묶어놓고 있던 은밀한 속박이 풀렸다. 이상하리만치 둔해졌던 사고력이 제 기능을 되찾으며 모든 것이 일목요연해진다. 어디서부터 단추가 잘못 끼워졌는지 한순간에 알 수 있었다.

꼬리였다.

"이게, 이것 때문에 내가……."

신윤범은 그녀에게 신뢰를 얻기 위해서 이무기의 힘으로 그녀를 구미호로 만들어주었다. 덕분에 그녀는 의기양양해져서 팔미라는 이름을 버리고 본연의 이름인 요랑을 되찾았다.

그런데 그것이 함정이었을 줄이야!

이 꼬리를 심는 순간 그녀는 자기도 모르게 이무기의 꼭두각시가 된 것이다. 그녀가 자랑하는 교활함과 영악함을 이무기와 관련된 일을 생각할 때는 하나도 발휘할 수 없게 되었다. 이후 인간들을 상대로 할 때도 얼마나 바보처럼 생각하고 행동했는지를 생각하면 낯이 뜨거워질 정도다.

"그렇군."

몸에 힘이 탁 풀린다.

요랑은 차라리 후련한 표정으로 하늘을 올려다보았다. 그러다가 갑자기 표정을 무섭게 일그러뜨리며 손을 뻗어 아홉 개의 꼬리 중 하나, 마지막으로 생긴 아홉 번째 꼬리를 잡고 뜯어냈다.

"으아아… 아아아아아아!"

신경을 뿌리째로 잡아 뽑는 듯한 고통이 느껴졌지만 상관없었다. 분노와 수치심이 고통을 압도한다. 요랑은 이무기의 힘이 담긴 꼬리를 뽑아서 내던져 버렸다. 검은 꼬리는 마치 요랑을 놀리듯 어둠과 곧바로 일체화되더니 물 밖으로 뛰어오른 물고기처럼 우아하게 한번 튀어 올랐다가 우아하게 심연 속으로 사라져 갔다.

"아아아아아아악!"

요랑은 분통을 참을 수가 없어서 소리를 질렀다.

분하다. 너무나도 분하다.

지금 그녀의 사고 속박이 풀린 것 역시 이무기가 일부러 그렇게 한 것이었을 게다. 잔인하게도 그녀를 근본부터 농락한 다음 마지막 순간에 그녀로 하여금 그 사실을 깨닫게 한 것이다.

그 사실이 참을 수 없을 정도로 치욕스러웠다.

그러나 이미 그녀가 할 수 있는 일은 아무것도 없었다. 그녀의 몸은 이미 목까지 잠겨 있었으니까.

턱.

하지만 그 순간 생각도 못한 일이 일어나는 바람에 요랑은 깜짝 놀랐다.

누군가 그녀의 팔을 잡았다, 무척 부드럽고 따뜻한 손이.

요랑은 고개를 들어 팔의 주인을 보았다. 그리고 인상을 팍 구겼다.

"난슬!"

그녀가 세상에서 가장 미워하는 존재, 요괴선인 난슬이 허공에 거꾸로 뜬 채로 그녀의 팔을 잡고 끌어올리려고 하고 있었다.

"쓸데없는 짓 하지 마! 빨리 꺼져 버려, 이 빌어먹을 년아!"

앙칼지게 소리쳤지만 난슬은 신경도 쓰지 않았다. 그녀는 그저 안간힘을 다해서 그녀를 끌어올리려고 노력할 뿐이었다. 단순히 물리적으로 노력할 뿐만 아니라 갖가지 선술을 써서 이 심연을 정화해 보려고 시도했다.

물론 압도적인 요력의 차이 앞에서 그런 노력은 무의미했다. 그런 그녀의 노력을 비웃듯 심연 속에서 서서히 팔 같은 것들이 일어나 그녀에게 다가가고 있었다.

"멍청한 년."

어쩌면 이렇게 바보 같을까. 소용없다는 것을 이미 알았을 텐데, 왜 다른 것도 아니고 왜 하필 자길 구하려고 하는 거냐고.

"내가 죽으면 죽었지 네년 동정은 안 받아."

턱까지 심연에 잠긴 요랑은 표독스럽게 내뱉으며 있는 힘을 다해 난슬을 뿌리쳤다.

"악!"

남은 요력을 전부 담아서 그녀를 후려치자 난슬도 계속 붙어 있지 못했다. 그녀가 이런 식으로 행동하리라곤 생각도 못했는지 그대로 얻어맞고 심연 바깥쪽으로 나가떨어졌다.

'천지신명도 정말 성격 나쁘군.'

하필이면 마지막 순간에 자신 앞에 나타난 것이 저 바보 같은 계집애라니.

하지만 왠지 나쁘진 않은 기분이야. 요랑은 그렇게 생각하며 왼손을 들어 올렸다. 요즘 시대에 제일 심한 욕이 이렇게 하는 거였지? 그녀는 그 생각을 끝으로 완전히 심연에 잠겨버렸다.

그리고 난슬이 얻어맞은 충격에서 벗어나 일어났을 때 본 것은 가운뎃손가락을 힘차게 들어 올린 요랑의 손이 심연 속으로 잠겨들어 가는 광경이었다.

4

쨍그랑!

어디선가 날아온 철 쪼가리에 베란다 쪽 유리문이 산산이 깨져 나갔다. 그리고 그 틈으로 미칠 듯한 바람과 빗방울이 쏟아져 들어왔다.

"이, 이건 뭐야?"

바깥에 갑자기 폭풍우가 몰아치자 상황을 좀 보려고 베란다로 가려던 신우는 식은땀을 흘렸다. 자칫 잘못했다간 깨진 유리 파편을 그대로 뒤집어쓸 뻔하지 않았는가.

쿠오오오오오!

엄청난 소리와 함께 금이 간 유리문에 부서져 날렸다. 신우는 재빨리 부엌 쪽으로 피신했다.

"심상치 않군요."

전기가 나가는 것을 본 한얼이 말했다. 유현과 달리 영적인 면에서는 별로 발달하지 못한 그들이지만 기감을 제어하는 능력 역시 일반인을 초월한 것이다. 지금 이 폭풍을 일으키는 무서운 기운이 있다는 것을 쉽게 알아차릴 수 있었다.

"어쩌지? 이거 집 안도 별로 안전하진 못할 것 같은데?"

흡사 재난 영화의 한 장면 같다. 깨진 유리문 쪽을 흘끔 바라보자 그 순간 그 옆으로 용권풍이 지나가는 것이 보였다.

와장창창!

흑회색의 소용돌이 기둥이 뚜렷한 형태를 갖고 꿈틀거리자 깨졌던 유리문이 완전히 박살나고 유리조각과 함께 거실의 물건들이 내동댕이쳐졌다. 바람이 이런 힘을 갖고 있을 거라고는 직접 겪어보지 않고는 상상도 할 수 없을 것이다.

"무, 무슨 CG 같은 게 진짜로 있어!"

선명한 용권풍의 존재는 현실에서 보니 차라리 리얼리티가 없었다. 블록버스터 영화 속의 CG를 보면서 현실에서 나타나면 저런 모습은 아니겠지 했는데 이게 웬걸? 정말 똑같지 않은가.

"나가야겠습니다. 적어도 이 집 안은 안전하지 못해요."

한얼이 입술을 깨물었다. 여름이라 베란다 문을 열어둔 게 실수였을까? 아니, 그랬더라도 철 쪼가리가 날아왔으면 결과는 마찬가지였을 것이다.

이렇게 된 이상 집 안도 안전치 못하다. 한얼은 일단 유현에게 도움을 구해보기로 했다. 마법도 쓸 수 있는 그라면 자신들보다는 안전하게 대처할 수 있을 것이다.

"이런."

그러나 유현은 외출한 상태였다. 열쇠라도 받아놨으면 집 안으로 들어갈 수 있었을 텐데 그럴 수도 없다.

이렇게 된 이상 집 안에, 창문 같은 것이 없는 방에 처박혀 있을 수밖에 없겠다. 한얼은 입술을 깨물며 신우를 다시 집 안으로 이끌었다.

하지만 그는 알지 못했다, 지금 일어나고 있는 현상은 재앙의 전조에 불과하다는 것을.

          *   *   *

요력이 사악한 것은 인간의 사념이 낳은 뒤틀림 그 자체이기 때문이다. 요괴들은 존재 자체가 사악이었고, 그들의 존재는 인간을 위협하는 것은 물론이고 세계를 오염시킨다.

흐어어어어어……

상공에서 빠르게 몰려드는 먹구름과 함께 셀 수도 없이 많은 망령들이 울부짖고 있었다. 흡사 종말의 하늘을 보는 것 같은 광경에 유현은 오싹함을 느꼈다.

도대체 얼마만한 요력인가? 난슬이 요력을 방출했을 때도 반경 2킬로미터 내의 영령이나 잡귀들을 떨게 만들었지만, 이건 차원이 다르다. 멀쩡한 영령들마저 오염시켜서 망령, 악귀로 만들고 그들을 모두 한곳으로 모아서 지옥의 군단이라도 만들려는 것 같았다.

게다가 그것들과 함께 수분이 끌려들어 가는 게 심상치 않다. 곳곳에서 일어난 용권풍과 뇌전이 안산을 파괴하는데, 쏟아지던 비가 대지에 닿으면 마치 튕겨 오르듯이 다시 허공을 떠다닌다. 일반인의 눈에는 그저 광풍을 타고 사방팔방에서 비가 몰아치는 걸로밖에 느껴지지 않겠지만 유현은 그 궤적이 한곳으로 집중되고 있다는 사실을 알아차렸다.

"설마… 안산을 해일로 밀어버릴 생각인가?"

유현은 머릿속에 떠오른 최악의 가정에 전율했다.

육도의 천상 계급 중에는 용의 화신이라 불리는 정호운이 있다. 겉모습은 청년이지만 이미 백 년 이상 살아왔다고 하는 그는 주변에 강조차 없는 상황에서도 반경 수 킬로미터의 수분을 끌어모아서 국지적인 해일을 일으킬 수 있는 능력자였다.

그렇다면 한층 더 용에 가까운 존재인 이무기가 같은 짓을 한다고 해도 이상할 것은 없겠지. 아니, 오히려 더욱 거대한 규모로 안산 전체를 쓸어버릴 것이다.

"아무래도 그런 것 같군."

신아연이 굳은 표정으로 동의했다. 그녀도 역시 정호운의 경우에 비추어서 상황을 파악하고 있는 것 같았다.

쿠구구구구……!

물이 넘치고 있다.

거대한 용권풍이 주술진을 집어삼키고 일어나며 하늘과

땅을 잇는다. 거기에 물이 몰려들자 점점 더 질량이 압도적으로 늘어간다. 수백 미터짜리 물의 소용돌이라니, 이런 게 풀려나서 해일로 변한다면 안산은 괴멸이다.

"그렇게 둘 것 같냐."

유현은 각오를 굳히고 왼쪽 눈의 안대에 손을 가져갔다. 하지만 그때 그의 어깨를 짚는 사람이 있었다.

"잠깐만 기다려. 곧⋯ 나타날 거야."

난슬이었다. 그녀가 긴장한 표정으로 주술진의 한가운데를 바라보며 말하고 있었다.

"뭐?"

유현은 이 녀석이 무슨 말을 하나 싶어서 눈살을 찌푸렸다.

그때였다.

콰콰콰콰콰콰!

물이 쏟아져 내리기 시작했다. 유현이 걱정했던 사태, 소용돌이가 풀리면서 거기에 끌어들여졌던 물이 일제히 해방되는 사태가 벌어진 것이다. 유현은 반사적으로 몸을 피하려고 했지만 그때 다시 이상 현상이 일어났다.

주변을 온통 휩쓸어 버릴 것 같던 물이 거짓말처럼 움직임을 멈추더니, 갑자기 한 방향을 향해 끌려들어 가기 시작했던 것이다. 거대한 펌프로 빨아올리듯이 한 지점으로 끌려 들어간 물은 남김없이 하늘로 올라가 흩어지기 시작했다. 그야말

로 기적이라고밖에 할 수 없는 광경 속에서 대지에 한 사람의
모습이 나타났다.

"저건……!"

그 모습은 인간의 형상이나 머리칼은 황혼에 물든 하늘처
럼 불길하게 넘실거렸고, 눈동자는 노란 파충류의 그것으로
은은한 황금빛을 발하고 있었으며, 머리에는 수사슴의 그것
을 닮았으나 위압적이고 공격적으로 변형된 새카만 두 개의
뿔이 달렸으며, 손톱과 발톱은 맹수의 그것처럼 뾰족하며, 피
부는 피 대신 용암이 흐르는 것처럼 불그스레하다. 또한 폭풍
이 일고 있는데도 그 주변에서 꽃나무가 흐드러지게 피어난
듯 짙은 꽃향기가 풍기고 있었다.

"…신령님?"

성아가 믿을 수 없다는 듯이 중얼거렸다.

용권풍 속에서 기적처럼 나타난 존재는 그녀가 알고 있는
망혼의 신령 그 자체가 아닌가? 다른 점이라면 해방되어 있다
는 점과 뿔이 검은색이라는 점뿐이다.

그녀의 말에 반응한 것일까? 그 존재가 성아를 바라보았
다. 꽤 멀리 떨어져 있었지만 그녀를 보고 있다는 확실히 알
수 있는 시선이었다.

그가 웃었다.

그리고 그 앞에 신윤범이 한쪽 무릎을 꿇고 부복했다.

"저놈도 살아났어?"

유현이 눈살을 찌푸렸다. 신윤범은 마치 아까 전의 일은 있지도 않았다는 듯 말끔한 모습이었다. 상처가 완벽하게 치료된 것은 물론이고 날아갔던 손까지 복원되었다. 또한 옷까지 갓 세탁한 것처럼 말끔했다.

신아연이 혀를 찼다.

"용에 가까운 존재라더니 이건 거의 신이군."

"전술 급 병기 사용 허가는 받았나?"

"인공지능을 주축으로 움직이는 것에 한해서 전략 급 결계도 발동할 수 있게 허가가 났어. 마법사 30명이 서포트한다고 하니 어떻게든 되겠지."

"그럼 곧바로 시작하지. 시간 끌어봤자 좋을 게 없으니."

―그렇게 죽음을 서두를 필요는 없을 것이다.

그때 육성인 것도 같고 정신파 같기도 한 목소리가 그들 사이에 울려 퍼졌다. 유현은 흠칫해서 감각기관의 상태를 점검했다. 자신도 모르는 새 적에게 침식당한 것은 아닌가?

―살고 싶으면 도망치는 편이 나을 것이다. 나는 관대하니 잠깐 정도는 못 본 척해줄 수 있지.

"지랄을 하시는군."

혹시라도 온건한 존재일 거라는 기대는 하지 않았다. 깨어나는 것만으로도 한 도시를 이 모양으로 만든 놈이 온건하기는 무슨. 아니, 설령 온건하다고 하더라도 이 정도로 위험한 존재라면 상호 이해고 뭐고 없다. 이미 수백 명은 죽고 다쳤을 텐데 타협의 여지가 있을 리가 없지 않은가?

어쨌든 이걸로 마음이 편해졌다.

이 녀석은 반드시 여기서 죽인다.

원래 이런 존재는 죽일 생각으로 상대하는 게 아니다. 육도가 나섰더라도 섬멸보다는 봉인을 최선책으로 움직였을 것이다. 신에 가까운 존재는 약점이 되는 물건이나 인연을 찾아내지 않는 한 멸하기가 불가능에 가깝기 때문이다. 아무리 타격을 준다고 하더라도 그 근원만 살아 있으면 얼마든지 되살아난다.

그러나 유현에게는 퀘이사 에너지가 있었다. 타격만 입힐 수 있다면 확실하게 죽이는 게 가능하다.

—퀘이사 에너지? 뭔지는 모르지만 자신있는 능력이 있나 보군.

유현은 흠칫했다. 사고가 읽혔다? 표면적인 생각만이긴 하지만 정신 방어를 확실하게 하고 있는데도 간단하게 읽히다니, 도대체 어느 정도의 능력을 갖고 있다는 것이지?

콰!

그 순간 신아연이 먼저 공격을 시작했다. 망설임없이 브류나크 M201을 갈겨 버린 것이다.

그녀가 방아쇠를 당기는 것과 거의 동시에, 마치 그녀의 공격 의지 그 자체를 읽어낸 것처럼 이무기의 주변 수분이 반응해서 물의 결계를 둘러쳤다. 하지만 아무리 그래 봤자 마하4로 날아가는 묘르닐은 제3세대 전차의 장갑조차 뚫는다!

그러나 다음 순간 예상외의 일이 일어났다. 물의 방벽을 뚫고 날아간 묘르닐이 이무기를 꿰뚫었다고 생각한 순간, 그의 몸이 무수한 물방울로 변해 비산했던 것이다.

물의 정령도 아닌데 저럴 수 있을 리가? 신아연은 눈을 크게 떴지만 다음 순간 트릭을 간파했다. 바로 옆에서 신기루처럼 이무기의 형체가 나타난다. 물을 이용해서 빛을 굴절, 그녀의 감각을 혼란시켰던 것이다.

—그 무기의 위력은 잘 알고 있노라. 확실히 100년간 인간들은 개미보다는 많은 진보를 이룬 듯하구나.

이무기는 조금 전에 흡수한 요랑의 존재 덕분에 단번에 현대의 지식을 손에 넣은 상태였다. 게다가 신윤범이 가진 현대 주술의 지식 역시 완전히 자신의 것으로 만들었다.

—여흥으로는 괜찮을 것 같군. 어디 한번 죽을 각오로 발버둥 쳐보아라.

쿠쿠쿠쿠쿠!

그의 발밑에서 물이 용솟음치며 그 몸을 들어 올렸다. 그는 떠오르는 격류를 밟고 선 채 자신에게 덤비려는 인간들을 오만하게 굽어보며 말했다.

　─자, 그럼 놀이를 시작하자.

＊　　　＊　　　＊

　한순간 경악으로 움직일 수 없었다. 성아가 정신을 차렸을 때는 의식 공간 일부가 타인에 의해 침식당해 있었다. 그리고 그것은 신윤범이 연결한 텔레파시 채널이었다.

　"이런 이야기였어?"

　"그래."

　의식 공간 속에서 신윤범이 웃었다.

　모든 것은 그의 계획대로 이루어졌다. 요랑의 죽음, 그리고 이무기의 부활까지도.

　그리고 이무기에 의해 그는 신령이 걸어두었던 영혼의 속박으로부터 벗어났다. 지금 그는 신령이 아니라 이무기의 사도로서 자유로워져 있었다.

　동시에 성아는 신관으로서의 힘을 잃었다. 항시 유지되던 신령과 그녀의 연결이 끊어지고, 그로부터 유입되던 능력이 사라진 것이다.

　이무기의 외모와 자신의 내면에 발생한 이상을 근거로 성아는 한 가지 결론을 내렸다.

"이무기는 신령님이야?"

"맞아. 둘은 같은 존재지."

신령과 이무기가 무섭도록 닮은 이유는 그것 외에는 생각할 수 없었다. 물론 지금 모습을 드러낸 것은 이무기의 진신(眞身)이 아니라 화신에 불과하지만, 그렇다고 해도 그것은 둔갑술이나 변신술 같은 조작을 가하지 않은 그 본연의 모습일 것이다. 그런 모습이 이렇게까지 똑같은 것은, 역시 같은 존재라고밖에 할 수 없다.

왜 신령이 안산에 자리 잡고 망혼이라는 조직을 만들었는가?

왜 신령이 스스로를 갖가지 방법으로 속박해 두고 있었는가?

지금껏 갖고 있던 의문이 모두 풀렸다.

신령은 파괴 충동을 가진 이무기의 또 다른 의식일 것이다. 인간으로 말하자면 다중인격이라고나 할까?

어쨌든 그는 인간의 도덕 기준을 적용시켜 볼 때 선(善)에 가까운 인격이어서 스스로의 진신을 어둠 속에 봉하고 화신만을 유지하며 망혼을 만들어 자기 자신을 감시해 왔던 것이다.

그러나 그러한 의도는 어떤 경로로 알았는지는 몰라도 신윤범이 진실을 알고, 그것을 이용할 생각을 품으면서 물거품이 되었다. 아마 그가 신령의 이목을 속일 수 있었던 것도 이무기와 관련이 있을 터.

이제 이무기는 본연의 파괴적인 의식을 일깨우고 안산을 파멸시키고자 한다. 인간을 하찮은 미물 취급하는 그가 인간에게서 자신을 감추고 연옥에서 살아갈 생각을 할 리가 없다. 마음껏 이 세상을 파탄으로 이끌며 천상에 오를 방법을 찾으리라. 모든 이무기의 비원은 결국은 용이 되어 천상에 오르는 것이니까.

그리고 그것이야말로 신윤범이 바라는 미래이리라. 그는 이제 이무기의 신관이 되어 파멸의 사도로서 수천 년 동안 유지되어 온 상식의 세계와 연옥의 장벽을 허물 것이다.

"마음대로 되진 않을 거야."

"한번 막아보렴."

신윤범은 미소 지으며 그녀의 의식 영역에서 물러났다.

*　　　　*　　　　*

쫘르르릉! 쫘릉!

저공비행하는 뇌운(雷雲)으로부터 시퍼런 뇌격이 쏟아졌다. 지상을 달리던 존재들은 뇌격이 발동하기 전부터 전술 예측 마법을 이용, 떨어지는 포인트를 예측하거나 전하를 유도하는 마법을 이용해 다른 곳으로 빗나가게 하면서 적에게 접근하기 위해 애를 쓰고 있었다.

콰콰콰콰콰!

그러나 적의 공격이 뇌격만 있는 게 아니다. 주변에 넘치도록 떠다니는 물방울들이 한곳으로 모이더니 엄청난 압력으로 뿜어져 나왔다. 그 위력이 어찌나 강했는지 아름드리나무 수십 그루가 한꺼번에 베어진다.

그야말로 절세의 보검조차 능가하는 물의 검! 워터 제트는 마법으로도 구현할 수 있지만 이렇게 반경 수십 미터를 쓸어 버리는 정밀한 제어는 불가능하다. 그래야 할 텐데 이무기는 자유자재로 그것을 휘둘러 대고 있었다.

'젠장! 중전차 스타일이다 이건가!'

유현은 신경질을 내며 라이플을 꺼내 마탄술을 퍼부었다. 전방위에서 쏟아지는 라이플 탄환이 이무기를 맹습했지만 그는 유현이 공격 의지를 확정짓는 순간 그것을 캐치, 물과 염동력의 장벽으로 모조리 방어해 내고 있었다.

그 사이사이로 일격의 위력은 월등한 신아연의 공격이 날아들었지만 소용없다. 그녀의 공격 의지 역시 간단히 읽혀서 공격이 허무하게 빗나간다.

"쯧. 어쩔 수 없군."

신아연은 라이플을 집어넣으며 투덜거렸다. 그녀는 진선희를 돌아보며 말했다.

"지금부터 내 정신 제어 코드를 너한테 송신한다."

"정신 제어 코드?"

그 말에 진선희가 깜짝 놀라서 되물었다.

지금 신아연의 말은 진선희에게 자신의 생살여탈권을 맡기겠다는 소리나 다름없었다. 만약 진선희가 정신 제어 코드를 발동할 경우, 신아연은 앉으라면 앉고 기라면 기는 상태가 되는 것이다.

"이제부터 보여주는 것은 제2급 기밀 사항이니까 타인에게 발설하는 일이 없도록. 정신 제어 코드의 발동은 네 자의적인 판단에 맡긴다. 물론 상부에도 실시간으로 전송되니까 허튼짓하지 말고."

신아연은 이유를 설명하는 대신 그렇게 말하고는 텔레파시 채널을 통해 진짜로 정신 제어 코드를 송신해 버렸다. 그녀 자신이 엮어내고 그에 따를 것을 맹세한 코드로, 시간은 24시간 내로 한정되어 있었지만 이걸로 진선희는 얼마든지 신아연을 꼭두각시로 만들 수 있게 되었다.

하지만 그녀는 개의치 않았다. 대신에 의수를 잡고 기묘한 울림이 섞인 목소리로 읊조렸다.

"마인혈(魔人血) 개방."

동시에 하늘에서 섬광이 쏟아졌다.

뿌아아아아아아!

이무기가 장악한 하늘 너머 대기권 위쪽을 떠다니고 있는 육도의 위성으로부터 특수한 주파수로 진동하는 고밀도 마나 파장이 광선의 형태를 띠고 신아연에게로 쏟아진 것이다.

동시에 그녀의 몸에 급격한 변화가 일어났다.

형태 그 자체가 변하는 것은 아니다. 그러나 그녀의 눈이 붉게 물들며 머리카락과 피부에서 색소가 급격하게 빠져나갔다. 은은한 빛을 흘리는 은발 아래로 정말 눈처럼 새하얀 피부, 그리고 그 위로 빛으로 그려진 수많은 선이 달려 복잡한 문양을 만들어냈다.

아니, 그것은 어떤 의미를 갖고 만들어진 문양이 아니었다. 그것은 혈관과 신경 그 자체다! 혈관과 신경을 타고 마법의 빛이 흐르며 그 형질을 변화시킨 것이다.

동시에 그녀의 감각이 무섭도록 가속되기 시작했다. 뇌의 연산 속도가 수백 배로 올라가고 감각의 전달 속도도 한계를 넘어 증가했다.

일반인의 신경 전달 속도는 0.1초가 한계라고 한다. 연옥의 전사들은 다들 그 정도는 우습게 넘지만 신아연의 신경 전달 속도는 지금 그 10만 8천 배에 달하고 있었다.

그것은 일반인보다 10만 8천 배나 반응이 빠르다는 뜻이다. 신아연의 뇌가 명령을 내리는 순간 육체가 곧바로 반응한다.

'마인혈? 저 여자, 마인혈 시술을 받았었나?'

유현은 그녀와는 반대쪽으로 질주하면서 그 모습을 보고 눈살을 찌푸렸다.

육도의 2급 기밀 중 하나, 마인혈 시술.

그것은 초인을 만들기 위한 마법적 수술이다. 유현이 현역으로 뛰던 시절 같은 팀으로 일했던 수라 급 에이전트 중 하나도 저 시술을 받은 이가 있었다.

일단 마인혈이 발동되면 인간의 한계를, 그야말로 단련해서 도달할 수 있는 영역을 완전히 초월한 능력을 갖게 된다. 오버클러킹된 컴퓨터 CPU처럼 뇌의 연산 속도가 수십 배로 올라가서 동일 시간 내에 훨씬 복잡하고 정밀한 마법과 체술을 구현할 수 있으며, 신경 반응 속도 역시 한없이 즉시 반응에 가까운 영역으로 올라간다. 또한 신체 자체의 강도가 엄청나게 올라가기 때문에 그 전투력 증가는 거의 수십 배 이상이라고 봐야 했다.

문제는 마인혈 자체가 고대 수메르의 유적에 남은 신의 피, 정확히는 영웅왕 길가메쉬의 혈흔으로 추정되는 것을 연구해서 만들어졌기 때문에 그만큼 부작용도 있다는 것이다.

마인혈을 발동하면 시간 감각이 남과는 완전히 다른, 무한의 영역 속에 갇히게 된다. 동시에 스스로의 존재감이 어마어마하게 확장되어서 그 직전까지 마음속에 세워놨던 존재의 우선순위가 완전히 무의미하게 된다.

생각해 보라. 인간의 존재감이 개미의 존재감과 똑같이 느껴지게 된다면, 그때 그는 사랑하는 사람을 계속 사랑하는 대상으로 바라볼 수 있을까?

그것이 바로 신이 인간을 미물로 취급하는 이유이다. 인간이 신의 감각을 갖게 되면 그 정신은 광기로 파멸해 갈 수밖에 없는 것이다. 그래서 신아연은 최악의 경우를 상정해서 자신의 정신 제어 코드를 진선희에게 맡겼다.

그녀는 과거의 분쟁 중에 7대세력의 하나인 데스트레자의 전사에게 왼팔을 잃었고, 도저히 회생할 수 없을 것 같은 상태에 빠졌기에 생존을 위해 마인혈 시술을 받았다. 살아남을 확률이 10% 미만인 상황에서 죽지 않고 살아났지만, 그것까지는 유현이 알 수 없는 과거의 이야기이다.

어쨌든 이렇게 된 이상 자신도 전력을 다해야겠다. 유현은 하늘의 왼손을 통해 제어력을 최고조로 끌어올리면서, 안대를 벗었다.

화아아악!

시야가 변한다.

안대를 벗고 힘을 해방하는 것은 정말 간만의 일이었다. 시야가 온통 빛으로 화하여 모든 것의 색깔이 말소된다. 세계의 구성 요소 하나하나, 양자 단위의 움직임까지 모두 빛으로 그려내어 보여주는 듯한 느낌이다.

동시에 어마어마한 힘이 끓어오른다. 유현은 그 힘을 기감과 마력으로 바꾸어 자신이 가진 것들을 강화했다. 주변의 시간이 영원처럼 느려지면서 주변에서 일어나는 나노미터 단위의 분자 운동까지도 세세하게 감지하고 그것을 제어할 수 있게 되었다.

'크윽, 압력이 지난번보다 크잖아!'

해방된 퀘이사 에너지의 압박이 이전보다 거세다. 아마도 얼마 전에 겪은 폭주와 관련이 있는 것 같았다.

─호오, 재미있는 것을 보여주는구나.

이무기는 흥미로워하면서 두 사람을 바라보았다. 그러더니 문득 하늘을 올려다보며 말했다.

─하지만 시간이 됐군.

"뭐?"

유현은 깜짝 놀라서 그의 시선을 따라가 보았다. 그리고 하늘 끝에서 일어나는 일에 경악했다.

"이런!"

용권풍을 따라서 하늘로 말려 올라갔던 물이 상공의 기류를 타고 거대한 흐름이 되어 이동, 다시 용권풍을 타고 쏟아져 내리고 있었다.

마치 하늘과 땅이 서로 손을 뻗는 것 같다.

하늘에서 뻗어 나온 검은 물의 용권풍과 그에 호응하듯 대지에서 일어나는 용권풍, 두 개가 맞닿는 순간 어마어마한 압력이 폭발하면서 근처에 있던 건물들이 폭탄에 맞은 것처럼 박살나 무너졌다. 그리고 충격파에 이어 그 속에 붙잡혀 있던 물이 일거에 해방되며 사방으로 해일을 흩뿌렸다.

콰콰콰콰콰콰!

그것은 진정 신이 내린 재앙이었다.

바닷가도 아니고 도시 한복판에서 하늘을 타고 달려온 물이 내려와 해일이 되다니! 안산 중앙역과 근처 상가 건물들이 충격파에 맞고 유리창이 죄다 깨져 나가며 휘청거리더니 밀려온 물에 휩쓸렸다. 수백, 아니, 수천, 수만 단위의 사람들이 근처에 있다가 목숨을 잃었다.

그 광경을 유현은 망연자실해서 쳐다보고 있었다. 그에게는 모든 것이 빛으로 보였지만, 정보 전달이라는 면에서는 오히려 보통 시각보다 훨씬 더 명료했다.

"이……."

유현은 이성이 확 날아가는 것을 느끼며 이무기를 노려보았다. 하지만 그 순간 이무기가 즐거운 듯이 웃으며 하늘을 손으로 가리켰다.

─제법 볼만한 여흥이지 않느냐? 두 번째도 기대해 보거라.

"뭐라고?!"

쿠르르르릉…….

이번에는 뇌운이다. 안산의 하늘에서 일어난 뇌전, 그것이 지금까지 한 곳으로 몰려서 거대한 뇌운을 이루고 있었다. 중앙역 부근은 해일이 휩쓸고 있었고, 그로부터 수 킬로미터 떨어진 지점을 이제 상상도 할 수 없을 정도로 거대한 뇌격이 강타하려 하고 있었다.

"멈춰, 이 개자식!"

유현은 노성을 지르며 이무기에게 달려들었다. 그러나 그의 검격은 물의 장벽에 가로막혔고, 그 바로 다음 순간 뇌격이 폭발했다.

꽈르르르르릉! 꽈광!

망막을 태울 듯한 섬광이 주변을 휘감았다.

5

신이 인간을 하찮게 여기는 이유는 인간이 개미를 하찮게 여기는 이유와 같다. 그들의 존재는 너무나도 거대해서, 인간은 미생물 정도로밖에 여겨지지 않는다. 인간 수백의 영혼을 모은다 한들 그 크기와 질량은 이무기라는 괴물에게는 도저히 미치지 못한다.

그런데 그런 존재들에 의해 오랜 시간을 갇혀 있었다고 생각해 보라. 만약 사람이 벌레 때문에 죽는다면 사람은 무슨 생각을 할까? 그 개미 한 마리만을 눌러 죽이면 분노가 풀릴까?

이무기의 살의는 인류 전체를 향해 있었다. 정원에 숨어든 독충을 없애기 위해 살충제를 뿌리는 인간처럼.

—하하하하하! 절경이군, 절경이야! 요즘 인간들은 이런 광경을 보고 싶어서 돈을 지불하고 영화관이라는 곳에 간다지? 그런데 그대들은 현실에서 이 광경을 볼 수 있으니 참으로 복받은 인생이구나!

"이… 개자식이!"

유현은 진짜 머릿속의 회로가 타버리는 듯한 분노를 느끼고 있었다. 신윤범에게 열받았을 때도 그게 분노의 한계점이라고 여기고 있었는데 이제 보니 자신의 감정은 생각보다 훨씬 풍부한 모양이다. 설령 자기가 이 자리에서 죽더라도 이 자식은 지옥으로 보내 버려야겠다는 의지가 펄펄 끓어오르는 것을 보니 그런 것이 틀림없다.

방금 전의 뇌격은 지상에 강림한 태양처럼 눈부신 빛을 발하며 안산 시가지를 날려 버렸다. 막대한 양의 전하가 플라즈마화하면서 막대한 열과 충격파를 발산, 중심지를 완전히 초토화시키고 주변을 휩쓸어 버린 것이다.

그래도 처음 예측했던 것에 비하면 가벼운 피해다. 문제는 이미 수만 명이 죽었다는 것이지.

─시간만 있다면 이 도시를 한 번에 빛으로 변하게 만들어 주었을 텐데 아쉽군. 삼세번이라 하였으니 하나만 더 보여주고 그다음부터는 5분 간격으로 한 번씩 볼거리를 마련하기로 하지.

"……."

유현은 더 이상 이무기와 말을 섞을 필요를 느끼지 못했다. 이제는 그저 죽고 죽일 뿐이다. 문답무용. 애당초 말이 통하지 않을 존재라면 말을 나눠봐야 아무런 의미도 없지.

분노를 가라앉히고 머리를 냉정하게 식힌다. 감정에 허비할 여력이 없다. 넘치는 퀘이사 에너지를 잘못 제어했다간 이무기와 똑같은 재앙을 이 자리에 선사하게 될 것이다.

그럼 일단 실험부터 해볼까? 유현은 정련된 살의만을 뿜어내며 방아쇠를 당겼다.

팍!

─아니?!

이무기가 당황했다. 그는 항상 주변의 공격 의지를 감지해내고 있는데, 지금 유현이 공격할 때는 아무것도 느껴지지 않았기 때문이다. 신윤범에게서 흡수한 자율형 방어 주술을 이용해서 막아내긴 했지만 그의 마음이 움직이는 것을 잡아내지 못했다.

유현은 이미 퀘이사 에너지를 약한 파동으로 바꾸어 주변에 흩뿌리고 있었다. 현세의 존재는 퀘이사에 에너지에 잠식당한다. 그러니 아무리 강력한 텔레파시스트라고 할지라도 이 파동 속을 노니는 유현의 마음을 읽어낼 수는 없다.

'접근해서 퀘이사 에너지를 직접 때려 넣는다.'

유현이 다룰 수 있는 기력과 마력을 이용한 기술들로는 신에 가까운 이무기를 본질적으로 해할 수 없다. 화신에게 피해를 주는 것 그뿐이겠지.

하지만 존재를 뿌리부터 잡아먹는 퀘이사 에너지를 대량으로 방출해서 내부에 직접 때려 넣는다면, 신이라고 해도 죽일 수 있다!

유현의 검이 한줄기 빛으로 화해 거대화했다. 길이가 5미터에 가깝게 늘어난 빛의 검으로 이무기가 휘두르는 물의 검을 후려치자 간단하게 끊어내 버린다.

좌아아아아악!

흩어지는 물줄기를 보면서 이무기가 혀를 찼다. 그는 망령화시킨 물의 정령들을 불러내어 유현을 가로막게 했다. 그리고 하늘로 손을 들어 올리며 외쳤다.

─흥! 일단 한번 더 절망을 안겨줘야 정신을 차리겠나 보구나!

상공에서 물줄기가 회전하며 다시금 쏟아져 내린다. 이것이 지상에 닿는다면 또다시 수백, 수천의 인명 피해가 날 것이다.

그러나 다음 순간 놀라운 일이 벌어졌다.

─뭐냐?!

이무기가 경악했다. 하늘에서 용권풍의 형태로 쏟아져 내리던 어마어마한 양의 물이 갑자기 허공의 한 지점에서 홀연히 사라져 버렸기 때문이다.

당황해서 천리안을 발동, 시점을 바꾸어 그 지점을 살펴보니 누군가 공간 한가운데 2차원적인 구멍을 뚫어놓았다. 그리고 바다 한가운데와 연결해 놓은 것이 아닌가? 용권풍의 진행 방향과 바다 한가운데를 잇는 웜홀을 만든 것이다.

─공간을 잇는 술법이라고? 인간이 이런 기술을 쓸 수 있을 리가…….

그 말에 유현은 감각을 확장시켜 난슬의 존재를 잡아내었다. 아무것도 안 하고 있다 싶었는데, 그새 저런 엄청난 술법을 준비하고 있었을 줄이야. 크게 빚 하나 진 기분이다.

"헉헉……."

아무리 공간을 다루는 데 특화된 선술을 익힌 대요괴라고 하더라도 방금 전의 술법은 힘에 부쳤다. 세계의 비밀을 깨달은 대마법사 모건은 약간의 마력으로도 자유자재로 공간을 뛰어넘지만 난슬의 술법은 그와는 효율이 달라도 너무나 다르다. 남은 여력을 거의 다 쏟아부어서 한 번을 성공시켰을 뿐이다.

난슬은 현기증을 느끼며 그 자리에 주저앉았다. 아무래도 망혼에게 연지혜를 살리느라 힘을 퍼붓고 곧바로 날아와서 또 대규모 술법을 사용했더니 힘이 고갈되고 있었다.

그런 그녀의 앞을 성아가 가로막았다. 유현과 신아연, 그리고 진선희를 상대하느라 정신없는 이무기를 대신하여 신윤범이 난슬을 치러 다가왔기 때문이다.

"성아야, 지금 넌 내 상대가 못 돼."

"해봐야 알지. 안 그래?"

"넌… 아니, 됐다. 어차피 다 끝내야 할 일이지."

신윤범은 그녀와 말을 나누는 것을 포기하고 공격용 술법을 사용했다. 이무기의 사도가 된 그는 자신이 가진 힘에 이무기로부터 공급받는 힘이 더해져서 성아가 아는 것보다 훨씬 강해져 있었다.

파칫, 파치치치칫!

두 사람 사이에서 주술력이 충돌하며 스파크가 튀었다.

그에 비해 성아는 신령으로부터 공급받던 힘이 단절된 상황이다. 이무기가 깨어나는 것과 동시에 신관으로서의 권능은 거의 사라지다시피 했다. 천령은 물론이고 평소에 공급받던 특화 능력이나 감각 역시 사라져 있었다.

그러나 성아도 괜히 신령에게 신관으로 선택받은 것이 아니다. 영적 재능으로만 순위를 매기자면 신윤범이 제일 못하고, 그다음이 성아, 그리고 제일 뛰어난 것이 연지혜였다. 여기에 살벌한 전투 훈련까지 마친 성아는 영적 훈련만 받은 신윤범이 얕볼 수 있는 상대가 아니다.

성아는 부적을 띄워 신윤범의 공격에 대응하는 한편 길이 70센티 정도의 짧은 검을 뽑아 들고 달려들었다. 주술만으로 겨룬다면 신윤범에게 이길 수 있을 리 없지만 전술을 바꾼다면 승산이 있다.

"흡!"

그리고 갑자기 그녀가 달리는 궤도를 우회해서 무언가 커다란 것이 신윤범에게 날아들었다. 신윤범은 자율 방어 주술로 그걸 막았지만 기묘한 파장이 퍼지면서 그의 주술력을 무력화시켰다.

"뭐야, 이건?!"

그가 깜짝 놀라는 사이 성아가 무주공산이 된 그의 앞까지 파고들어 검을 휘둘렀다. 신윤범은 아슬아슬하게 피해내고 염동력을 날려 성아를 저지했다.

알았다. 신윤범은 방금 전에 날아든 것의 정체를 파악했다. 지친 난슬이 억지로 힘을 쥐어 짜내어 꼬리를 날린 것이다. 선술의 특화 능력 중 하나인 정화력이 담겨 있었기에 충돌과 동시에 그의 주술 운영에 흐트러짐이 발생한 것이었다.

'골치 아프군.'

성아만 해도 그리 만만한 상대는 아니다. 그런데 난슬의 지원이 더해진다면 이 싸움, 꽤 어려워질 것 같았다.

이무기는 당황하고 있었다.

일단 그를 당황하게 하는 게 신아연이나 진선희는 아니다. 신아연은 인간을 초월한 속도로 움직이면서 총격을 퍼부었지만 공격 의지를 읽어낼 수 있었기에 방어나 회피가 어렵지 않았다.

진선희의 경우는 쥐꼬리만 한 힘으로 그의 감각이나 주술 운용에 혼선을 일으켜 보겠다고 발악하는 게 귀여울 정도다. 그가 정신파로 카운터를 날릴 것을 우려해서 한순간이라도 그와 연결되는 채널이 생기는 것을 피하느라 잔뜩 위축되어 있기까지 했다.

하지만 진유현은 진정 그를 당황스럽게 만들었다.

일단 그의 마음을 읽을 수 없었다. 그가 어느 타이밍에 공격을 가할지, 어떤 전술을 선택할지 전혀 알 수 없었다. 게다가 그에게는 일체의 저주나 주술 공격이 먹혀들질 않는다. 영적인 공격은 그 주변에만 가면 햇살에 눈 녹듯이 스러져 버려서 압도적인 물리력으로 공격할 수밖에 없었다.

그런데 대인용으로 사용할 수 있는 물리력에는 진유현은 완벽하게 대응해 내고 있었다. 이러다가는 이 자리에 도시에 떨어뜨렸던 용권풍이나 뇌격을 떨어뜨려야 할 판이다.

'정말 그래야 하는가?'

그렇게 하면 저 미꾸라지 같은 인간들을 다 죽일 수 있을 것이다. 아무리 방어에 능해도 그 정도로 압도적인 힘이 주변을 휩쓸면, 그것도 폭심지에 가까이 있다면 절대 살아남을 수 없다.

그러나 그것은 그의 자존심이 허락하지 않았다. 고작 인간 따위를 상대로 신통력의 정점을 사용해야만 한단 말인가? 그 정도로 자기가 몰리고 있단 말인가?

그의 심리를 알았다면 유현은 코웃음을 쳤으리라. 시합도 아니고, 서로 죽고 죽이는 싸움에서 고작 자존심 때문에 확실한 승리 수단을 쓰지 않는다니 얼마나 바보 같은 일인가!

유현은 그를 죽이지 위해 모든 수단을 동원할 것이다.

인간의 사념으로부터 태어났으면서 인간을 멸시할 정도로 자라 버린 존재, 그 자리에 있는 것만으로도 자연재해를 일으키는 존재, 그것도 인간에게 명확한 적의를 가진 존재 따윌 살려둘 수는 없다.

이미 너무 많은 사람이 죽었다. 유현 자신보다 훨씬 더 가치있는 인생을 살 수 있었던 밝은 세상의 존재들이.

'용서할 수 있을 것 같냐!'

유현의 분노에 호응하여 그의 마법 포켓에 들어 있던 갖가지 무기들이 튀어나왔다. 마치 수십 명의 병사들이 포진하듯, 총기류와 석궁까지 사출형 무기들이 염동력으로 날아올라 이무기를 향해 집중 포화를 가했다.

─가소롭다!

이무기가 노호성을 지르며 염동력을 발출하자 날아들던 총탄이 모조리 튕겨 나간다. 하지만 그 순간, 그의 정신이 여유를 갖지 못한 한순간을 노리고 날아드는 공격이 있었다.

쾅!

마하4로 날아드는 특수탄은 그의 염동 장벽으로 막아낼 수 있는 게 아니었다. 다소 위력이 죽긴 했지만 그대로 그의 어깨를 꿰뚫고 지나간다.

─감히 미물 주제에!

이무기가 분노했다. 그의 힘이 주변을 닥치는 대로 휩쓸고 지나간다. 요동치는 물방울들이 탄환처럼 전 방위로 발사되었다.

그 거대한 규모 때문에 피할 수는 없었지만, 대신 한 명에게 가해지는 밀도는 낮은 공격이었다. 신아연은 일단 방어하면서 뒤로 물러났지만 유현은 오히려 염동역장으로 그것을 막아내면서 이무기에게로 파고들었다.

—큭!

이무기는 유현이 단숨에 근거리까지 뛰어들자 당황해서 염동력을 발산했다. 인간 하나를 단숨에 박살 낼 수 있는 압력이었지만 유현은 코웃음을 치며 그것을 맞받아쳤다. 퀘이사 에너지가 발산되면서 이무기가 발하는 염동력이 한순간 흐트러지고, 거기에 자신의 염동력을 던져 넣어 상쇄시킨 다음 유현은 그의 코앞까지 파고들었다. 그리고,

파학!

빛의 검이 이무기의 몸을 길게 가르고 지나갔다.

＊   ＊   ＊

사람이 꿈을 꿀 때, 꿈속에서 자신은 세계의 주체이기도 하고 아니기도 하다. 어느 때는 자기 자신이 주인공이기도 하지만 완전히 다른 타인에게 깃들어 그의 시점으로 이야기를 바라보기도 한다.

신이 진신을 놓아둔 채 화신을 만들어내는 일이 그와 같다. 그들에게 있어 화신으로 겪는 일은 리얼함이 좀 지나친 꿈에 지나지 않는다.

그러니까 화신이 죽는다 한들 그들은 죽지 않는다. 인간이 악몽 속에서 살해당해도 컨디션이 나빠질 뿐, 진짜 죽지 않는 것처럼.

이놈은 절대 이걸로 끝나지 않는다.

유현은 그 사실을 확신하고 있었다. 그렇기에 이무기의 몸을 완전히 갈라 버렸음에도 불구하고 곧바로 뛰어들어서 그 머리를 붙잡으려고 했다. 이 일격은 무한에 가까운 생명력으로 견뎌내고 상처를 복원할 수 있을지 모르지만, 머리나 심장을 붙잡고 퀘이사 에너지를 직접 때려 넣으면 확실하게 죽일 수 있다.

그러나 막 머리를 잡으려는 순간, 이무기 주변의 공간이 폭발했다. 대기가 급격하게 진동하면서 충격파가 발생, 유현을 밀어낸 것이다.

동시에 유현은 보았다.

"이런⋯⋯!"

등줄기를 타고 차가운 기운이 달려가는 것이 느껴진다.

한순간 이무기의 몸을 감싸면서 거대한, 너무나도 거대한 그림자가 출현했다. 길이가 백 미터를 넘는 거대한 뱀의 모습을 하고 있는 그것은 분명히 이무기의 진정한 모습이리라.

쿠쿠쿠쿠쿠!

그림자 속으로 이무기의 화신이 녹아들어 사라졌다. 그리고 날뛰던 물줄기가 그곳으로 집결하며 거대한 소용돌이 기둥을 만들어낸다. 그 속에서 거대한 존재감이 구축되는 것을 유현뿐만 아니라 이 자리의 모두가 느끼고 있었다.

"승기를 놓쳤군."

유현이 심각하게 중얼거리고는 입술을 깨물었다.

그럴 수밖에 없었다. 인간 형태를 한 화신은 능력의 규모는 크지만 상대하기 어렵지 않은 존재였다. 아무리 능력의 규모가 크다고 하더라도 인간 하나를 상대로 할 때 집중할 수 있는 힘의 크기는 한계가 있는 법이다. 그렇기에 대인 전투력만으로 따지자면 육도의 천상 계급도 수라 계급과 큰 차이가 없다고 하는 것이다.

그러나 적이 몸길이 140미터짜리 괴수라면 이야기가 달라진다. 일단 이쪽에서 아무리 열심히 공격해 봤자 이쑤시개로 몸 여기저기를 찌르는 정도의 효과밖에 나지 않는데, 저쪽은 그냥 드러누워서 뒹굴기만 해도 재앙에 가까운 파괴력을 발휘할 수 있다.

"재해 구속 결계 발동!"

그때 신아연이 하늘을 향해 손을 뻗으며 소리쳤다. 그러자 먹구름 저편에서 섬광이 쏟아져 이무기의 본체가 구축되고 있는 물기둥을 덮쳤다.

키기기기기깅!

기계적인 구동음과 함께 반경 수백 미터에 걸쳐 다차원 감응 결계가 구축되었다. 이 결계는 육도의 위성에 비장된 것으로 오로지 재해 급 요괴를 가두고 봉인할 때만 사용하는 것이다. 하지만 봉인 단계로 이행하려면 적어도 수백 명 단위의 서포트 마법사와 그것을 다루는 대마법사 급 역량의 술사가 필요하다. 지금은 가두는 것이 고작일 것이다.

크아아아아아!

물의 회오리를 산산이 흩어버리면서 이무기의 진신이 모습을 드러냈다. 길이가 140미터에 달하는 거대한 흑자색의 뱀.

보는 것만으로도 전율이 일어난다. 철저하고 비인간적인 훈련으로 두려움이라는 감정이 거의 사라진 전투 기계라고 해도 이런 것에 맞서면서 동요하지 않을 수는 없으리라.

고작 인간이, 정말 그에 비하면 개미로밖에 보이지 않는 존재 몇몇이 모여서 이런 것을 죽인다는 게 정말 가능한 일인가? 개미가 코끼리를 죽일 때는 수백만 마리가 모여들지만, 지금 이 자리에 있는 것은 고작 네 사람뿐이다.

'그래도 해야지.'

유현은 떨리는 몸을 진정시키고자 심호흡을 한다. 의기강체술을 이용, 신체의 반응을 약간의 고양감, 육체가 빠르고 강하게 반응하기에 최적인 상태로 조절하고는 이무기를 올려다본다.

공격은 갑작스러웠다. 그러나 그 덩치가 너무나도 크기에 전혀 그렇지 않아 보였다.

쿠구구구구구구!

거대한 꼬리가 그 자리를 휩쓸고 지나갔다. 이무기는 갑작스럽게 몸을 틀며 꼬리를 날린 것이지만 보고 있는 입장에서는 그 꿈틀거림이 전부 눈에 보일 수밖에 없었다. 너무나 거대하니까.

그래서 그 움직임을 예측하는 순간 유현은 땅을 박차고 하늘로 날아올랐다. 단 한 번 도약했을 뿐인데 증폭된 신체 능력이 그의 몸을 로켓처럼 발사한다. 내장이 짓눌릴 것 같은 중압이 걸리면서 그의 몸이 지상 40미터 지점까지 솟구쳐 올랐다.

카아아아아!

이무기가 즉시 입을 벌리고 독의 숨결을 토했다. 흑자색의 안개가 그 자리를 덮치는데, 이건 진짜 피할 길도 없었다. 있다면 원추형으로 발사되고 있으니 최대한 발사 시점에 가까이 가서 뒤로 돌아가는 방법뿐.

유현은 주저없이 그 방법을 선택했다. 마법을 사용, 능공허도(凌空虛道)의 수법으로 허공을 딛고 달려서 이무기의 코앞까지 접근한다. 그리고,

쾅!

유현과 똑같은 수법으로 접근한 신아연이 위쪽에서 브류나크 M201을 갈겼다. 마하4의 특수탄이 이무기의 강철 같은 피부를 꿰뚫고 박히면서 피가 확 튄다.

'…젠장. 티도 안 나잖아.'

인간을 상대로 쐈다면 산산조각 낼 수 있는 위력이었는데 워낙 거대한 이무기다 보니 전체 크기에 비해 보이지도 않는 작은 구멍이 뚫렸을 뿐이다. 실제로 이무기도 별로 고통스러워하지도 않는 것 같았다. 사람이 가시를 밟고 따가워하는 수준이랄까?

이래서야 화기로 때리는 것은 의미가 없겠다. 게다가 이무기는 가까이 온 날파리들에게 원시적으로 입을 갖다 대는 대신, 주변의 수분을 조절, 거대한 물방울들을 만들고 그것을 탄환처럼 쏘아내기 시작했다.

"이크!"

유현과 신아연은 일단 지상으로 내려서서 그것을 피했다. 아무래도 허공에서는 움직임이 많이 제약되기 때문이었다.

—다른 무기 없나?

유현이 신아연에게 물었다.

—차라리 네 칼이 잘 먹힐 것 같군. 내가 가진 개인 화기 중에는 이게 최고야.

신아연이 대답했다. 진유현은 기운을 모아 거대한 빛의 검을 만들 수 있었다. 개인 화기로 쏘는 것보다는—물론 브류나크 M201은 대전차 라이플이 우스운 위력과 반동을 자랑하는 물건이다—차라리 접근해서 이걸로 때리는 게 낫겠지.

—하지만 위성병기는 있지. 마법사들에게 별로 여력이 없는 것 같긴 하지만 두 발 정도는 쏠 수 있어. 단, 그럴 경우 결계의 지속 시간이 급격히 떨어진다.

—몇 분 정도지?

유현은 분 단위로 물었다. 원래 수백 명이 모여서 제어해야 하는 다차원 감응 결계를 수십 명이서 제어하고 있으니 시간이 그리 길지 않을 것이다.

—앞으로 6분 20초 정도. 만약 공격을 가할 경우 예상 시간은 2분 정도 격감한다.

—쏘도록 해. 일단 데미지를 주도록 하지.

두 사람은 텔레파시 채널로 대화를 나누면서 다시 몸을 날렸다. 이무기의 꼬리가 지상을 쓸고 지나갔기 때문이다. 산을 통째로 훑어버리는 듯한 공격이 이어지니 피하기에 급급하

다. 게다가,

쿠구구구…….

'설마 저놈이 여기다가 용권풍을 떨어뜨릴 생각인가!'

시간이 지나는 동안 이무기의 대규모 파괴 술법이 완성되어 용권풍이 이 자리를 노리고 있었다. 이무기 자신은 용권풍을 떨어뜨려도 얼마든지 버틸 수 있는 계산일 것이다.

유현은 일단 마법 포켓에서 여섯 자루의 검을 끄집어내어 허공에 던져 놓았다. 그리고 그 모두에 한계치까지 마력을 부여하자 허공에 여섯 개의 거대한 빛의 검이 나타난다. 유현은 일단 그것을 이무기를 향해 날렸다. 서로 다른 포인트를 노리고 직각기동하면서 날아가는 그 검의 운용은 절묘하게 이무기의 사각을 찌른다!

일단 유현은 그나마 약해 보이는 부위인 눈을 노렸다. 그러나 머리만은 철저하게 보호하고 있는지 가까이 가는 순간 휘둘러지는 물의 칼날과 충돌해서 튕겨 나온다.

콰가가각!

그래도 몸통 부위에는 먹혔다. 140미터짜리 이무기도 길이가 3미터에 달하는 빛의 검이 몸속에 깊숙이 쑤셔져 들어가자 통증이 느껴지는 모양이었다.

카아아아악!

이무기가 비명을 지르며 몸을 뒤틀었다. 유현과 신아연, 진선희는 그로부터 몸을 피하느라 정신이 없었다. 그리고 그동안에도 상공에서 형성된 용권풍이 서서히, 너무 느린 게 아닌가 싶은 속도로 이곳으로 떨어진다.

쿠구우우우우!

그 순간 유현이 있는 자리로 바람이 몰려들더니 허공에서 뻗어오는 용권풍에 호응하는 또 다른 용권풍이 되었다. 유현은 아차 했지만 그때는 이미 용권풍에 휘말려 몸이 허공으로 떠버린 후였다.

'큭, 당했다!'

고통에 몸부림치면서도 이런 정밀한 공격을 해오다니, 덩치가 커져서 섬세함은 떨어질 줄 알았는데 터무니없는 오산이었다.

이대로라면 죽는다! 엄청난 압력으로 그의 몸을 흔들어대는 바람 속에서 유현은 퀘이사 에너지를 최대한 끌어내어 마력과 기감으로 변환시켰다. 용권풍이 서로 맞닿아 폭발하기 전에 어떻게든 빠져나가야 한다!

그러나 그가 그렇게 생각했을 때 하늘과 지상의 용권풍은 이미 서로 맞닿고 있었다.

콰아아아아아아아!

응축되었던 기류가 단숨에 폭발하며 엄청난 충격파가 주변을 휩쓸었다.

6

죽음이란 무엇일까.

지금껏 살아오면서 몇 번이고 죽음을 실감했다. 동시에 더더욱 강해져 가는 삶의 리얼리티 속에서 인간을 잃었다. 나는 살아 있는데, 이렇게 확실하게 살아 있는데 왜 이 세상은 색을 잃어가는 걸까. 마치 이미 파멸해 버린 후의 잔영처럼.

선명한 색깔이 넘치는 세상의 양지를 동경했다. 그러나 자신이 결코 그곳에 섞일 수 없는, 돌이킬 수 없이 고장 나버린 존재라는 사실도 잘 알고 있었다.

그러니까 어느 날 갑자기 삶이 끝나 버려도 아쉽지 않아. 죽음이 손을 뻗어온다면 최선을 다해 저항하겠지만, 설령 그 싸움에서 져서 죽음에 지배당하게 된다고 해도 후회하진 않는다. 이미 아쉬운 일들은 다 끝나 버렸으니까.

눈을 떴을 때는 저승일 거라고 생각했다. 그렇지 않으면 온통 빛으로 그려진 세상 속에서 넘실거리는 아름다운 꼬리의 존재를 이해할 수 없었으니까.

하지만 그것도 잠시, 전신을 엄습하는 격통 때문에 유현은 자신이 아직 살아 있다는 사실을 깨달았다.

"큭, 무의식중에 막긴 한 건……."

뚝.

유현은 말을 끝까지 잊지 못했다. 쓰러져 있던 그의 볼에 허공에 떠다니는 물방울과는 분명히 다른, 끈적끈적한 피 한 방울이 떨어져 내렸기 때문이었다.

뚝.

또 한 방울의 피가 떨어진다. 피비린내 대신 꽃향기 같은 향기가 나는 그 피는 마치 인간의 것처럼 붉었다.

"너……."

유현은 잠시 동안 말을 잃었다.

난슬이 피투성이가 된 채 그의 앞을 가로막고 서 있었다.

마치 자식을 지키려는 어미처럼 양팔을 벌린 그녀의 꼬리가 거대하게 확장된 채 흔들린다. 그녀가 구미호로서 지닌 힘의 정수인 그것들은 지금 급격하게 힘을 잃고 먼지로 화해 흩어지고 있었다.

유현은 그 현상이 갖는 의미를 모를 정도로 바보가 아니다.

난슬은 죽어가고 있었다.

"왜 이런 일을……."

유현은 도저히 이해할 수 없다는 듯 물었다.

그래, 이해할 수 없다. 도대체 왜 이 녀석이 힘도 부족한 주제에 무리해서 자기를 감쌌는지, 그리고 400년 수련을 헛되이하고, 그 장구한 세월 동안 추구해 왔을 천상으로의 꿈조차 포기하고 고작 이렇게 망가져 버린 인간을 살린 것인지…….

"헤헤."

난슬은 피가 흐르는 얼굴로 웃는다.

한쪽은 녹회색, 한쪽을 청회색을 띤 그녀의 눈동자가 지금은 초점을 잃고 흔들리고 있었다. 필시 시력에 문제가 생긴 것이리라. 그녀는 바로 앞에 있는 유현조차 똑바로 보지 못하고 힘겹게 손을 뻗어 허공을 더듬었다. 그녀가 겨우 유현의 얼굴을 잡았을 때, 뒤쪽에서 굉음이 터졌다.

파지지지지직!

동시에 주변이 섬광으로 물든다. 그 빛을 타고 퍼져 가는 압도적인 마력파장에 유현은 신아연이 위성병기를 이무기에게 쏘았다는 사실을 알 수 있었다. 이무기의 몸을 꿰뚫는 거대한 스파크 속에서 고막을 찢을 듯한 비명이 울려 퍼진다.

그러나 그 속에서도 난슬의 목소리는 똑똑히 들려오고 있었다.

"나… 은혜 갚은 걸까?"

"이 멍청한 녀석아, 왜 그런 거야?"

모르겠다. 정말 이 녀석이 왜 그런 건지. 그렇게 생각하던 유현은 눈앞이 흐려지는 것을 보며 깜짝 놀랐다.

뭐야, 이건?

설마… 지금 내가 울고 있는 건가?

"응. 하지만 너한테 은혜 갚겠다고 했는걸."

이렇게 바보 같은 말만 계속하는 녀석 때문에 내가 울고 있다고?

눈물 따위, 잃어버린 지 오래라고 생각했다. 감동을 느낄 마음 따위, 완전히 부서져 버려서 어떤 일을 겪든 간에 그에 대한 감정은 내면의 황무지 속에서 떠돌다가 아사해 갈 뿐이었다.

그러나 지금은 눈시울이 뜨거워지는 것을 주체할 수 없다. 세상의 파멸이 다가오고 있는데도, 그것을 막기 위해서라면 자신의 목숨을 탄환으로 쓰는 것도 주저하지 않겠다고 생각했는데도, 고작 한 존재를 위해 우는 것을 멈출 수 없었다.

"그리고 나… 네가 좋았어. 왠지 내버려 둘 수가 없어서."

난슬은 유현과 겨우 눈을 맞추며 웃었다. 그 순간 유현은 그녀가 자신의 내면으로 들어오는 것을 느꼈다. 단 한 번도 인간 외의 존재를 신뢰해 본 적이 없는 유현이었지만, 이 순간만큼은 너무나도 무방비하게 그녀에게 마음속을 내주었다.

어둡고 황폐한 사막 속을 홀로 헤매는 무력한 어린아이. 단 한 번의 선택으로 오아시스 없는 영원한 황야를 헤매고 된 소년은 눈물조차 말라 버린 지 오래였다. 커다란 여우귀와 아홉 개의 꼬리를 가진 소녀는 그런 그를 끌어안으며 말했다.

"안 어울리니까 울지 마아."

"시끄러워, 이 멍청아."

"언제나처럼 밉살맞은 말이나 해. 그리고… 웃어."

난슬은 그렇게 말하며 스르르 무너져 내렸다. 유현은 깜짝 놀라서 그녀의 몸을 받치려고 했지만, 다음 순간 몸을 엄습해 오는 강렬한 반동이 있었다.

'이건……!'

먼지가 되어 스러져 가던 난슬의 꼬리가 그의 주변을 휘감고 강렬한 추진력을 만들어냈다. 유현은 난슬이 쓰러지는 것과 동시에 하늘로 쏘아져 올라갔다.

'넌…….'

정말로 바보 같은 녀석이구나. 이야기 속의 주인공들처럼 긴 유언 정도는 늘어놓았으면 좋았을 텐데. 설령 그로 인해 내가 죽고, 세상이 파멸한다 할지라도… 나는 기꺼이 너의 목소리에 귀를 기울였을 텐데.

눈물 때문에 시야가 흐려졌지만 상관은 없다. 지금 몸이 쏘아져 가는 곳이 어디인지 확인할 것도 없이 알 것 같다. 난슬이 마지막 힘을 다해 한 일이니만큼 확실할 것이다. 아무런 근거도 없지만 그렇게 믿는다.

온통 빛으로 그려진 세계 속에서 유현은 이무기의 존재, 그 중심을 이루는 요력의 핵을 찾아내고 있었다. 난슬은 유현의 마음을 읽어내고 마지막 힘으로 그 지점을 향해 그의 몸을 날려 보내주었다.

검을 쥔 손에 힘이 들어간다. 유현은 마력을 조작해서 주변에 방어 결계를 둘러쳤다. 그 위로 이무기의 염동력과 물 공격이 쏟아졌지만 모조리 막아낸다. 아니, 일부는 결계를 뚫고 유현의 몸을 찢었지만 상관없다.

더 큰 힘이 필요해. 세상이 끝나 버려도 좋으니까 이 순간 내게 힘을 다오. 나의 영혼을 먹어도 좋으니 기적을 일으킬 힘을 다오!

힘을 갈망하며 왼쪽 눈을 통해 들어오는 힘의 출력을 더더욱 높인다. 감당할 수 없을지도 모른다. 지금 이 공격을 마치는 것과 동시에 자기 자신조차 집어삼켜질지도 모른다.

그래도 좋다.

이 공격만은, 죽어도 성공시킨다!

"하아아아아!"

기합과 함께 유현의 몸이 한줄기 유성이 되어 이무기의 아가리에 꽂혔다. 강철 같은 비늘 피부가 종잇장처럼 찢어지면서 그 몸을 입 안으로 들여보낸다. 그리고 그 기다란 혀를 검이 가르는 것을 느낀 순간, 유현은 이때까지 다른 힘으로 변환하지 않고 응축해 두었던 퀘이사 에너지를 단숨에 해방시켰다.

콰아아아아!

그의 영혼마저 불태울 듯한 기세로, 아득한 우주로부터 날아온 빛이 뻗어 나갔다.

＊　　　＊　　　＊

천 년의 꿈이 사라지면 꿈을 꾸던 이는 어디로 가야 할까.

성아는 어둠 속에서 희미한 잔향처럼 울려 퍼지는 목소리를 들었다. 어딘지 모를 어둠 속에서 그녀는 자신의 앞에 선 존재를 바라보았다.

너무나도 익숙하고 그녀의 인생과 결코 떼놓을 수 없는 존재인 신령이 서 있었다. 안산을 괴멸 직전까지 몰아넣은 이무기 본인이며 또한 타인이기도 한 그는 희미한 미소를 지은 채 자신의 종복을 바라보며 입을 열었다.

—그동안 수고했다, 나의 종복이여. 너에게 자유를 명하노라.

성아는 당황하거나 그에게 매달리지 않았다. 그가 없는 세상, 의무없는 삶 따위 생각해 본 적도 없었건만 왠지 이 순간만큼은 그가 그런 말을 하는 것을 당연하게 느꼈다.

이것으로 마지막이다.

그와 연결되어 살아온 존재로서 본능적으로 그것을 느꼈

기 때문일까.

그녀는 말없이 단정하게 자리를 잡고 그에게 큰절을 올렸
다. 영혼 속에 자리 잡았던 그와의 연결이 사라지며, 그의 모
습이 미소 짓는 표정 그대로 어둠에 녹아들듯이 사라져 갔다.

천 년의 꿈이 덧없구나. 인간이여, 우리를 낳은 부모여, 결
국 아무것도 이루지 못했도다.

그는 모두 다 부질없다는 듯 읊조리며 빛의 입자가 되어 사
라져 갔다. 그리고 성아는 그가 마지막으로 자신을 지켜주었
다는 사실을 알고 한줄기 눈물을 흘렸다.

"재미없는 결말이야."

어둠이 걷히고 주변 풍경이 현실로 돌아왔을 때, 그 앞에는
신령 대신에 신윤범이 있었다. 신령이자 이무기인 존재는 방
금 전의 폭발로부터 자신의 종복은 물론이고 배신자까지 함
께 지켜준 것이리라.

현실로 돌아온 그들이 본 것은 몰아치는 폭풍 속에서 일어
나는 장대한 빛의 군집이었다. 140미터에 이르는 이무기의
거대한 몸체가 모두 빛의 입자로 화해 허공으로 흩어지고 있
었다.

모든 것이 끝났다. 도대체 무슨 수를 썼는지는 몰라도 진유
현은 거대한 재앙 같던 존재인 이무기를 죽이는 데 성공한 것
이다.

불안정해졌던 대기가 급격히 안정을 되찾으면서 난동을 부리던 하늘이 얌전해져 간다. 피부를 꿰뚫을 듯 쏟아지던 빗방울이 점차 부슬비로 변해가고 그 대신 하늘로 퍼져 갔던 빛의 입자들이 하늘거리며 내려온다.

그 경이로운 광경을 홀린 듯이 바라보던 성아는 문득 정신을 차리고 신윤범을 바라보았다.

"이제 오빠에게는 아무것도 없어."

"글쎄."

신윤범은 쓴웃음을 지으며 그녀의 시선을 마주했다.

성아는 더 말이 필요 없다는 듯 손을 들어 주술의 인(印)을 맺었다. 서로 힘을 제공해 주는 상대가 사라진 이상 조건은 대등하다. 무슨 일이 있어도 이 자리에서 신윤범을 잡고야 말겠다.

그런 그의 옆으로 마인혈을 발동시킨 상태인 신아연이 다가와 섰다. 그 옆으로 진선희가 비틀비틀 따라 걸어온다.

"이 녀석, 안 죽이고 생포해 갔으면 싶은데."

비인간으로 변모한 그녀의 목소리에는 섬뜩한 울림이 섞여 있었다.

"뭐라고요?"

"아무리 봐도 이번 일은 이 녀석 혼자 벌일 만한 일이 아니야. 뒤에 거대 조직의 조작이 있다고 판단된다. 육도에서 이 녀석의 신변을 확보하도록 하겠다."

"그게 말이 된다고 생각해요?"

성아가 기가 막혀서 따지고 들었다. 하지만 신아연은 섬뜩한 붉은 눈으로 그녀를 바라보며 되물을 뿐이었다.

"안 된다고 생각하면 어쩔 거지?"

"그……."

"당신에게 선택권은 없다. 미안하지만 지금 나는 인간적으로 당신을 대접해 줄 수 있는 상태가 아니야. 만약 당신이 내 판단을 수행하는 데 장애가 된다고 판단한다면 당신을 죽일 것이다. 이건 협박이 아님을 명확히 하지. 분명히 나는 그렇게 할 것이라는 것을 알려주는 것뿐이다."

전투기계로서의 성격이 극대화된 마인혈 발동 상태의 신아연의 행동에 인간적인 감정이 개입될 여지는 없다. 만약 성아가 그녀를 막으려고 든다면, 그 순간 그녀는 성아를 죽일 것이다.

성아는 그녀의 경고가 진실임을 깨닫고 입술을 깨물었다. 신령의 가호가 없어져 힘이 격감한 지금, 자신이 그녀와 싸워서 승리할 가능성은 없다. 게다가 저 상태에서 보여준 전투 능력으로 보건대 한순간에 살해당할 것이다.

그때였다. 신윤범이 어깨를 으쓱하며 말했다.

"정말 당사자가 멀쩡히 앞에 있는데 북 치고 장구 치고 잘

들 하시는군요?"

"아, 그렇군."

순간 신아연의 몸이 탄환처럼 쏘아져 나갔다. 인간의 동체 시력으로는 잡아낼 수 없는 속도로 신윤범에게 접근, 그의 뒤통수를 때려서 기절시키려고 한다. 신윤범은 그녀가 자신의 바로 곁에 다가올 때까지 그 움직임을 인식조차 하지 못했다.

투학!

그러나 신아연의 공격은 저지되었다. 갑자기 신윤범의 옆, 허공에서 한 자루 새카만 검이 튀어나오더니 그녀의 팔을 튕겨낸 것이다.

투명술로 그곳에 몸을 감추고 있던 존재가 환상처럼 스르르 모습을 드러냈다. 새카만 나노 소재의 방탄복으로 전신을 감싼 자였다. 건장한 체격으로 남자임을 짐작할 수 있을 뿐, 새카만 헬멧을 쓰고 있기 때문에 얼굴마저도 보이지 않는다.

"데스트레자인가?"

신아연의 목소리에 으르렁거림이 섞였다.

상대방이 취한 자세는 스페인에 본거지를 둔 세계 7대세력 중 하나, 데스트레자 특유의 검술 자세 바로 그것이었다. 기하학에 기반한 이성적 검술의 극의를 추구한 끝에 연옥의 강호로 떠오른 그들은 검투에 있어서만은 다른 조직들을 압도한다. 마이스터 칭호를 받을 정도가 되면 순수한 검술만으로도 요괴를 격살할 수 있다고 할 정도였다.

그리고 그런 데스트레자의 마이스터야말로 신아연에게는 생애 가장 불쾌한 기억으로 남아 있는 존재였다. 인성이 휘발된 마인혈 발동 상태에서도 트라우마로 남은 기억만큼은 쉽사리 사라지지 않고 영향을 행세한다.

"데스트레자는 아닙니다. 뭐, 전에 거기 소속이었던 분이라곤 합니다만."

신윤범이 오해하지 말라는 듯, 침묵하고 있는 검사를 대신해서 설명했다. 그리고 성아를 바라보며 말을 이었다.

"내 배경은 이무기 하나만이 아니라서 말야. 유감스럽지만이 자리에서 네 손에 죽어줄 수는 없을 것 같다. 다음에 만날날을 기대하마."

웃으면서 몸을 돌리는 그를 성아는 그저 바라보고만 있을수밖에 없었다.

하지만 신아연은 아니었다. 그녀는 주저없이 달려들었지만 그 순간 데스트레자의 검사가 그 앞을 가로막았다. 그녀의 움직임을 예측하고 돌격궤도에 검격을 날린다. 새카만 선으로밖에 보이지 않는 검격에 신아연의 움직임에 제동이 걸리자 곧바로 발차기, 그것을 받아내고 반격에 들어가려고 했지만 이쪽의 호흡을 읽은 것처럼 물 흐르듯이 팔꿈치가 날아들고, 약간 거리가 벌려졌다고 생각한 순간 엄청난 속도로 검격이 쏟아진다.

육체 능력에서는 압도적인 신아연도 완전히 타이밍을 빼앗긴 상황에서는 밀려날 수밖에 없었다. 그리고 마음껏 검격을 펴부은 검사가 뒤로 빠지는 순간 마검 술식이 발동, 그가 휘두른 검격의 궤적으로부터 빛의 칼날이 쏟아져 신아연을 난도질했다.

"이런 젠장!"

신아연은 그 모든 것을 막아냈지만 그래도 뒤로 밀려나는 것만은 어쩔 수 없었다. 근접 격투 능력에는 자신이 있는 그녀였기에 이 짧은 교전으로 자존심에 금이 갔다. 그녀는 마법을 발동시키며 상대방이 지배하는 공간 안으로 뛰어들었다.

파학!

"커… 헉!"

그러나 그 순간 그녀의 등 뒤로부터 마술처럼 솟아난 칼날이 몸통을 꿰뚫었다. 마인혈을 발동해서 극도로 예민하게 공간 내의 움직임을 파악하고 있는 그녀는 물론, 이 자리에서 그 존재를 알아차린 사람이 아무도 없었다.

"하여튼 이놈의 마인혈, 스펙만 잔뜩 올려놓지 대가리가 맛이 가니 쓸모가 없군."

껄렁한 말투로 내뱉으며 투명술을 풀고 모습을 드러낸 것은 동양인 남자였다. 헝클어진 머리칼을 어깨까지 거칠게 기르고 턱에는 수염이 까칠하게 자라난 거친 인상의 소유자다.

"쉐, 쉐도우 머더러 정도일?"

신아연이 믿을 수 없다는 듯 중얼거렸다. 육도의 전설적인 수라 급 에이전트였던 쉐도우 머더러 정도일, 그가 이 자리에 나타나서 자신을 공격하다니!

"오랜만이야, 신아연 요원. 뒈지지 않길 빌겠어."

그는 그렇게 말하며 검을 쥐지 않은 반대쪽 손으로 신아연의 등에 일장을 때려 넣었다. 폭음이 울려 퍼지며 신아연의 몸이 날아가 버렸다.

"흠. 저 녀석도 꽤 쓸 만한 녀석인데 말야. 대마법사의 마법쯤 되니 마인혈의 감각조차 쉽게 속이는군."

그는 자신의 몸에 걸린 은신의 술법을 살펴보며 휘파람을 불었다.

원래 은신술에 있어서는 육도 최고라 불렸던 그지만 대마법사 모건이 걸어준 마법은 놀라울 정도의 효과를 자랑했다. 분자 단위의 움직임마저 잡아낼 수 있다는 마인혈의 감각을 이렇게 쉽게 속이다니. 그렇지 않았다면 그는 몰라도 데스트레자의 검사는 신아연의 이목을 피하지 못했을 것이다.

"그럼 가볼까. 그쪽 아가씨들, 별로 죽일 마음은 없으니 움직이지 마."

정도일은 성아와 진선희를 보며 히죽 웃었다. 그것은 동시에 허튼짓을 하면 죽이겠다는 경고이기도 했다.

방금 전 신아연이 어처구니없이 당한 것을 본 두 사람은 손끝조차 움직일 수 없었다. 그런 그녀들의 앞에서 정도일은 그녀들이 서 있는 곳 너머, 진유현이 쓰러져 있는 곳을 잠시 응시하곤 피식 웃었다. 그리고는 품에서 달걀형 마법 도구를 꺼내서 마력을 불어넣었다.

우우우우우웅······.

그들의 주변 공간이 봄날 아지랑이처럼 일그러지기 시작했다. 대마법사 모건의 장기, 공간 도약 마법이 시전되고 있는 것이다. 모건 본인이 직접 사용하는 것이 아니라 먼 거리를 도약할 수는 없지만 일단 5킬로미터 떨어진 지정 포인트까지는 이동할 수 있다. 그 후에는 준비해 둔 방법을 이용해 본거지로 향하면 된다.

"그럼 아디오스."

정도일은 누구에게랄 것도 없이 그렇게 인사하고는 검은 검사 신윤범과 함께 일그러진 공간에 녹아들 듯 사라졌다. 남겨진 두 사람은 그들이 사라진 자리를 멍청하니 바라보고 있을 뿐이었다.

*   *   *

대지를 촉촉이 적시듯 하늘거리며 떨어지는 빛의 입자들 사이에서 유현은 정신을 잃고 쓰러져 있었다. 죽은 듯이 쓰러진 그의 옆에는 털이 하얀 여우 한 마리가, 기이하게도 두 개의 꼬리를 축 늘어뜨린 채 가늘게 숨을 쉬고 있었다. 마치 둘이 함께 꿈을 꾸는 것처럼.

〈제3권 끝〉

War Mage

워메이지

김재한 퓨전 판타지 소설

사람들이 인식하는 상식의 세계 이면,
짙은 어둠이 드리워진 그곳에 사는 괴물들이 있다.

문명이 드리운 그림자 속에서, 전투기계들과
인간의 사념으로부터 태어난 마물들이 격돌한다.
마법과 주술이 난무하는 초현실적인 전장,
소년은 그곳에 서는 대가로 인생을 잃었다.
운명의 노예가 되어 가족과 인성을 잃어버린 소년, 진유현.

총염(銃炎)과 검광(劍光)이 뒤얽히는
어둠의 거리에서, 운명의 족쇄를 끊고 나온
소년의 눈이 살의를 발한다.

유행이 아닌 자유추구 -
WWW.chungeoram.com
Book Publishing CHUNGEORAM

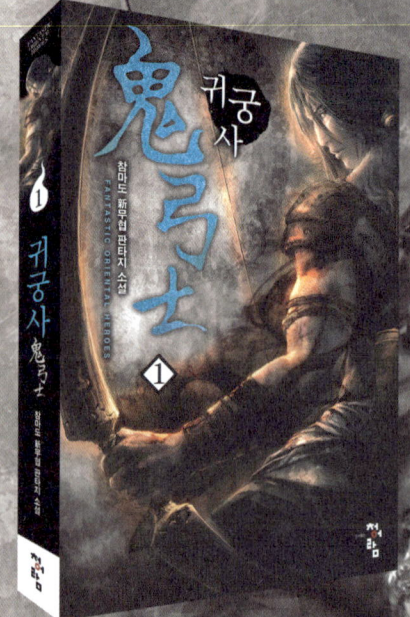

鬼弓士

귀궁사

참마도 新무협 판타지 소설

참마도 작가!! 그가 『무사 곽우』에 이어
다섯 번째 강호 이야기를 새롭게 풀어내다!!

"길의 중앙에서 멋지게 서서 당당히 걸어가래.
사람으로 태어난 이상 그 누구도 당당하게 살아갈 권리는 있다고 말이야."

단야의 오른손이 꽉 쥐어졌다. 별것도 아닌 말이다.
하나 이토록 마음에 남는 소리는 없었다.
사람으로 태어나서……

요물, 괴물.
나이를 먹지 않는 월홍과 얼굴이 징그럽게 망가진 단야.
그들 앞에 펼쳐진 강호란……!

유행이 아닌 자유추구 -
WWW.chungeoram.com
Book Publishing CHUNGEORAM

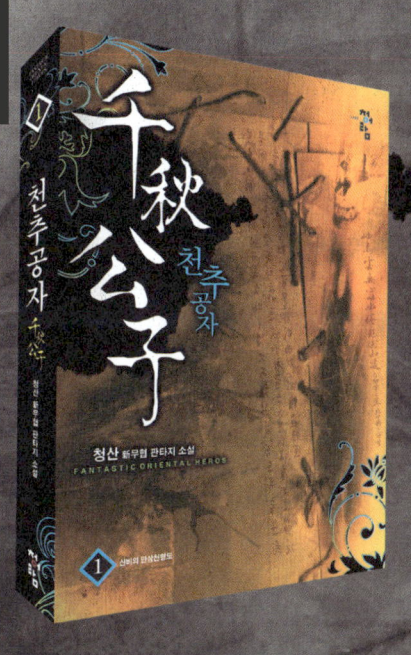

千秋公子
천추공자

千秋公子
천추공자

청산 新무협 판타지 소설

운명을 뛰어넘는 담대한 도전!

황제마저 농락한 숭문세가의 공자 문천추(文千秋).
용문에 이르기 전까지 그는 시문과 서화를 즐기며 대하를 누비는
한 마리 커다란 잉어였다.
그러나 운명은 그를 용문(龍門) 앞에 이끌었다.
용문의 드센 물살을 거슬러 올라 용(龍)이 될 것인가,
아니면 용문점액의 상처를 입고 추락할 것인가.

죽음의 하늘 사중천(死重天)!
오로지 파괴와 살육만을 일삼는 사마악(邪魔惡)의 결집체.
사중천의 어둠은 태양마저 가리며 천하를 뒤덮는다.
마침내 죽음의 하늘과 맞서는 용 울음소리.

천추(千秋)에 빛날 문무제일공자의 호쾌한 행보가 시작되었다.

유행이 아닌 자유추구 -
WWW.chungeoram.com
B o o k   P u b l i s h i n g   C H U N G E O R A M

少林棍王
소림곤왕

한성수 新무협 판타지 소설

감동의 행진을 멈추지 않는 작가 한성수!

구대문파 시리즈의 두 번째 이야기『소림곤왕』!!
그 화려한 무림행이 펼쳐진다

"너는 지금부터 날 사부님이라 불러야만 하느니라.
소림사의 파문제자인 나, 보종의 제자가 되어서 앞으로 군소리없이 수발을 들고 모진
고통을 이겨내며 무공 수련을 해야만 한다."

잡극계의 천금공자 엽자건!
소림의 파문제자 보종의 제자가 되다!!

역사와 가상.
실존의 천하제일인과 가상의 천하제일인에 도전하는 주인공!
이제부터 들어갑니다. 부디 마음껏 즐겨주시기 바랍니다.
– 작가 서문 中에서.

유행이 아닌 자유추구 –
WWW.chungeoram.com
B O O K   P u b l i s h i n g   CHUNGEORAM